Elisa Rimpach ist das Pseudonym des Autors Matthias Ernst, der 1980 in Ulm geboren wurde. Er arbeitet tagsüber als Psychologe mit Vorschulkindern und schreibt abends Krimis, Thriller und historische Romane. Im dp Verlag erschienen zuletzt die Thriller „Der Therapeut", „Die Professorin" und „Die Headhunterin". Matthias Ernst lebt mit seiner Familie, einer betagten Schildkröte und einer neurotischen Hundedame in Oberschwaben.

ELISA RIMPACH

Aufbruch ins Ungewisse

Die große München Saga: Neue Zeiten

Erstausgabe Mai 2025

Copyright © 2025 dp Verlag, ein Imprint der
dp DIGITAL PUBLISHERS GmbH
Made in Stuttgart with ♥
Alle Rechte vorbehalten

ᴀUFBRUCH INS ᴜNGEWISSE

ISBN 978-3-98998-978-8
E-Book-ISBN 978-3-98778-904-5

Covergestaltung: Anne Gebhardt
Umschlaggestaltung: Christin Peulecke
Unter Verwendung von Abbildungen von
stock.adobe.com: © Mikolaj Niemczewski
https://commons.wikimedia.org/wiki/File:Marienplatz,_Munich,
_Bavaria,_Germany-LCCN2002696145.jpg: This image is available
from the United States Library of Congress's Prints and Photographs
division
under the digital ID ppmsca.00072
elements.envato.com: © alit_design, © ukraine_studio
trevillion.com: © CollaborationJS / Trevillion Images

Lektorat: The Write Spirit
Satz: dp DIGITAL PUBLISHERS GmbH
Druck und Bindung: Books on Demand GmbH, Norderstedt

KAPITEL 1

Westfront und München, Sedanstag, Montag, 2. September 1918

Es war die Stille, die Hermann am meisten irritierte. Vier Jahre an der Westfront hatten ihn gelehrt, dass vollkommene Ruhe nichts Gutes zu bedeuten hatte. Nicht nur die Waffen schwiegen. Auch kein Naturgeräusch war zu hören. Kein Lüftchen regte sich, kein Vogel sang, nicht einmal die allgegenwärtigen Ratten wuselten quiekend durch die Schützengräben.

„Bald geht es wieder los", sagte Rainer von Dassel, ein gerade erst volljährig gewordener Unteroffizier aus Franken, auf dessen bleicher Stirn dutzende Schweißtropfen im Schein der Petroleumleuchte glänzten.

„Dann sollten Sie den Stahlhelm besser wieder aufsetzen", sagte Hermann. „Wir wollen doch nicht, dass die englischen Granaten Ihren Scheitel verrücken."

Rainer grinste. „Die Jerrys haben bisher daneben geschossen und ich bin zuversichtlich, dass sie mich weiter verfehlen werden."

Hermann, der zwar erst 22 Jahre alt war, aber vier Jahre mehr Fronterfahrung als der Unteroffizier besaß, legte den Kopf schief. „Sie sind erst vor vier Tagen hier angekommen. Allzu viele Gelegenheiten, von den Briten aufs Korn genommen zu werden, hatten Sie noch nicht."

Der Unteroffizier richtete sich auf. Eine leichte Röte färbte sein Gesicht. Er strich sich den dünnen Schnurrbart zurecht. „Dann wollen wir hoffen, dass ich noch eine Chance bekomme, mir meine Sporen zu verdienen."

Hermann unterdrückte ein Seufzen. Er war dankbar, dass von Dassel nicht weitersprach, denn natürlich war ihm klar, wie der Satz fortzusetzen war. Ihnen war bewusst, dass der Krieg auf sein Ende zusteuerte. Die Übermacht der um die Amerikaner verstärkten Briten und Franzosen war zu groß. Und die Reihen ihrer einst so stolzen bayerischen Kompanie waren ausgedünnt und bestanden nur noch aus erschöpften, ausgehungerten Männern mit toten Augen. Sie würden nicht mehr lange standhalten können. Und dass man nun schon kaum dem Knabenalter entwachsene Milchbärte wie Rainer von Dassel an die Front schickte, zeugte von der Verzweiflung der Obersten Heeresleitung.

„Ich werde mich auf einen Rundgang begeben", sagte Hermann. „Begleiten Sie mich?"

Von Dassel erhob sich von der Pritsche in dem tief in den Boden eingegrabenen Unterstand. Hermann ließ ihm den Vortritt, dann folgte er ihm hinaus in den Schützengraben. Das Wetter war ihnen zuletzt gnädig gewesen. Es hatte nur wenig geregnet und so war die Erde nicht matschig, sondern staubig. Der vor dem Eingang zum Bunker wachhabende Soldat salutierte, als sie ihn passierten. Hermann steuerte auf einen Verbindungstunnel zu, der sie in die erste Grabenreihe bringen würde. Nach wenigen Schritten gelangte er zu einem Maschinengewehrnest. Die drei Gefreiten nahmen Haltung an. Hermann erwiderte den Gruß und nickte den Soldaten aufmunternd zu. Einer der Männer lächelte, ein seltener Anblick in diesen Tagen. Hermann ging zum Wall des Schützengrabens, wo ein Periskop-Fernglas angebracht war, mit dem er über den Rand spähen konnte, ohne dass ihn die britischen Scharfschützen ins Visier nahmen. Er sah in das Okular. Vor ihm breitete sich das Niemandsland aus. In den vier Jahren Krieg war hier jede Spur von Leben zerstört worden. Es war ein braunes, von Kratern durchzogenes, mit einzelnen zersplitterten Baumstämmen durchsetztes Gelände, das sich kilometerweit in Richtung Westen erstreckte. In der Ferne konnte er Stacheldrahtverhaue erahnen, den Beginn der britischen Linien.

„Und, stürmen die Jerrys schon auf uns zu?", fragte von Dassel. Es sollte wohl scherzhaft klingen, aber die Anspannung in der Stimme des jungen Unteroffiziers war nicht zu überhören. „Ich würde diesen Teesäufern zu gerne ein paar Gramm deutschen Ruhrstahls zu schmecken geben."

Hermann trat von dem Periskop zurück. „Nein, noch ist alles ruhig. Aber anstelle eines Sturmangriffs würde ich erwarten, dass sie uns zunächst zwei oder drei Stunden lang bombardieren, dann ihre Tanks vorschicken und am Schluss die Infanterie einsetzen. So haben sie es die letzten vier Jahre lang gehalten."

Er wandte sich nach links und ging den Graben entlang. Etwa zehn Meter vor sich sah er zwei Soldaten, die lässig an den Rand der Brüstung lehnten. Einer von ihnen rauchte eine dünne Zigarette, der andere trank aus einem Becher. Hermann hielt inne. Auf seinem Gesicht erschien ein Lächeln, als er in dem Raucher Paul Ludwig erkannte, einen Gefreiten, der wie er aus München stammte. Er mochte den Mann, sie hatten schon viele Angriffe der Alliierten durchlitten und manche Zigarette geteilt.

Die Soldaten schienen Hermann und seinen Begleiter nicht kommen zu sehen, denn keiner von ihnen änderte seine Haltung. Sie waren in ein Gespräch vertieft.

„Du wirst sehen, es wird nicht mehr lange gehen", sagte der Gefreite Ludwig. „Die Oberste Heeresleitung wird bald um einen Frieden ersuchen müssen. Es gibt niemanden mehr, den die Herren Junker noch verheizen könnten."

Hermann schluckte. So etwas durfte er doch nicht hören. Das war Verrat. Worte wie diese, so wahr sie auch sein mochten, untergruben die Moral an der Front. Und derartige Äußerungen konnten einen Soldaten vors Kriegsgericht und schlussendlich auch vor das Erschießungskommando bringen.

„Die Oberste Heeresleitung wird noch die nächsten zwei Jahrgänge einberufen und in den Tod schicken, ehe sie daran denkt, Frieden zu schließen", sagte der andere Soldat. Hermann verzog das Gesicht. Auch diese Aussage konnte als Verrat gewertet werden. Er räusperte sich.

Die beiden Soldaten wandten ihm ihre Blicke zu und er erkannte die Furcht in der Miene dessen, der zuletzt gesprochen hatte. Paul Ludwig dagegen wirkte gelassen. Er sah Hermann ernst an. Dann nahm er Haltung an und salutierte. Hermann erwiderte den Gruß.

„Sie wissen schon, dass ich Sie gehört habe?", sagte Hermann.

„Ihr verräterisches Geschwätz haben wahrscheinlich sogar die Briten drüben gehört", ergänzte von Dassel. „Dafür werden Sie sich vor dem Kriegsgericht verantworten müssen."

Hermann hob die Hand. Es widerstrebte ihm, dass der Unteroffizier sich einmischte. Er war der ranghöhere Offizier und er musste entscheiden, was zu tun war.

„Habe ich etwa Unrecht?", fragte der Gefreite Ludwig.

„Sie wissen, dass es nicht um Recht oder um Unrecht geht", sagte Hermann. Eine Augenbraue des Soldaten wanderte nach oben. Hermann spürte, wie sein Mund trocken wurde. Er musste dringend etwas ergänzen, sonst waren seine Worte ebenfalls als verräterisch zu werten. „Es geht darum, ob Ihre Aussagen der Moral schaden. Und das tun sie."

„Inwiefern?", fragte Ludwig.

„Das ist unverschämt! So reden Sie nicht mit Ihrem Offizier", rief von Dassel.

Hermann hob wieder die Hand. „Danke, ich kann für mich selbst sprechen. Das Wichtigste in einer Infanterieeinheit ist der Kampfgeist. Alles, was diesem schadet, wird dazu führen, dass die Aussichten, den Gegner zu schlagen, geringer werden. Sie sprechen von Niederlage. Von Waffenstillstand. Wie soll das den Kampfgeist heben?"

Auf Pauls Gesicht erschien fast so etwas wie ein Lächeln. „Der ist unseren Leuten doch schon längst verloren gegangen. Sie schleichen sich in Scharen davon. Und wer sollte es ihnen verdenken? Wollen Sie etwa in einem schlammigen Schützengraben verrecken?"

Hermann hörte, wie der Unteroffizier erneut Atem holte. Gleich würde er sich wieder einmischen. Er hob noch einmal die Hand. Aber in diesem Moment nahm er ein hochfrequentes Pfeifen wahr.

„In Deckung!", rief Ludwig. Im nächsten Augenblick bebte die Erde und Hermann wurde von den Füßen gerissen. Er flog durch die Luft und prallte gegen etwas Hartes. Und dann war mit einem Mal alles schwarz.

***

„Es tut so weh!"

Das Gesicht des Mannes war verzerrt. Schweiß stand ihm auf der Stirn. Seine Augen waren auf Hilde gerichtet, seine Hand griff nach der ihren. Instinktiv ließ sie zu, dass er seine Finger in ihre Handfläche krallte. Es schmerzte, aber sie vermutete, dass das kein Vergleich zu den Qualen war, die der Verwundete litt.

„Ich werde gleich die Ärztin rufen, damit sie Ihnen ein Schmerzmedikament gibt", sagte sie. Sie hatte gehofft, dass der Verwundete den Griff lösen würde, doch seine Finger gruben sich nur noch fester in ihre Hand.

„Verlassen Sie mich nicht", flehte er. „Lassen Sie mich nicht allein sterben."

Hilde spürte, wie ihr ein eiskalter Schauer den Rücken hinunterlief. Der Atem des Mannes ging schnell und hektisch und sie legte ihre freie Hand auf seine Stirn. Die schweißnasse Haut glühte.

Sie sah an dem Verwundeten hinab. Unter der grauen, groben Decke war deutlich zu erkennen, dass sein Körper unterhalb des Beckens endete. Eine Granatexplosion hatte ihm beide Beine weggerissen. Er war in einem Feldkrankenhaus hinter der Front operiert und dann mit dem Zug nach München in das in der Implerschule untergebrachte Lazarett E verlegt worden. Dort sollte er sich auskurieren. Aber Hilde befürchtete, dass der Mann in einem recht hatte. Er würde hier nicht geheilt werden. Er würde sein Leben verlieren, so wie die vielen anderen vor ihm.

„Was gibt es?", hörte sie Isolde sagen. Hilde atmete tief durch. Endlich war ihre Tante gekommen. Endlich eine fähige Ärztin, die dem Leidenden helfen konnte.

„Der Mann hat große Schmerzen", sagte sie. „Und ich glaube, er hat Fieber."

Sie hörte Isolde seufzen. „Dass er große Schmerzen hat, ist anzunehmen. Jemand, dem man beide Beine abgesägt hat, leidet Höllenqualen. Aber wenigstens gibt es Medikamente dagegen. Was mir Sorgen macht, ist das Fieber."

Die Schreie des Verwundeten waren in ein hochfrequentes Heulen übergegangen.

„Ich muss ihn untersuchen", sagte Isolde und an den Mann gewandt: „Das wird jetzt noch mehr schmerzen."

Hilde wandte den Blick ab, als ihre Tante die Decke hochschlug. Sie sah das Gesicht des Soldaten, dessen Augen verzweifelt auf sie gerichtet waren. Als Isolde damit begann, die Wunden zu untersuchen, bemerkte sie, wie der Mann die Kiefer zusammenbiss, wie die Wangenknochen nach außen drängten und wie sein Gesicht immer bleicher wurde. Endlich schlug sie die Decke wieder zurück. Hilde musterte ihre Tante. Diese schloss kurz die Augen.

„Es ist Wundbrand. An beiden Stümpfen. Wir müssen noch mehr Gewebe entfernen. Aber ich fürchte, selbst diese Tortur wird er nicht überleben. Er ist zu sehr geschwächt.“

Sie ging zu dem Schränkchen in der Ecke und holte eine Ampulle heraus, von der sie die Spitze abbrach und eine Spritze hineinsteckte. Sie zog diese auf und setzte sie mit geübten Griffen an. Schon Augenblicke, nachdem sie den Kolben hinuntergedrückt hatte, entspannte sich der Körper des Verwundeten. Seine Finger ließen Hildes Handfläche los. Die Nägel hatten sich so tief eingegraben, dass kleine Blutstropfen zu sehen waren. Dann sank der Kopf des Soldaten zur Seite und sie hörte ihn leise atmen.

„Heroin ist ein wirksames Schmerzmittel. Er wird für ein paar glückliche Minuten nichts spüren.“ Isolde wandte sich ab und ging davon. Hilde folgte ihr. Sie passierten lange Reihen von Feldbetten, in denen verwundete Soldaten lagen. Manche hatten Gliedmaßen verloren, andere waren angeschossen worden, hatten Verbrennungen erlitten oder waren bei einem Gasangriff verätzt worden. Gemeinsam war ihnen der leere Blick, das leise Stöhnen und das Zusammenzucken, wenn die Tür des Schlafsaals zu laut zugeschlagen wurde.

Isolde trat hinaus ins Freie. Hilde folgte ihr. Es war ein schöner Spätsommertag, die Blätter hatten gerade erst damit begonnen, sich einzufärben, und die frische Luft vertrieb den beißenden Gestank nach Körperflüssigkeiten, Desinfektionsmittel und Tod, der die Säle und Gänge im Lazarett erfüllte. Isolde setzte sich auf eine Treppenstufe und bedeutete Hilde, neben ihr Platz zu nehmen.

„Ich muss dir ein großes Kompliment machen“, sagte sie. „Du erträgst dieses Grauen viel besser, als ich gedacht hätte.“

„Na ja, ich dachte mir, wenn ich schon mit dem Gedanken spiele, Ärztin zu werden, sollte ich mir einmal selbst ein Bild davon machen.“

„Das ist eine sinnvolle Überlegung. Aber du hättest deine Sommerferien auch bei Bertha in der Praxis verbringen können, anstatt mich ins Lazarett zu begleiten. Dann hättest du dir all das sinnlose Leid und all den Tod ersparen können.“

„Du hättest dich auch nicht freiwillig zum Lazarettdienst melden müssen.“

„Du hast gesehen, was hier los ist. Die Herren Stabsärzte sind froh um jede helfende Hand, selbst wenn es die einer Frau ist.“

„Aber Bertha hat in der Praxis sicher alle Hände voll zu tun ohne dich.“

„Dort ist es glücklicherweise ein wenig ruhiger geworden. Die Grippe, die uns im Juli überrollt hat, war schon heftig. Wir haben die Jahre des Mangels zu spüren bekommen. Die Widerstandskräfte der Leute sind aufgezehrt.“

„Ja, viele sind gestorben. Auch Onkel Anton. Ich vermisse ihn.“

Isolde seufzte. „Ich vermisse ihn auch. Aber, auch wenn es hart klingt: Ich bin froh, dass er nicht lange leiden musste. Er hatte zwei Tage hohes Fieber, dann konnte sein Körper der Grippe nichts mehr entgegensetzen. Er musste sich nicht Wochen oder Monate quälen wie die Verwundeten hier im Lazarett.“

„Das ist doch Wahnsinn, oder?", sagte Hilde so leise, dass es nur ihre Tante hören konnte. „Das ist nur eines von zwölf Lazaretten hier in München. Im ganzen Reich gibt es Einrichtungen wie diese. Millionen von Männern sind verwundet oder getötet worden. Und ich kann mir vorstellen, dass es in Russland, in Frankreich und in England nicht anders aussieht."

„Ja, es ist Wahnsinn. Und du tust gut daran, zu flüstern. Wenn einer der Herren Stabsärzte das hört und sich bei deinem Schulleiter beschwert, kann es sein, dass sie dir den Zugang zum Abitur verweigern. Und dann wirst du nicht Medizin studieren können."

„Ehrlich gesagt bin ich mir unsicher, ob ich das noch will. Du hast schon recht, das hier ist eine Vorstufe zur Hölle. Und so viele deiner Patienten sterben, ohne dass du ihnen helfen kannst. Ich weiß nicht, ob ich das mein Leben lang ertragen könnte. Ich will etwas bewirken. Ich will, dass die Menschen, mit denen ich zu tun habe, ein besseres, ein schöneres Leben haben. Manchmal habe ich das Gefühl, dass du nichts tun kannst, als deinen Patienten das Sterben zu erleichtern."

Auf den Lippen ihrer Tante erschien ein schmales Lächeln. „Ein Kriegslazarett ist vielleicht nicht der beste Ort, um einen Einblick in die ärztliche Heilkunst zu erlangen. Aber ich verstehe, was du meinst. Überlege dir gut, ob du Medizin studieren willst. Der Beruf kann sehr frustrierend sein."

Isolde erhob sich und ging ins Lazarett hinein. Hilde folgte ihr. Ihre Tante kehrte zu ihrem zweifach amputierten Patienten zurück. Sie nahm seinen Arm und fühlte ihm den Puls. Hilde stellte sich neben sie. Auf Isoldes Stirn erschien eine tiefe Falte. Sie beugte sich hinab und hielt ihr Ohr nah an den Mund des Mannes. Als sie sich wieder aufrichtete und Hilde ansah, sah sie, dass die Augen ihrer Tante glänzten. „Für ihn ist das Leiden vorbei", sagte sie.

KAPITEL 2

München, Dienstag, 15. Oktober 1918

„Das sieht gut aus. Ein paar Narben werden zurückbleiben, aber die Wunde ist nicht entzündet", sagte Isolde. Sie legte Hermanns rechte Hand zurück auf das Kissen und fragte: „Hast du noch Schmerzen?"

Er schüttelte den Kopf. „Wenn ich die Hand bewege, schießt es manchmal in die Finger. Und ein wenig steif sind sie bisweilen. Aber im Großen und Ganzen kann ich mich nicht beklagen", sagte er. Er erhob sich aus seinem Bett und trat zum Fenster, wo Hilde auf dem Sims saß und ihn mit großen Augen ansah.

„Wann wirst du entlassen?", fragte seine Schwester.

Isolde schmunzelte. „Das musst du den Oberstabsarzt fragen. Aber ich denke, dass es spätestens in drei Tagen soweit sein sollte. Was hast du dann vor?", fragte sie.

Hermann lehnte sich mit dem Gesäß gegen den Fenstersims und rückte die Binde zurecht, die seinen rechten Arm am Körper fixiert hielt. Die Bewegung ließ den Schmerz in seine Finger schießen und er zuckte kurz zusammen.

„Der Oberstabsarzt hat mich zu mindestens drei weiteren Wochen Genesungsurlaub verdonnert, damit die Funktion meiner Hand wieder voll hergestellt wird. Ich werde wohl zunächst in das Palais meines Großvaters ziehen. Schließlich muss ich mich endlich um seine Angelegenheiten kümmern. Nachdem er im Sommer in der Festungshaft verstorben ist, habe ich sein Privatvermögen und die Bank geerbt. Ich weiß gar nicht, was da alles auf mich zukommt.

„Willst du dann Bankier werden?", fragte Hilde.

Hermann schüttelte den Kopf. „Ich weiß nicht, ob ich dazu geschaffen bin. Nach der Schule habe ich die Offizierslaufbahn eingeschlagen. Ich kann und kenne nichts anderes als zu kämpfen. Aber wir werden sehen. Nach dem Genesungsurlaub werde ich wohl wieder an die Front zurückkehren."

Er bemerkte, dass Hilde schluckte, und auf Isoldes Stirn erschienen die Falten, die er nur zu gut kannte.

„Verzeih mir meine Offenheit", sagte seine Tante. „Aber glaubst du wirklich, dass der Krieg so lange dauern wird, dass du noch einmal an der Front eingesetzt wirst?"

Hermann atmete tief ein und aus. Als Offizier stand ihm ein Einzelzimmer im Lazarett zu. Die Tür war geschlossen. Man konnte ihn also nicht hören. Trotzdem war er es nicht gewohnt, seine Meinung offen auszusprechen. Die Zeit an der Front hatte ihn gelehrt, seine Worte auf eine Goldwaage zu legen. „Ich glaube, dass es einen Waffenstillstand geben muss. Noch in diesem Jahr. Unsere Kräfte sind erschöpft. Seitdem die Amerikaner in den Krieg eingetreten sind, ist unsere Niederlage unausweichlich. Wenn wir nicht wollen, dass sie die Kämpfe in die Heimat tragen, müssen wir so bald wie möglich um Frieden ersuchen."

Er sah, dass Hildes Augen sich weiteten. „Aber in den Zeitungen steht doch immer, dass wir nicht weichen, dass der Sieg kurz bevorsteht."

„Was sollen die Zeitungen denn schreiben? Dass wir immer weniger wehrfähige Männer haben? Dass wir uns Schritt um Schritt zurückziehen müssen? Dass bald nicht mehr um französischen, sondern deutschen Boden gerungen wird?"

„Glaubst du, der Krieg könnte München erreichen?", fragte Isolde.

Hermann schüttelte den Kopf. „Nein, ich glaube, dass die Oberste Heeresleitung einen Rest Verstand hat und rechtzeitig um einen Waffenstillstand ersucht. Aber behaltet dieses Gespräch bitte für euch. Ich will nicht unehrenhaft entlassen werden oder sogar noch ein schlimmeres Schicksal erdulden müssen."

„Natürlich, wir werden schweigen", sagte Hilde.

„Wie geht es denn dem Gefreiten Ludwig", fragte Hermann. Er hatte beinahe täglich an ihn gedacht und sich schon länger nach dessen Befinden erkundigen wollen. „Hat er sich von seiner Verletzung erholt?"

„Als ich ihn das letzte Mal gesehen habe, hat er schon eifrig über die Oberste Heeresleitung geschimpft. Ich glaube nicht, dass die ausgekugelte Schulter ihn ins Grab bringen wird, viel eher schon sein unvorsichtiges Mundwerk", sagte Isolde.

„Ja, ich fürchte, mit seinen Äußerungen ist er ein wenig zu sorglos", sagte Hermann. „Kurz vor dem Einschlag der Granate, der ich meinen gebrochenen Unterarm verdanke, hat er noch zersetzende Reden im Schützengraben geschwungen. Das englische Geschoss hat ihn wohl vor Schlimmerem bewahrt."

Hermanns Mund trocknete schlagartig aus, als ihn die Erinnerung überkam. Er war kurz nach dem Granateinschlag aufgewacht, doch war ein Teil des Schützengrabens über ihm zusammengebrochen. Erde und Geröll lagen auf seinem Brustkorb, drangen ihm in den Mund. Er schnappte nach Luft, konnte seine Beine nicht mehr bewegen. Als er versuchte, sich mit der Hand frei zu graben, schoss ein Schmerz in seinen Arm, wie er ihn noch nie erlebt hatte. Die Pein war kaum auszuhalten. Aber dann ließ der Druck auf seiner Brust nach. Er spürte, wie eine Hand ihn fest am Kragen packte und aus der Erde zog. Und dann blickte er in das von Anstrengung und Schmerz verzerrte und blutüberströmte Gesicht von Paul Ludwig. Der Gefreite zog ihn aus der Erde und aus den Augenwinkeln sah Hermann die Leiche des anderen Gemeinen und den toten Körper von Rainer von Dassel. Dann war er ohnmächtig geworden und erst im Lazarett hinter der Front aufgewacht.

„Könntest du vielleicht ein Auge auf Paul Ludwig haben?", bat Hermann seine Tante. „Ich verdanke ihm mein Leben und ich möchte nicht, dass ihn sein Mundwerk in Schwierigkeiten bringt. Vielleicht kannst du ihm gut zureden?"

„Ich glaube kaum, dass er sich von mir überzeugen lässt", sagte Isolde. „Wie du weißt, bin ich es gewohnt, Menschen an meiner Seite zu haben, die starke Meinungen ausdrücken. Lotte kann es in dieser Hinsicht locker mit dem Gefreiten aufnehmen. Und ich habe mir oft genug den Mund fusselig geredet, ohne sie davon überzeugen zu können, ihre sozialistischen Parolen für sich zu behalten."

„Dann lass es mich einmal versuchen", schlug Hilde vor. „Ehe ich nach Hause gehe, schaue ich noch bei diesem Paul Ludwig vorbei und rede ihm ins Gewissen. Der kann doch nicht einfach meinen Bruder retten und sich dann selbst ins Grab reden. Das geht ja gar nicht."

Die drei brachen in ein herzhaftes Lachen aus und Hermann spürte, wie gut das tat. Wie sehr er das all die Jahre vermisst hatte, die er an der Front verbracht hatte. Als Isolde und Hilde gegangen waren, stellte er sich ans Fenster und sah hinaus in den Herbsttag. Die Blätter fielen, die Färbung wechselte schon von gelb zu braun. Und es wurde langsam kühler. Leise flüsterte er sich vor sich hin: „Im traurigen Monat November war's, die Tage wurden trüber. Der Wind riss von den Bäumen das Laub, da reist' ich nach Deutschland hinüber ..."

***

Hilde betrat den großen Schlafsaal des Lazaretts E. Sie war froh, dass sie nicht mehr jeden Morgen hierher kommen musste, auch wenn sie sich in den Sommerferien freiwillig für den Dienst gemeldet hatte. Seitdem sie wieder in der Schule war, konnte sie den Unterricht viel mehr wertschätzen als früher. Sie hatte einen anderen Blick auf das Leben gewonnen und erkannt, wie schnell es vorbei sein konnte. Sie hoffte, dass sich Hermanns Worte als wahr erweisen würden, dass der Krieg nicht nach Deutschland käme. Dass ein Waffenstillstand geschlossen würde. Dass das Kämpfen und das Töten dann endgültig vorbei wären. Und dass all die Verwundeten im Lazarett E nach Hause zurückkehren, ihre erlernten Berufe ausüben und Familien gründen konnten.

Als sie den Mittelgang passierte, erkannte sie, dass sie etwas Entscheidendes vergessen hatte. Sie hatte Hermann nicht danach gefragt, wie dieser Paul Ludwig aussah. Wie sollte sie ihn unter all diesen Männern erkennen? Sie beschloss, die Schwester zu fragen, die sie am anderen Ende der großen Halle sah. Doch als sie auf die ganz in weiß gekleidete Frau mit dem seltsamen Hütchen zusteuerte, das Hilde vor gar nicht so langer Zeit selbst getragen hatte, hörte sie einen Patienten sagen: „Der Krieg wird bald enden. Und dann wird alles sich ändern.“

Sie wandte den Blick und sah, dass ein hochgewachsener Mann mit verstrubbelten schwarzen Haaren an der Wand neben einem Fenster lehnte und zu zwei Verwundeten sprach, die auf ihren Pritschen lagen. Sie hatte zwar keine Beschreibung davon, wie dieser Paul Ludwig aussehen musste, aber sie vermutete stark, dass die Worte, die sie eben gehört hatte, genau die waren, was Hermann Sorgen bereitete. Sie ging auf den Mann zu und fragte: „Und was wird sich ändern?“

„Ich hoffe sehr, dass Frauen endlich das Wahlrecht erhalten“, sagte der Mann.

Hilde war Bass erstaunt. Sie hatte erwartet, dass Ludwig irgendwelche sozialistischen Parolen von sich geben, die Enteignung der Reichen oder die Diktatur des Proletariats fordern würde. Doch nun sprach er über das Frauenwahlrecht, ein Thema, das Hilde selbst am Herzen lag, seitdem ihre Tante Isolde ihr erstmals von ihrem lebenslangen Kampf für dieses Privileg berichtet hatte. Der Mann schien ihr die Verblüffung anzumerken, denn auf seinen Lippen erschien ein breites Lächeln.

„Wäre diese Veränderung nicht auch in Ihrem Sinne?“, fragte er.

„Natürlich“, erwiderte Hilde, die ihre Sprache wiedergefunden hatte. „Meine Tante und viele ihrer Freundinnen kämpfen schon seit vielen Jahren dafür. Ich wünsche ihnen von Herzen, dass ihr Bemühen endlich von Erfolg gekrönt wird. Und mir als Frau wünsche ich das natürlich auch.“

„Sie werden sehen, es wird nicht mehr lange dauern. Der Krieg wird enden. Und dann folgt die Revolution. Und wenn erst einmal die Räte regieren, werden alle Ungerechtigkeiten vom Angesicht der Erde gewischt.“

„Halt dein dreckiges Maul“, hörte Hilde eine Stimme hinter sich sagen. Sie wandte sich um. Von einer der Pritschen auf der anderen Seite des Schlafsaals hatte sich ein kleiner, aber nichtsdestotrotz breitschultriger und kräftiger Mann erhoben. Eine breite Wunde zog sich von seinem Haaransatz bis hin zu seinem Hals. „Du mieser Verräter, wenn wir diesen Krieg verlieren, dann wegen Leuten wie dir“, keifte er und zeigte dabei mit dem Finger auf Paul Ludwig.

„Es heißt deinetwegen“, sagte Hilde.

Der untersetzte Mann schnaubte. „Das ist ein Lazarett für Soldaten. Weibsbesuch ist hier verboten. Sie mag verschwinden, sonst lasse ich sie von der Krankenschwester hinauswerfen“, zischte er.

Hilde schluckte. In was war sie hier nur hineingeraten. Sie sah zu dem vermeintlichen Gefreiten Ludwig hin. Das Lächeln war von seinen Lippen verschwunden.

„Ich gebe diesem Rüpel ungern recht, aber ich glaube, es wäre tatsächlich besser, wenn Sie gehen. Ich hoffe, dass bald eine Zeit anbrechen wird, in der wir beide frei sprechen und über unser Schicksal entscheiden können. Noch scheint es nicht so weit zu sein.“

„Und genau aus diesem Grund bin ich hier“, sagte sie und ignorierte den anderen Mann, der sie feindselig beäugte. „Sie bitten mich darum, zu gehen? Das werde ich tun. Erfüllen Sie mir dann auch einen Wunsch?“

Er legte den Kopf schief. „Welchen Wunsch könnte ich Ihnen denn erfüllen?“

„Eigentlich ist es nicht mein Wunsch, sondern der meines Bruders. Hermann von Lampeck. Er hat mich gebeten, Sie aufzusuchen und Sie zu bitten, in Ihrer Wortwahl etwas vorsichtiger zu sein.“

Nun erschien wieder das breite Grinsen auf dem Gesicht des Gefreiten und sie war sich nun wirklich sicher, Paul Ludwig vor sich zu haben. „Das ist ja nett von ihm. Ehrlich gesagt frage ich mich immer, was wohl geschehen wäre, wenn die Granate nicht eingeschlagen hätte. Ob er mich dann gemeldet hätte?“

„Wie dem auch sei“, sagte Hilde. „Ich bin seine Botin und ich überbringe Ihnen hiermit seine Bitte, dass Sie sich etwas zurückhalten mögen. Und ich werde nun Ihrer Bitte entsprechen und mich entfernen.“

„Ich würde Ihnen versprechen, dass ich mich anstrenge, der Bitte Ihres Bruders Folge zu leisten“, erwiderte er. „Aber das wäre eine Lüge“, sagte er. „Ich habe lange genug geschwiegen. Und ich habe mir vorgenommen, dass ich nicht mehr kusche. Ich war viele Jahre in

Ketten gelegen. Es reicht. Übermitteln Sie Ihrem Bruder bitte meinen herzlichen Dank für seine fürsorgliche Geste und meine besten Wünsche zu seiner baldigen Genesung."

Nun war genau das Gegenteil von dem eingetreten, was Hilde bezwecken wollte. Der Mann redete sich immer mehr um Kopf und Kragen. Was, wenn einer der anwesenden Soldaten ihn meldete? Sie sah Ludwig noch einmal an und dann verstand sie es. Es war ihm gleichgültig. Er fühlte sich frei und vielleicht war er das auch. Das musste ein herrliches Gefühl sein! Das Lächeln auf seinen Lippen war mit einem Mal ansteckend. Hilde spürte, wie auch ihre Mundwinkel nach oben zuckten. Sie nickte ihm noch einmal zu, wandte sich um und ging hinaus.

KAPITEL 3

München, Sonntag, 20. Oktober 1918

Hermann trat durch den Vorgarten und zog dabei den Handschuh von der rechten Hand. Wieder schoss ihm ein kurzer, scharfer Schmerz in die Finger. Er drückte auf die Klingel und gleich darauf öffnete sich die Tür. Hermann kannte den livrierten Bediensteten nicht, der ihm aufwartete. Angus, der schottische Butler seiner Mutter, war kurz nach Kriegsausbruch in seine Heimat zurückgekehrt. In einem ihrer Briefe an die Front hatte ihm seine Mutter Elsa von ihren Schwierigkeiten berichtet, fähiges Personal zu finden. Der junge Mann in der schlecht sitzenden Uniform führte ihn in den großen Salon, wo seine Mutter und Hilde bereits auf ihn warteten. Als er eintrat, erhob sich Elsa und trat lächelnd auf ihn zu. In ihren Haaren zeigten sich erste graue Strähnen. Sie hatte ein wenig zugenommen, was ihrem Erscheinungsbild etwas Matronenhaftes verlieh. Doch auch das passte zu ihr, der Unternehmerin, deren Geschäfte mit dem Heer, an das sie alle Arten von Lederwaren verkauft hatte, in den vergangenen vier Jahren prächtig gelaufen waren. Die Firma stand nun trotz Mangelwirtschaft besser da als vor dem Krieg und das war eindeutig ein Verdienst seiner Mutter.

„Schön, dass du da bist. Und schön, dass du dich so gut von deiner Verletzung erholt hast", sagte sie und streckte die Hand aus. Er hauchte einen Kuss darauf und trat dann wieder einen Schritt zurück. Es fiel ihm immer noch schwer, das richtige Verhältnis von Nähe und Abstand zu seiner Mutter zu finden, nachdem sie sich so viele Jahre fremd gewesen waren. Er lächelte seiner Halbschwester zu. Elsa bot ihm einen Stuhl an und er nahm an der Tafel Platz.

„Ich habe Zenzi gebeten, einen Apfelstrudel zu backen. Wie es aussieht, hat sie Äpfel auftreiben können, aber irgendwie hapert es mit dem Mehl", sagte sie.

Hermann zog eine Augenbraue nach oben. „Ich dachte, wenn man genügend Geld und Einfluss hat, kann man trotz der Mangelwirtschaft wie die Made im Speck leben", sagte er.

Seine Mutter sah ihn finster an. „Das könnte ich. Aber ich werde niemals meine Macht und meinen Einfluss missbrauchen, um mir einen Vorteil zu verschaffen. Ich habe oft genug am eigenen Leib erfahren müssen, wie furchtbar sich das anfühlt. Deshalb nehme ich nur das, was ich guten Gewissens annehmen kann."

„Und ich denke, dass Zenzi auf jeden Fall etwas Leckeres zubereitet hat", sagte Hilde. Es war wie immer. Seine Schwester versuchte, die aufkeimende Anspannung zu vertreiben. Ob sie es irgendwann einmal schaffen würden, wie Sohn und Mutter miteinander umzugehen, auch wenn eine komplizierte Geschichte zwischen ihnen stand?

Die Tür öffnete sich und Zenzi trat ein. Das Gesicht der alten Haushälterin war gerötet. In den Händen trug sie eine Schüssel, die sie mitten auf den Tisch stellte.

Sie räusperte sich, dann sagte sie: „Es gab leider nicht genügend Mehl. Und Weinberl habe ich auch keine bekommen. Aber dafür sind die Äpfel frisch und wir hatten noch etwas Zimt da. Also habe ich ein Apfelkompott gemacht. Ich hoffe, den Herrschaften schmeckt es.“

„Mir hat noch nie etwas nicht geschmeckt, was du zubereitet hast, Zenzi“, sagte Hilde und begann lächelnd die Schüsseln, die auf den Tisch bereitstanden, zu befüllen. Ein Husten wie ein Donnerschlag rollte durch den Salon. Hermann zuckte zusammen. Er sah zu der Haushälterin hin, die eine Hand vor den Mund hielt.

„Entschuldigung“, sagte sie. Auf ihrer Stirn standen dicke Schweißtropfen. Ihre Augen sahen irgendwie glasig aus.

„Geht es dir gut?“, fragte Elsa.

„Es ist nichts“, sagte Zenzi. „Ich muss mich beim Anstehen auf dem Markt wohl verkühlt haben. Es sind schlimme Zeiten. Stundenlang warten und dann bekommt man doch nichts.“ Ein erneutes Husten unterbrach ihre Worte.

„Wie wäre es denn, wenn du dich auskurierst?“, schlug Elsa vor. „Überlass den beiden Küchenmädchen die Arbeit, geh in dein Zimmer und schlaf dich gesund!“

Zenzi winkte ab. „Die jungen Dinger machen das nicht richtig“, sagte sie und schlurfte davon.

Elsa wandte sich Hermann zu. „Wie sehen deine Pläne nun aus?“

„Ich werde Anfang November meinen Dienst wieder antreten“, sagte er. „Und dann werden wir sehen, wie es mit dem Krieg …“

Es klirrte, dann war ein leiser Schrei zu hören, gefolgt von einem dumpfen Schlag.

Hermann wandte den Blick und sah, dass Zenzi auf dem Boden lag. Sie hatte sich wohl an der Kommode neben der Tür zur Küche abstützen wollen, was ihr nicht gelungen war. Im Fallen hatte sie eine der Tonmasken aus den Kolonien mit sich zu Boden gerissen, die auf dem Parkett in tausend Stücke zersprungen war. Er eilte zu Zenzi, Hilde tat es ihm nach. Hermann kniete vor ihr. Die Augen der alten Frau waren geschlossen. Ihr Atem ging rasselnd. Hilde legte eine Hand an ihre Stirn und zuckte zurück.

„Sie glüht beinahe", sagte sie.

„Hoffentlich ist es nicht die Grippe", sagte Hermann.

Elsa war zu ihnen getreten. Sie sah auf Zenzi hinab. Dann sagte sie: „Ich lasse Isolde holen."

***

Isolde kniete sich neben das Bett. Ihre Finger strichen zuerst zart über Zenzis Stirn und schoben eine dort klebende graue Haarsträhne beiseite, ehe sie zur Hand der Haushälterin wanderten und dort ihren Puls suchten. Hilde hielt den Atem an. Sie hatte genügend Krankheit, Leiden und Sterben gesehen, um zu erkennen, dass das hier ein ernster Fall war. Sie sah, dass Isoldes Lippen sich bewegten. Ihre Tante schloss kurz die Augen, dann legte sie noch einmal die Hand auf Zenzis Stirn und streichelte ihr sanft über den Kopf, ehe sie sich erhob und sich zu ihrer versammelten Verwandtschaft umdrehte. Neben Hilde hatten sich auch ihre Mutter und Hermann in die kleine Kammer gequetscht, die vor Zenzi Angus, der Butler, bewohnt hatte.

„Ich fürchte, es ist die Grippe", sagte Isolde. „Das Fieber ist auf 39,8° gestiegen. Der Puls rast."

„Was können wir tun?", fragte Hilde. Sie versuchte erst gar nicht, das Schluchzen in ihrer Stimme zu unterdrücken. Sie fühlte sich an jenen furchtbaren Abend im Juli zurückversetzt, als der Onkel plötzlich an der Grippe erkrankt und zwei Tage später daran verstorben war.

„Wir können nichts tun", sagte Isolde. „Vielleicht sollten wir uns abwechseln und versuchen, ihr immer wieder ein wenig Wasser einzuflößen. Das Fieber zehrt sie innerlich aus, es verbrennt sie. Wenn sie nicht genügend Flüssigkeit aufnimmt, wird das ihr sicherer Tod sein. Und wir sollten versuchen, ihre Körpertemperatur mit Wadenwickeln zu senken."

„Ich bleibe bei ihr", sagte Elsa. Sie nahm Isoldes Platz an der Seite der Haushälterin ein. Hilde war erstaunt. So hatte sie ihre Mutter schon seit Ewigkeiten nicht mehr erlebt. Damals in Afrika, als sie selbst ein kleines Kind gewesen war, hatte Elsa auch an ihrem Bett gewacht und ihre Hand gehalten, wenn sie Fieber gehabt hatte. Aber seit ihrem Umzug nach München und insbesondere seitdem sie beruflich so erfolgreich war, hatte ihre Mutter sich mehr und mehr verhalten wie eine vornehme Dame der feinen Gesellschaft. Trotz des Krieges und trotz der Einschränkungen hatten sie so gut gelebt, wie es auf legalem Wege möglich gewesen war, und stets war sie auf ihren Status bedacht gewesen. Doch nun war sie sich nicht zu schade, sich an das Bett zu setzen, in dem ihre Haushälterin um ihr Leben kämpfte.

„Ich löse dich in einer Stunde ab", sagte Hilde.

Elsa schüttelte den Kopf. „Ich bleibe bei ihr, das bin ich ihr schuldig", sagte sie mit tränenerstickter Stimme. Hilde spürte, wie sich eine Hand an ihren Unterarm legte. Sie sah auf. Es war Isolde. Ihre Tante nickte ihr zu und Hilde folgte ihr aus dem Zimmer. Sie verabschiedeten sich von Hermann, der in das Palais seines Großvaters zurückkehrte, und gingen in den Salon.

„Sei ehrlich, Tante Isolde. Wird Zenzi es schaffen?", fragte Hilde.

Isolde seufzte. „Wenn du mich vor einem Jahr gefragt hättest, ob Zenzi eine Grippe überlebt, hätte ich abgewunken und gelacht. Zenzi ist der zäheste Mensch, den ich kenne. Aber diese Krankheit ist anders. Tausende von Menschen leiden daran. Alles hustet, schnieft und niest. Aber das ist keine normale Erkältung. Diese Grippe ist heftiger als alles, was ich jemals erlebt habe. Nachdem der Onkel im Juli gestorben war, bin ich auch daran erkrankt. Ich hatte Glück, mein Verlauf war leicht und doch war ich fast zwei Wochen außer Gefecht gesetzt. Ich hatte gehofft, wir hätten das Schlimmste überstanden. Aber die Krankheit kommt in Wellen. Diese zweite Welle ist noch schwerer als die erste und ich fürchte, dass sie Zenzi unter sich begraben könnte."

Hilde schluchzte. „Ich kann mir nicht vorstellen, wie eine Welt ohne Zenzi aussehen soll. Ich kenne sie, seitdem ich nach München gekommen bin. Sie war immer die gute Seele unserer Familie, zuerst im Haus des Onkels und dann bei uns."

„Gute Seele trifft es", erwiderte Isolde. „Das ist sie. Und auch wenn ihr Leben in Gefahr ist, lass uns nicht über sie sprechen, als ob sie schon gestorben wäre."

„Warum wacht Mama an ihrem Bett?“, fragte Hilde nach einer Weile. „Sie macht sich doch sonst nicht so gerne die Hände schmutzig. Und ihr Verhältnis zu den Dienstboten ist eher distanziert.“

Isolde warf ihr einen traurigen Blick zu „Glaubst du wirklich, dass Zenzi für deine Mutter eine Dienstbotin ist?“

Hilde spürte, wie ihr eine warme Röte ins Gesicht schoss. „So habe ich das nicht gemeint, aber ich hätte nicht gedacht, dass Mama und Zenzi sich so nahestehen würden.“

„Zenzi war für deine Mutter da, in den dunkelsten Stunden ihres Lebens. Sie war da, als sie sie gebraucht hat. Wir haben unsere Mutter früh verloren. Und als dann auch unser Vater gestorben ist, waren wir zwei Waisen, nicht mehr Kinder, aber auch nicht erwachsen. Wir sind zum Onkel gekommen. Er war ein Vater für uns und trotz anfänglicher Schwierigkeiten war uns niemand mehr eine Mutter als Zenzi, ganz besonders für Elsa. Wie gesagt, sie und Zenzi haben gemeinsam schwere Stunden überstanden. Auch für mich war Zenzi da. Damals, als Emily gestorben ist, hat sie mich mit Apfelstrudel aufgepäppelt. Dafür werde ich ihr immer dankbar sein und doch war ihr Verhältnis zu deiner Mutter viel enger als zu mir.“

Hilde wusste nicht, was sie mit dem eben Gehörten anfangen sollte. Ihre Mutter hatte selten über die Vergangenheit gesprochen. Sie wusste in groben Zügen, was geschehen war, nachdem ihr Großvater verstorben war und den Schwestern nichts als Schulden hinterlassen hatte. Aber es gab viele schwarze Flecken und offenbar hatte auch Zenzi ihre Rolle in dieser Geschichte zu spielen gehabt.

Die Tür öffnete sich. Ihre Mutter trat ein. Elsas Augen glänzten, aber ihre Miene war wie versteinert. Eine einzelne Träne lief ihr über die Wange. Sie öffnete den Mund, schloss ihn dann aber wieder und beantwortete die fragenden Blicke von Hilde und Isolde mit einem Kopfschütteln. Hilde spürte, wie ihre Kehle sich zuschnürte. Das konnte doch nicht wahr sein. Sie trat auf ihre Mutter zu. Isolde tat es ihr nach. Und dann lagen die drei Frauen sich in den Armen und die Tränen flossen.

Kapitel 4

Hilde klopfte an die Tür. Sie hörte ein schwaches „Herein!" und trat in das Schlafzimmer ihrer Mutter. Dabei balancierte sie vorsichtig die große Teetasse in einer Hand. Elsa lag in ihrem Bett, ihr Oberkörper war ein wenig aufgerichtet, das Gesicht gerötet, die Stirn schweißnass. Sie atmete schwer.

„Ich habe dir eine Tasse Thymiantee aufgebrüht", sagte Hilde. Sie stellte das Getränk auf das Nachtkästchen und setzte sich auf den Hocker neben ihre Mutter. Elsa ächzte und griff mit einer Hand nach der Tasse. Sie zitterte und Hilde half ihr, den Tee zum Mund zu führen. Sie trank einen kleinen Schluck und ließ sich dann in die Kissen zurückfallen.

„Wie geht es dir?", fragte Hilde.

„Ich habe mich noch nie so krank gefühlt", flüsterte Elsa. Jedes Wort schien eine gewaltige Anstrengung für sie zu bedeuten. „Ich muss mich wohl bei Zenzi angesteckt haben."

Hilde spürte, wie sich die Angst als eiskaltes Gefühl um ihren Hals legte. Ihre Mutter schien es zu bemerken, denn sie sagte: „Keine Sorge, ich bin jünger und kräftiger als Zenzi. Es geht mir schon besser als vor ein paar Tagen."

„Kann ich dir denn etwas Gutes tun? Soll ich Tante Isolde noch einmal holen?“

Elsa schüttelte den Kopf. „Was soll sie tun? Fieber messen? Das kann ich selbst. Ach, eine Hühnerbrühe wäre jetzt gut.“

Hilde sah verlegen zu Boden. „Leider sind Milli und Gabi auch krank. Ich habe den Tee selbst zubereitet. Aber ich kann schauen, ob ich ein Hühnchen für uns auftreiben kann und versuchen, eine Suppe daraus zu kochen. So schwer kann das doch nicht sein.“

Elsa seufzte, der Laut ging nahtlos in ein Husten über. Nachdem sie sich erholt hatte, sagte sie: „Eine Suppe zu kochen ist in diesen Tagen weit weniger schwierig als die Zutaten aufzutreiben. Auf dem Markt wirst du kein Hühnchen kaufen können.“

Hilde spürte, wie sie der Mut verließ. „Aber wie komme ich an eines?“

Ihre Mutter schloss kurz die Augen. „Du weißt, dass ich bislang aus Prinzip darauf verzichtet habe, mir durch mein Geld oder meine Beziehungen einen Vorteil zu verschaffen. Aber heute werden wir eine Ausnahme davon machen. Versuche es bei Herrn von Linden. Er hat Verwandte in Oberbayern, die ihm immer wieder heimlich etwas zu schmuggeln. Isolde und Lotte versorgt er regelmäßig mit Fleisch und Eiern. Und ich glaube, Isoldes Nichte wird er die Bitte nach einem Hühnchen nicht abschlagen.“

Hilde musste schmunzeln. Wenn ihre Mutter so etwas sagte, schien es ihr wirklich etwas besser zu gehen. Sie verabschiedete sich, ging zur Straßenbahnhaltestelle und nahm die Tram in Richtung Hauptbahnhof.

Von dort aus war es noch eine gute Viertelstunde Fußweg zu Johann von Lindens Wohnung in der
Maxvorstadt. Es nieselte leicht und der Nachmittag
versank bereits in einer kühlen Dämmerung. Die Schulen waren nun schon seit einer Woche geschlossen und
die Grippewelle hatte München im Würgegriff.

Nach zehn Minuten hatte sie das stattliche Wohn-
haus erreicht, in dem von Linden eine Wohnung besaß.
Sie klopfte, gab sich zu erkennen und wurde gleich zum
Hausherrn geführt. Als dieser erfuhr, wie es um Elsa
stand, zögerte er nicht, den Inhalt seiner Speisekam-
mer mit Hilde zu teilen und fünf Minuten später war
sie, einen Korb unter dem Arm, auf dem Rückweg zur
Tramhaltestelle. Sie hatte nicht nur ein Hühnchen, sondern auch frische Karotten, Lauch und eine Sellerieknolle dabei. Das würde ein Festmahl geben. Sie bog
um eine Ecke und zog den Schal enger, weil ein auf-
kommender Herbstwind ihr den Nieselregen ins Gesicht wehte. Etwa fünfzig Meter vor sich sah sie drei
Männer gehen. Sie trugen Arbeiterkleidung und einer
von ihnen schwankte hin und her. Hilde spürte, wie es
ihr kalt den Rücken hinunterlief. Das konnte nichts Gutes bedeuten. Als Frau hatte sie schon immer ein mulmiges Gefühl begleitet, wenn sie alleine unterwegs gewesen war. Aber nun schnürte ihr eine kalte Angst die
Kehle zu.

Einer der Männer rief: „Ja, wen haben wir denn da?"

„Ist das eine alte Jungfer oder ein hübsches junges
Ding?", fügte der Zweite hinzu. Der Dritte, derjenige,
der schwankte, gab nur ein Grunzen von sich. Hilde sah
nach rechts und nach links. Es gab keine Seitenstraße,

in die sie hätte entweichen können. Die Männer kamen direkt auf sie zu. Sie waren nicht mehr weit entfernt.

„Und einen Korb hat sie auch dabei", sagte der eine. „Ich wette, sie hat etwas Feines darin. Ein Brot vielleicht oder einen Kuchen?"

„Und wenn wir Glück haben, noch eine Flasche Wein", rief der andere. Die beiden Männer bauten sich vor Hilde auf, während der dritte sich mit dem Kopf an ein Mäuerchen lehnte. Zu ihrem Schrecken sah sie, dass er seine Hose nach unten zog, und hörte kurz darauf einen Strahl auf das Trottoir plätschern.

„Lassen Sie mich vorbei", sagte sie. Aber die Männer machten keine Anstalten, ihrer Bitte nachzugeben. Die Kerle musterten sie mit einer Mischung aus Neugier und etwas anderem, das ihr Sorgen bereitete.

„Lass uns mal in deinen Korb sehen. Was ist da wohl drin?", sagte der eine. Hilde legte ihre Hand auf das Geschirrtuch, das den Inhalt des Behältnisses bedeckte, doch der Mann schob sie weg und hob das Tuch.

„Ja, sieh mal einer an, ein ganzes Huhn. Was für ein Luxus in diesen Tagen."

„So etwas bekommt ja heute nicht einmal mehr der König vorgesetzt, wie man hört", sagte der andere. „Das Gemüse kann sie behalten."

Er griff in den Korb und wollte das Huhn herausziehen. Hilde trat ihm gegen das Schienbein. Er zog seine Hand zurück und stieß einen Fluch aus. Der andere versuchte, Hilde zu packen, aber sie wandte sich um und rannte los. Vielleicht konnte sie die Männer abschütteln.

Doch zu rasch hörte sie Schritte hinter sich. Sie hatte eben die Abzweigung erreicht, die sie in eine belebtere

Straße führen würde, als sich eine Hand auf ihrer Schulter legte und sie herumriss. Sie verlor das Gleichgewicht und fiel hin. Der Korb entglitt ihr und die Karotten verteilten sich auf dem Pflaster.

„Das soll dir noch leidtun, dass du mich getreten hast", sagte der eine Mann. Er baute sich über Hilde auf. Sie kroch zurück, aber er folgte ihr. Er hob seine Hand. Würde er sie schlagen?

„Was ist hier los?", hörte sie eine Stimme. Sie wandte den Kopf. Aus dem Augenwinkel sah sie, dass der Mann über ihr unbeeindruckt weiter ausholte. In diesem Augenblick traf ihn ein Gegenstand mit voller Wucht an der Schläfe. Er taumelte ein paar Schritte zurück und fiel um. Etwas kullerte zu Boden. Bass erstaunt sah sie, dass es die Sellerieknolle war.

„He, was soll das?", rief der andere. Ein Mann trat auf ihn zu und schlug ihm mit voller Wucht ins Gesicht. Nun ging auch der zweite Verfolger zu Boden. Die Gestalt trat zu Hilde und reichte ihr die Hand. Sie sah ihn an.

„Herr Ludwig", sagte sie, als sie den Gefreiten erkannte, der ihrem Bruder das Leben gerettet hatte. Er lächelte ihr zu und zog sie hoch. „Fräulein Müller", erwiderte er. „Es ist mir eine Freude, Sie wieder zu treffen, auch wenn ich mir dafür andere Umstände gewünscht hätte. Wollen wir gemeinsam Ihre Möhren einsammeln?"

Er half ihr dabei, das Gemüse in den Korb zu packen und ging mit ihr die Straße entlang. Die Verfolger hatten sich inzwischen zurückgezogen, selbst der schwer Betrunkene war nicht mehr zu sehen.

„Danke, es war ein Glück, dass Sie vorbeigekommen sind“, sagte sie, als sie sich an der Tramhaltestelle von ihm verabschiedete.

Er zwinkerte ihr zu. „Offenbar bin ich immer zur Stelle, wenn Sie oder Ihr Bruder in Schwierigkeiten sind.“

Sie erwiderte sein Lächeln. „Jeder Mensch braucht einen Schutzengel. Offensichtlich teilen mein Bruder und ich uns einen. Leben Sie wohl und danke noch mal.“ Er nickte ihr zu, wandte sich um und ging davon. Sie sah, wie seine Gestalt sich im Nieselregen verlor. Ihr Herz raste.

***

Mit klopfendem Herzen betrat Hermann erstmals nach mehr als vier Jahren das Arbeitszimmer seines Großvaters. Nachdem dieser im schicksalhaften Sommer 1914 verhaftet und zu Festungshaft verurteilt worden war, weil er einen Mord in Auftrag gegeben hatte, um Elsa zu schaden, hatte Hermann nur noch zwei Wochen im Palais der Familie gewohnt. Er hatte nach dem Abitur die Offizierslaufbahn einschlagen wollen und war in die Kaserne eingetreten, nur um kurz darauf als blutjunger Soldat an die Front geschickt zu werden. In seinen Urlauben hatte er das schlossähnliche Gebäude abgesehen von seinem Zimmer nicht weiter genutzt. Um das Arbeitszimmer des Großvaters hatte er jedoch immer einen Bogen gemacht. Er verband zu viele unschöne Erinnerungen damit.

Aber heute hatte es sich nicht vermeiden lassen, den Raum zu betreten. Hermann strich mit einem Finger über die blank geputzte Oberfläche des Schreibtischs. Das Personal kümmerte sich weiterhin darum, dass hier nichts einstaubte, so als ob sein Großvater noch lebte. Es war schon seltsam. Der alte Mann war tot, und trotzdem war sein Geist überall. Er zögerte kurz, dann schob er den Stuhl zurück und nahm Platz. Ein Gefühl der Macht strömte durch Hermanns Körper. Großvater hatte in diesem Stuhl weitreichende Entscheidungen getroffen, hatte sein Urteil über das Wohl und Wehe von Unternehmern oder anderen Banken gefällt. Nun saß sein Enkel hier. Und die Frage war, ob er die Rolle des alten Bankiers übernehmen würde und – was wesentlich schwerer wog – ob er sie ausfüllen konnte.

Es klopfte an der Tür. Auf sein Rufen trat ein kleiner, hagerer Mann in einem tadellosen schwarzen Frack ein. Er trug eine Mappe unter dem Arm. Der Ankömmling verbeugte sich. Hermann wies auf den Stuhl, der auf der anderen Seite des Schreibtischs stand. Der Besucher nahm Platz.

„Herr Krötzinger, schön, dass Sie es einrichten konnten", sagte Hermann.

„Aber natürlich. Sie sind Erbe Ihres Großvaters. Und daher stehe ich Ihnen als geschäftsführender Direktor der von Lampeckschen Privatbank jederzeit zur Verfügung. Was kann ich für Sie tun?"

„Ich möchte wissen, wie es um die Bank steht."

Krötzingers Nasenspitze zuckte kurz nach oben. „Darf ich erfahren, worauf sich dieses Interesse gründet? Ich möchte nicht unverschämt sein", schob er rasch nach. „Aber wenn ich Ihre Absicht verstehe, kann ich Ihnen vielleicht besser helfen."

Hermann lehnte sich nach vorne. „Mein Großvater hat mir die Bank vererbt. Ich habe die Nachricht von seinem Tod erhalten, als ich im Felde stand. Ich wusste nicht, was auf mich zukommt und hatte weder die Zeit noch die Muße, mich darum zu kümmern. Und ich weiß es heute noch nicht. Aber ich muss mich entscheiden, ob ich weiterhin Soldat bleiben oder ob ich in das Geschäft meines Großvaters einsteigen will. Und deshalb möchte ich von Ihnen wissen, wie es um die Bank steht."

„Ich verstehe", erwiderte Krötzinger. „Die Bank steht gut und solide da. Allerdings muss man dabei die Umstände in Betracht ziehen."

„Was soll das heißen?", fragte Hermann.

„Die Kriegswirtschaft ist natürlich auch an uns nicht spurlos vorüber gegangen. Unsere Bargeldreserven sind erschöpft. Wenn nun die Einleger auf die Idee kommen, viel Geld abzuziehen, könnten wir in Schwierigkeiten geraten. Zudem haben wir größere Kreditrückstände von Darlehen, die wir Rüstungsunternehmen gewährt haben. Sollte der Krieg enden, könnte uns auch das in eine Schieflage bringen. Aktuell ist die Bilanz ausgeglichen und wir haben im letzten Jahr einen Gewinn von knapp zwei Millionen Reichsmark erzielt."

„Zwei Millionen Reichsmark?", sagte Hermann. „Ich hätte nicht gedacht, dass man in diesen Zeiten so viel Gewinn erwirtschaften kann."

Krötzinger zuckte mit den Achseln. „Man muss nur wissen, wie man es anstellt. Erlauben Sie mir die Bemerkung, dass Ihre Mutter sehr viel Ahnung von diesem Thema zu haben scheint? Ihr Unternehmen steht blendend da. Und das hat sie, wie auch wir, dem Krieg zu verdanken.“

Hermann verzog das Gesicht. „Es ist ein Schlag ins Gesicht der Soldaten, die ihr Leben riskieren, wenn Unternehmer den Krieg dazu nutzen, ihre Kassen zu füllen.“

Wieder zuckte Krötzinger mit den Schultern. „Jeder hat seine Aufgaben.“

„Was wären meine Aufgaben als Aufsichtsratsvorsitzender der Bank?“, fragte Hermann.

„Was wir dringend brauchen, sind Einleger, aber auch Kreditnehmer mit guter Bonität. Wir müssen uns von den Rüstungsunternehmen lösen. Und dazu benötigen wir Kontakte. Wenn Sie den Vorsitz des Aufsichtsrates übernehmen, sollten Sie sich in den gehobenen Kreisen der Münchener Gesellschaft nach Geschäftspartnern umsehen. Die Zeiten sind hart und wir werden zu kämpfen haben. Da ist es wichtiger denn je, Verbündete an unserer Seite zu wissen. Ich habe Ihnen in dieser Mappe alles Wissenswerte zusammengefasst. Und nun darf ich mich empfehlen. Die Geschäfte rufen. Wenn Sie noch Fragen haben, bin ich natürlich jederzeit wieder für Sie erreichbar.“ Er verabschiedete sich und trat hinaus.

Hermanns Blick fiel auf die Mappe. Er spürte einen instinktiven Widerwillen, danach zu greifen. Aber er wusste auch, dass es notwendig war. Er musste sich mit den Bankgeschäften vertraut machen, um entscheiden zu können, ob er in diesem Weg seine Zukunft sah.

Da klopfte es erneut an der Türe. Auf sein Rufen hin öffnete einer der Bediensteten und meldete den General von Steinbeiß. Hermann war erstaunt. Was wollte sein Kommandant von ihm? Und warum war er nicht an der Front? Ehe er sich weitere Gedanken darüber machen konnte, trat der Offizier ein. Obwohl er ein Bayer war, sah er so aus, wie man sich wohl einen preußischen General vorstellte. Ein vollständig kahler und annähernd quadratischer Schädel, tief zerfurchte Haut und stechend blaue Augen. Aus Gewohnheit salutierte Hermann. Der General erwiderte den Gruß und setzte sich dann unaufgefordert.

„Welchem Umstand verdanke ich die Ehre Ihres Besuches?", fragte Hermann.

Von Steinbeiß winkte ab. „Es ist kein Anstandsbesuch. Ich bin auf einer Mission und ich suche Verbündete."

„Und wie kann ich Ihnen da behilflich sein?"

„Die Oberste Heeresleitung hat die Fühler zu den Alliierten ausgestreckt. Es wird Waffenstillstandsverhandlungen geben."

Hermanns Augenbrauen schossen nach oben. „Waffenstillstandsverhandlungen?"

Der General verzog das Gesicht. „Die Herren in Berlin haben beschlossen, den Sieg zu verschenken. Alles wird zusammenbrechen, es wird zu Aufständen kommen wie vor einem Jahr in Russland. Wir dürfen nicht zulassen, dass in Deutschland bald bolschewistische Verhältnisse herrschen."

Hermann runzelte die Stirn. „Aufstände? Sie meinen eine Revolution?"

„Das ist eine viel zu beschönigende Bezeichnung für die Schweinerei, die uns bevorsteht. Wir aufrechten, im Felde unbesiegten Soldaten müssen uns wehren und deshalb bin ich zu Ihnen gekommen. Sie wurden im Einsatz für Ihr Vaterland verwundet. Ich brauche

Sie an meiner Seite. Kämpfen Sie mit mir gegen die rote Gefahr!"

„Ich weiß noch nicht, ob ich meine Offizierslaufbahn fortsetzen werde", sagte Hermann, der sich bei diesem Gespräch zunehmend unwohl fühlte. „Mein Großvater hat mir die Bank vererbt und ich trage mich mit dem Gedanken, die Leitung zu übernehmen."

Auf dem Gesicht des Generals erschien ein haifischartiges Grinsen. Er lehnte sich zurück und faltete die Hände unter dem Kinn. Dann sah er Hermann mit seinen stechend blauen Augen an und sagte: „Das trifft sich ja ausgezeichnet. In diesem Fall werden Sie unserer Sache noch von viel größerem Nutzen sein."

KAPITEL 5

München, Freitag, 1. November 1918

Hilde zog sich den Schal enger um den Hals und eilte durch das Gassengewirr der Münchner Altstadt. Die beiden Mädchen, die für die Einkäufe und das Kochen zuständig waren, lagen noch immer grippegeplagt in ihren Betten. Trotz ihres jugendlichen Alters litten sie stärker unter der Erkrankung als Hildes Mutter, die sich zwar langsam, aber stetig auf dem Weg der Besserung befand. Tante Isolde hatte beobachtet, dass die Grippe jüngere Menschen heftiger zu treffen schien als ältere. Hilde schluckte. Hoffentlich hatte sie sich nicht angesteckt! Und hoffentlich, sollte sie sich doch angesteckt haben, starb sie nicht an der Erkrankung. Sie hatte noch so viel vor. Das Leben lag vor ihr. Wenn der Krieg endete, würde es wieder möglich sein, die Welt zu bereisen. Immer, wenn Tante Isolde davon berichtet hatte, wie sie Kontinente durchquert hatte, hatte Hilde ihr mit leuchtenden Augen und ein wenig Neid im Herzen gelauscht. Und sie hatte beschlossen, es ihr eines Tages nachzutun. Aber dann war der Krieg ausgebrochen und hatte Auslandsreisen unmöglich gemacht. Welches Land sollte sie zuerst besuchen? Die USA? Indien? Oder Japan? Während sie sich in die Ferne träumte, hätte sie beinahe die Abzweigung zum Viktualienmarkt verpasst.

Als sie auf dem weiträumigen Platz anlangte, stockte ihr der Atem. Vor den Ständen, an denen Nahrungsmittel ausgegeben wurden, hatten sich lange Schlangen gebildet. Heute war wieder ein Kartoffeltag und Hilde trug einen Berechtigungsschein für drei Kilo der Feldfrüchte bei sich. Da die Hühnersuppe und das Gemüse, das Johann von Linden ihr mitgegeben hatte, eine verhältnismäßig üppige Mahlzeit abgegeben hatten, war davon sogar noch etwas übrig geblieben. Hilde plante, am Abend das gekochte Fleisch mit Kartoffeln zu servieren, was sicher lecker schmecken würde. Aber dafür musste sie erst einmal welche zugeteilt bekommen. Sie stellte sich an und rieb sich die klammen Hände.

„Fräulein Müller, welch eine Freude, Sie wiederzusehen", hörte sie eine Stimme sagen. Ihr Herz legte einen Zahn zu. Sie hatte ihn sofort erkannt.

„Herr Ludwig", sagte sie und wandte sich dabei langsam um. „Die Freude ist ganz auf meiner Seite. Schön, Sie wiederzusehen. Und dieses Mal sogar unter einigermaßen normalen Umständen."

Auf den Lippen des Gefreiten erschien ein Lächeln und an seinen Wangen bildeten sich zwei Grübchen, die Hilde am liebsten mit ihren Fingerspitzen berührt hätte. „Ich weiß nicht, was Sie als normal bezeichnen. Aber dass man für ein paar Kartoffeln mehrere Stunden lang anstehen muss, finde ich keineswegs erstrebenswert. Und ich hoffe, es wird bald eine schmerzhafte Erinnerung sein. Wenn wir die Landwirtschaft kollektivieren, können wir die Lebensmittel viel gerechter zuteilen."

„Bin ich nun wieder in eine Ihrer revolutionären Reden geraten?"

Er schmunzelte. „Ich habe schon verstanden und werde Sie natürlich nicht in Schwierigkeiten bringen. Der Bitte Ihres Bruders habe ich zwar nicht entsprochen, neulich bin ich knapp der Verhaftung entgangen, als ich in einem Wirtshaus meine Meinung über den Krieg kundgetan habe. Aber Ihretwegen will ich heute einmal darauf verzichten, den dreifachen Fluch auszusprechen."

„Sie haben sich Heine zu Herzen genommen? Der dreifache Fluch gegen Gott, den König und das Vaterland?"

Er nickte. „Die schlesischen Weber. Eines der eindrucksvollsten Gedichte in deutscher Sprache, finden Sie nicht?"

„Haben Sie schon einmal etwas von Else Lasker-Schüler gelesen?", erwiderte Hilde. „Auch wenn ich Heine zugestehen muss, dass er ein großer Lyriker war. Aber ich bevorzuge eher Gedichte über Natur oder über Gefühle. Politische Lyrik ist nicht so meins."

„Das ist schade, denn ich vermute und hoffe, dass bald eine große Zeit für politische Lyrik anbrechen wird. Wir stehen an der Schwelle bedeutender Ereignisse. Wir werden Zeugen von Umwälzungen, wie sie die Welt noch nicht gesehen hat. Das muss doch die Kunst auf den Plan rufen. Wir brauchen kreative Geister, die den Menschen die Botschaft der Revolution vermitteln."

„Ich hoffe, Ihre revolutionären Künstler werden dann genügend Kartoffeln zu essen bekommen", sagte Hilde. „Mit leerem Magen dichtet es sich nicht so gut."

„Sie sind dran, Fräulein", hörte sie eine barsche Stimme rufen. Hilde wandte sich um und erkannte zu ihrem Erstaunen, dass sie die Erste in der Schlange war. Ein grobschlächtiger Kerl mit einer Schiebermütze über der feisten Stirn riss ihr die Wertmarke beinahe aus der Hand, ehe er ihr einen Sack Kartoffeln so fest in die Arme warf, dass sie gestürzt wäre, hätte Paul Ludwig sie nicht festgehalten. Seine Berührung jagte einen elektrischen Impuls durch ihren Körper und sie spürte ein tiefes Bedauern, als er sie wieder losließ.

Sie verabschiedete sich von Ludwig und ging nach Hause. Auf dem Heimweg dachte sie nicht mehr über das Reisen nach, sondern über ihre Unterhaltung mit dem Gefreiten. Er wirkte so, als ob er nicht ganz von dieser Welt wäre, als ob er jetzt schon in einem idealen Land der Zukunft lebte, das die von ihm herbeigesehnte Revolution aber erst noch schaffen musste. Das machte ein Gespräch mit ihm einerseits zu einer intellektuellen Herausforderung, zum anderen war sein Enthusiasmus jedoch auch ziemlich ansteckend. Wieder bemerkte Hilde, dass ihr Herz stark und schnell klopfte. Offenbar hatte Ludwig diese Reaktion bei ihr ausgelöst. Sie war sich nicht sicher, ob ihr das angenehm war oder ob es sie eher irritierte.

Über diesen Gedanken erreichte sie die Isarbrücke und nach einer weiteren Viertelstunde war sie zu Hause. Sie brachte die Kartoffeln in die Küche und stieg dann die Treppe hinauf zum Schlafzimmer ihrer Mutter. Elsa saß mit dem Rücken an das Kopfteil ihres Bettes gelehnt. Auf ihrer Stirn standen keine schweren Tropfen mehr, nur noch ein dünner Schweißfilm zeugte davon, dass ihre Temperatur zwar noch erhöht, aber nicht mehr hochfiebrig war.

„Hast du die Kartoffeln bekommen?", fragte sie.

Hilde nickte. „Ich werde sie gleich aufsetzen, dann gibt es heute das restliche Huhn, ein wenig Gemüse und Kartoffeln.“

Elsa verzog das Gesicht. „Ein Festmahl stelle ich mir anders vor. Aber so sind die Zeiten nun einmal.“

Hilde musste an die Worte des Gefreiten denken: „Ich hoffe nicht, dass wir uns an diese Normalität gewöhnen müssen, sondern dass neue, bessere Zeiten anbrechen. Zuckerschoten für jedermann.“

Elsa schmunzelte. „Ich dachte, du magst Heine nicht?“

„Andere Zeiten erfordern eben auch andere Geschmäcker“, sagte Hilde. „Ich gehe jetzt das Essen zubereiten.“ Sie trat hinaus und stieg die Treppe hinunter, ihre Gedanken trugen sie jedoch zurück zu Paul Ludwig und den beiden Grübchen auf seiner Wange.

***

Das Erste, was Hermann in der Kaserne auffiel, war eine veränderte Atmosphäre. Als er vor einem Jahr zuletzt hier gewesen war, waren die Reservisten zu Tode gelangweilt gewesen. Die Offiziere, aber auch die Gemeinen hatten ihre üppige Wartezeit auf den nächsten Fronteinsatz damit verbracht, Karten zu spielen, spazieren zu gehen oder zu lesen.

Aber nun wirkte die Kaserne wie ein Bienenstock. Überall standen kleine Gruppen von Männern zusammen, die miteinander tuschelten. Immer wieder hörte er Wortfetzen. „Waffenstillstand.“ „Kapitulation.“ „Revolution.“ „Meuterei.“

Er trat in die Offiziersstube. Die beiden Lieutenants von Axelroth und von Waisen, die er von seinem Offizierslehrgang her kannte, rieben sich die Hände an einem stinkenden Kohlenofen und blickten finster drein. Als sie Hermann eintreten sahen, salutierten sie. Er erwiderte ihren Gruß, legte seine Mütze auf den Tisch und setzte sich.

„Was gibt es Neues?", fragte er. „Ich hatte nach meiner Entlassung aus dem Lazarett zwei Wochen Genesungsurlaub und habe nicht allzu viel mitbekommen. Wie ist die Lage im Regiment?"

„Es ist eine seltsame Stimmung hier", erwiderte von Axelroth. „Es kommt immer wieder zu Insubordinationen. Die Gemeinen werden frech. Und manche sprechen ganz offen vom Umsturz. Seitdem bekannt wurde, dass die Oberste Heeresleitung um einen Waffenstillstand ersucht hat, ist es vorbei mit dem letzten Rest von Disziplin."

Hermann wollte etwas erwidern, doch von draußen drang Geschrei in die Offiziersmensa.

„Das kommt von der Straße her", sagte von Waisen. „Wahrscheinlich wieder einer dieser sozialistischen Demonstrationszüge. Man sollte sie mit Maschinengewehren niedermähen, diese Taugenichtse."

Hermann ging zum Fenster, öffnete es und streckte den Kopf hinaus. Der Lärm kam nicht von der Straße her, sondern aus dem Obergeschoss der Kaserne. Dort stand eine Gruppe von Gefreiten auf einem kleinen Balkon. Die Männer wechselten sich damit ab, ein unflätiges Schimpfwort nach dem anderen zu rufen. Ihr Blick war auf die Straße gerichtet. Als Hermann selbst in die

Richtung sah, erstarrte er. Eine weißbärtige, etwas gebeugt gehende Gestalt spazierte langsam in der Straßenmitte, begleitet von zwei Leibgardisten.

„Der König", sagte von Axelroth, der neben Hermann getreten war.

„Der spaziert oft hier vorbei", sagte von Waisen.

Hermann achtete nicht auf die Worte der beiden Offiziere, sondern hörte genau hin, was die Mannschaften riefen. „Verschwender." „König von nichts." „Verwandtenmörder." „Preußenknecht." Er war bis ins Mark erschüttert. Wie weit war es gekommen, dass Untertanen, noch dazu Soldaten, die den Treueeid geschworen hatten, ihren obersten Herren, den König von Bayern ausbuhten und beschimpften? Er trat vom Fenster zurück und ging in Richtung der Tür zum Hof.

„Was haben Sie vor?", fragte von Axelroth.

„Ich werde diesen Kreaturen zeigen, dass es Grenzen ihrer Frechheit gibt. Der König ist unser Feldherr, unser Souverän. Er steht für alles, was unser Gemeinwesen ausmacht. Wenn wir zulassen, dass er verspottet und verhöhnt wird, wird bald alles zusammenbrechen, was uns lieb und teuer ist."

Er spürte, wie sich eine Hand auf seine Schulter legte. Es war von Waisen. Der Lieutenant schüttelte den Kopf.

„Der König hat die Beschimpfungen stoisch über sich ergehen lassen. Es hat keinen Zweck. Sie bringen sich nur in Gefahr. Diese Taugenichtse warten nur darauf, dass einer von uns sich ihnen entgegenstellt. So wie damals in Paris, als der Pöbel die Bastille gestürmt hat. Wollen Sie wirklich derjenige sein, dessen Kopf auf einer Pike durch die Gassen getragen wird?"

Hermann sah von Waisen entgeistert an. Das konnte nicht sein Ernst sein. Er schüttelte die Hand des Offiziers ab. Niemand würde ihn davon abhalten, für die Ehre des Königs einzustehen. Da öffnete sich die Tür zur Offiziersmensa. General von Steinbeiß trat ein. Hermann spürte, wie sein Mund auszutrocknen begann. Dem Kommandanten wäre er am liebsten erst später begegnet. Als der General ihn am Vortag aufgesucht und ihn gedrängt hatte, sich der gegenrevolutionären Bewegung anzuschließen, war Hermann ihm eine eindeutige Antwort schuldig geblieben. Und wenn von Steinbeiß nun seine Frage wiederholen würde, wusste er noch weniger, was er antworten sollte. Die Beschimpfung des Königs hatte ihn zutiefst erschüttert. Es war ein unvorstellbares Sakrileg. Und doch klangen auch die Worte von Waisens in seinen Ohren. Der König hatte sich nicht gewehrt. War es vielleicht sogar klüger, nachzugeben? Der Revolution oder wie immer man das nennen mochte, was sich hier aufbaute, ihren Lauf zu lassen? Die beiden Offiziere grüßten den General und Hermann schloss sich ihnen an. Von Steinbeiß nickte ihm zu.

„Sie sind wieder im Dienst? Gut, in der Bank hätten Sie mehr bewirken können, aber Männer wie Sie können wir auch im Heer brauchen. An die Front wird es wohl nicht mehr gehen. Es kann nur noch Tage dauern, bis ein Waffenstillstand in Kraft tritt. Aber tüchtige Männer werden auch in der Heimat eine Aufgabe bekommen. Millionen von Soldaten werden nach Hause zurückkehren. Sie müssen demobilisiert werden und wir müssen versuchen, sie in die richtigen Bahnen zu lenken, müssen verhindern, dass sie dem Sozialistenpack nachlaufen. Sie haben mitbekommen, was da draußen gerade geschehen ist? Dass Ihre Majestät der König beschimpft wurde?"

Hermann nickte.

„Das ist nur ein Vorspiel", sagte von Steinbeiß. „Die Sozialisten werden jeden aufknüpfen, der sich ihnen in den Weg stellt. Wir müssen stark sein. Kann ich auf Sie zählen?"

Hermann schluckte. Dann erschien das Bild des Königs vor seinem inneren Auge. Die gebeugte Gestalt, die wehrlos der Verspottung durch die Soldaten ausgesetzt war. Er spürte, wie eine Welle der Wut in ihm aufwallte.

„Ja", sagte er. „Das können Sie."

Kapitel 6

München, Sonntag, 3. November 1918

Hilde hatte den Tisch im Salon gedeckt. Zwar ging es den Mädchen langsam besser, aber sie hatte am Morgen in der Küche beobachtet, wie Gabi mit zittrigen Händen Kaffee in eine Kanne gegossen und dabei die Hälfte verschüttet hatte. Das feine Geschirr wollte sie dem Küchenmädchen daher nicht anvertrauen. Außerdem hatte Hilde Freude daran gefunden, sich mit praktischen Dingen zu beschäftigen. Sie wusste nicht, was sie sonst tun sollte, da die Schule weiterhin geschlossen war. Und es lenkte sie von der noch drängenderen Frage ab, was sie nach dem Abitur mit ihrem Leben anfangen sollte.

Am Kopfende der Tafel saß ihre Mutter. Sie hatte sich heute erstmals in der Lage gesehen, aufzustehen. Es läutete an der Tür. Da Frank, der Bedienstete, der die Rolle des Butlers in den letzten Jahren mehr schlecht als recht verkörpert hatte, noch grippekrank in seiner Kammer lag, ging Hilde selbst hinaus, um zu öffnen. Als sie die beiden Besucherinnen sah, klatschte sie in die Hände. „Tante Isolde und Tante Lotte!" Sie umarmte zuerst die eine, dann die andere und bat sie herein. Sie half ihnen, die Mäntel abzulegen, und führte sie in den Salon.

„Entschuldigt bitte, dass ich mich nicht erheben kann", sagte Elsa, die an der Stirnseite der Tafel sitzen blieb. „Es hat mich sehr viel Kraft gekostet, mein Bett zu verlassen. Ich möchte mich am liebsten erst einmal nicht mehr bewegen."

„Das würde ich dir als deine Ärztin auch dringend raten", sagte Isolde. „Es ist ein gutes Zeichen, dass du nach wenigen Tagen schon wieder so stark bist, dass du aufstehen kannst. Aber übertreibe es bitte nicht. Diese Krankheit ist tückisch."

Elsa winkte ab. „Ich kann nicht in meinem Bett bleiben, wenn Lotte einmal wieder zu Besuch ist", sagte sie. „Wir sind schließlich nicht in Versailles am Hofe Ludwigs XIV., der seine Gäste im Schlafzimmer empfangen hat."

Lotte grinste. „Wusste ich es doch, dass du dich als ein Abbild des Sonnenkönigs siehst. Hast du meine Tiraden gegen den verderblichen Einfluss des Kapitals vermisst?"

Auch auf dem Gesicht ihrer Mutter erschien nun ein leises Lächeln. „Ich kann dir versichern, mein Einfluss als Kapitalistin ist relativ gering. Und meine Fabriken geben mehr Frauen Arbeit als andere, wenn man einmal von den Munitionswerken absieht."

„Ja, weil keine Männer zur Verfügung stehen, die die Arbeit machen könnten, da sie an der Front sterben", sagte Lotte.

Isolde verdrehte die Augen. „Müsst ihr denn immer über Politik diskutieren?", fragte sie.

„Ach, komm schon, wir leben in aufregenden Zeiten", sagte Lotte. „Schließlich steht ein Entwurf einer neuen Verfassung kurz vor der Verabschiedung im Reichstag.

Und wie man munkelt, wäre der Kaiser sogar bereit, eine rein repräsentative Funktion zu übernehmen und dem Parlament die Macht zu geben. So wie in England.“

„Ich kann mir nicht vorstellen, dass er sich freiwillig zu einem derartigen Schritt entscheiden würde“, sagte Elsa. „Der Kaiser will seine Haut retten, nur deshalb ist er zu Zugeständnissen bereit.“

Lotte grinste. „Da sind wir uns ja mal einig. Ich glaube auch nicht, dass es ihm den Thron erhalten wird. Und ganz ehrlich? Ich hoffe, dass ihn eine revolutionäre Woge davonschwemmt. Der Kaiser muss weg. Er und seine Camerilla haben so viel Leid über dieses Land gebracht, man sollte sie mit der Peitsche hinausjagen.“

„Und wer soll ihnen nachfolgen?“, fragte Elsa. „Willst du russische Verhältnisse?“

„Ich halte mich an Rosa Luxemburg“, erwiderte Lotte. „Eine Revolution wird kommen. Und sie wird anders sein als alles, was wir bisher erlebt haben.“

„Den Satz habe ich neulich schon einmal gehört“, sagte Hilde, die froh war, sich in das Gespräch einmischen zu können. Sie mochte es nicht, wenn sie daneben stand und nur zuhören konnte, wie die Erwachsenen sich unterhielten.

„Und wer hat diese klugen Worte gesprochen?“, fragte Lotte.

„Ein Gefreiter, Paul Ludwig, der Mann, dem Hermann sein Leben verdankt.“ Sie hätte beinahe hinzugefügt, dass der Mann sie ebenfalls vor einem schlimmen Schicksal bewahrt hatte, hatte es dann aber geschafft, sich rechtzeitig auf die Zunge zu beißen. Ihrer Mutter hatte sie nichts von der Episode erzählt, die sich an jenem nasskalten Oktobertag ereignet hatte, als sie beinahe von den drei Männern um das Hühnchen gebracht worden war. Sie wollte nicht, dass Elsa sich beunruhigte. Und sie wollte vor allem nicht, dass ihre Mutter auf die Idee kam, ihre Bewegungsfreiheit einzuschränken.

„Wir sind diesem Herrn zu großem Dank verpflichtet", sagte Elsa. „Da können wir auch ein Auge zudrücken, wenn er zu pathetischen Worten neigt."

„Ich finde die Worte nicht pathetisch", sagte Lotte. „Ich finde sie realistisch. Es wird zu Veränderungen kommen. Diese Veränderungen werden vieles von dem über den Haufen werfen, woran wir gewöhnt, womit wir aufgewachsen sind, was wir als die Normalität empfunden haben. Wenn dieser Krieg vorbei ist, werden wir in einer neuen Welt aufwachen. Und ich glaube daran, dass diese Veränderung friedlich abläuft. Es müssen keine Köpfe rollen wie 1789 in Paris oder wie 1917 in Sankt Petersburg. Wir haben genug von Leid und Tod. Wir wollen eine neue, eine blühende Zukunft für alle Menschen."

Lottes Wangen glühten rot und ihre Augen glänzten. Sie war begeistert und Hilde kannte diesen Ausdruck. Sie hatte ihn schon in den Augen von Paul Ludwig gesehen. Und sie beneidete die Lebensgefährtin ihrer Tante ein wenig um diese Euphorie. Das musste sich großartig anfühlen.

„Weißt du, Schatz", sagte Isolde. „Ich bin immer etwas zwiegespalten, wenn du dich von einer deiner politischen Schwärmereien mitreißen lässt. Es macht mir Angst, dich umstürzlerische Reden schwingen zu hören. Du bringst dich in Gefahr. Und andererseits siehst du unwiderstehlich aus, wenn die Begeisterung dich erfüllt wie der Heilige Geist die Apostel."

Hildes Augen weiteten sich. Hatte sie da eben richtig gehört? Isolde und Lotte sprachen üblicherweise nicht so offen über ihre Beziehung. Hilde war klar, dass die beiden Frauen mehr waren als Freundinnen, dass sie als Paar zusammenlebten. Aber sie gingen diskret damit um. Und das war nun beinahe eine Liebeserklärung ihrer Tante an Lotte gewesen. Diese sah es wohl ähnlich, denn sie nahm Isoldes Hand und drückte sie fest. Elsa räusperte sich. „Dann wollen wir uns doch vielleicht einmal den Gaumenfreuden zuwenden. Hast du Ersatzkaffee bekommen?"

„Ich habe noch ein wenig Getreidekaffee auftreiben können. Wartet, ich hole die Kanne."

Sie ging in die Küche, kehrte mit der dampfenden Kaffeekanne in den Salon zurück und goss zunächst den Gästen und danach ihrer Mutter ein. Zuletzt bediente sie sich selbst. Die Zichorienbrühe schmeckte bitter und sie vermisste den Koffeinrausch eines echten Kaffees, aber man musste nehmen, was man bekommen konnte.

„Apropos Zukunft", sagte Isolde. „Bist du dir schon klarer darüber geworden, was du nach deinem Abitur vorhast?"

Hilde fühlte sich ein wenig auf dem falschen Fuß erwischt. „Ich hoffe zunächst einmal, dass die Schule bald wieder öffnet. Sonst kann ich keine Abiturprüfungen ablegen. Und danach? Ich weiß es nicht. Von dem Gedanken, Medizin zu studieren, habe ich Abstand genommen. Die Erlebnisse in dem Lazarett haben mir gereicht."

„Das kann ich verstehen“, sagte Isolde. „Das war selbst für mich harte Kost.“

„Du solltest in die Politik gehen“, sagte Lotte. „Bald wird es das aktive und das passive Frauenwahlrecht geben. Und dann steht uns die Welt offen.“

Wieder räusperte sich Elsa. „Nichts da. Die Politik ist nichts für Frauen, schon gar nicht für junge Mädchen. Ich habe ein Unternehmen, das nach meinem Rückzug irgendwann einmal weitergeführt werden muss. Hilde wird meine Nachfolge antreten, oder?“

Hilde sah ihre Mutter an. Sie spürte, wie ihre Kehle eng wurde. Warum musste sie sich festlegen?

„Ich mach jetzt erst mal mein Abitur und dann sehen wir weiter“, sagte sie und nahm noch einmal einen Schluck von dem bitteren Getreidekaffee.

***

Hermann nahm einen Schluck aus seinem Becher. Er verzog das Gesicht. Der Malzkaffee schmeckte widerlich. Das schale, bittere Getränk passte gut zu der gedrückten Stimmung in der Offiziersmesse. Die Herren saßen in Grüppchen zusammen, manche lasen Zeitung oder spielten Karten, doch die meisten starrten nur vor sich hin. Es war, als ob das Kaiserreich bereits zu Grabe getragen worden wäre. Hermann fühlte sich fehl am Platz. Er wollte nicht Teil einer nicht endenden Beerdigung sein. Vor zwei Monaten hatte er in diesem Schützengraben in Nordfrankreich beinahe sein Leben verloren. Er war dem Tod von der Schippe gesprungen und hatte seine Verletzung auskuriert. Und nun wollte er leben. Aber das hier fühlte sich an wie eine Totenfeier für all die Werte, mit denen er aufgewachsen war, die ihm Halt gegeben hatten. Und das machte ihn traurig und ängstlich zugleich.

Die Türe öffnete sich und Witwer, ein Unteroffizier aus dem Fränkischen, trat ein. Sein Gesicht war gerötet.

„Die Österreicher haben kapituliert", rief er plötzlich und unvermittelt. Die Wirkung seiner Worte war enorm. Mit einem Mal waren alle Augen auf ihn gerichtet. Hermann sah in den Gesichtern der anwesenden Offiziere eine Mischung aus Unglauben, Abscheu und Entsetzen.

„Das kann nicht sein", sagte von Wolf, ein Major aus dem Schwäbischen.

„Doch, sie haben einen Waffenstillstand geschlossen", sagte Witwer.

„Das ist eine Katastrophe." Von Waisen, der neben Hermann saß und bislang mit ausdruckslosem Blick in seinen Kaffeebecher gestarrt hatte, stöhnte. „Unsere Südflanke ist offen. Wenn die Österreicher wegbrechen, können die Italiener und die mit ihnen verbündeten Briten und Franzosen durch das Inntal nach Bayern einfallen. Wir müssen die Verteidigung organisieren. Wir müssen die Pässe in den Süden absperren."

„Glauben Sie wirklich, dass der Krieg nach München kommt?", fragte Hermann.

Von Waisen sah ihn mit weit aufgerissenen Augen an. „Glauben Sie, nach allem, was wir in Frankreich und Belgien getan haben, dass die Alliierten sich auch nur die kleinste Gelegenheit entgehen ließen, es uns mit doppelter Münze heimzuzahlen?" Seine Stimme war nur ein Flüstern, denn, das erkannte Hermann sofort, seine Worte würden von den anderen Offizieren als Verrat gewertet. Natürlich hatte er mit eigenen Augen gesehen, welche Gräuel die deutschen Soldaten in den besetzten Gebieten angerichtet hatten. Aber es war verpönt, darüber zu sprechen, und noch schlimmer war es, so etwas wie eine Schuld einzugestehen oder den Gegnern, in diesem Fall den Alliierten, Recht zu geben.

„Was nun?", fragte Major Wolf. „Wer organisiert den Widerstand?"

„Vielleicht sollten wir die Männer marschbereit machen", schlug von Waisen vor. Ein allgemeines Gemurmel trat ein. Hermann konnte es nicht fassen. Waren das wirklich Offiziere oder kopflose Hühner? Er knallte seine rechte Hand auf die Tischplatte und der altbekannte Schmerz fuhr ihm in die Finger. Alle Augen wandten sich nun ihm zu.

„Wir sind immer noch an eine Befehlskette gebunden. Die Nachrichten sind niederschmetternd, das ist wahr. Und sollte es dazu kommen, dass unsere Südflanke bedroht wird, müssen wir uns dem Feind entgegenstellen. Aber wir sind nach wie vor der Obersten Heeresleitung verpflichtet. Von ihr kommen die Befehle. Und deshalb sollten wir nicht vorschnell handeln."

„Ich glaube kaum, dass die Oberste Heeresleitung sich um die Südflanke kümmert. Die sind viel zu sehr damit beschäftigt, den Waffenstillstand mit den Franzosen und den Briten auszuhandeln", sagte Wolf. „Wir müssen die Dinge selbst in die Hand nehmen."

Hermann schüttelte den Kopf. „Das ist Meuterei", sagte er.

Wolfs Gesicht lief rot an. Er ballte die Faust. „Sie werfen mir Meuterei vor? Sie, der Sie die letzten Wochen in einem Lazarett verbracht haben, es sich gut gehen haben lassen, während Ihre Kameraden an der Front gestorben sind?"

Nun ballte auch Hermann die Faust, doch die Bewegung ließ erneut den stechenden Schmerz in seine Finger schießen. „Ich habe mir eine Verletzung in der vordersten Frontlinie zugezogen. Was haben Sie gemacht? Sich in der Etappe mit leichten Mädchen vergnügt?"

Wolf hob die Faust. Würde es wirklich eine Schlägerei geben? Waren sie schon so weit gekommen? Ein plötzlicher Lärm von der Tür her nahm Hermanns Aufmerksamkeit in Beschlag. Ein weiterer Unteroffizier war eingetreten. Sein Gesicht war bleich und seine Lippen zitterten. Auch Wolf hatte den Neuankömmling wahrgenommen und sich ihm zugewandt.

„Was ist los?", fragte Hermann.

Der Unteroffizier setzte an, zu sprechen. Sein Mund öffnete sich, doch es drangen keine Laute heraus. Der Mann räusperte sich, dann hörte Hermann eine stockende und kratzige Stimme die Worte sagen: „Es gibt eine Meuterei. In Kiel. Die Flotte sollte auslaufen, um den Engländern eine letzte Schlacht zu liefern. Aber die Matrosen haben sich geweigert. Sie haben Soldatenräte ausgerufen. Es wird geschossen."

Wolf ließ seine geballte Faust auf den Tisch knallen. „Das ist eine Katastrophe!", rief er.

Hermann schüttelte den Kopf. „Nein, das ist eine Revolution."

KAPITEL 7

München, Dienstag, 5. November 1918

Hermann zog seine Uniformjacke zurecht, dann stellte er sich kerzengerade hin. Seltsam, wie schnell sich die Gewohnheiten wieder zeigten. Er war nun seit zwei Wochen im Dienst und die Uniform wirkte auf ihn wie ein Kostüm auf einen Schauspieler. Wenn er sie trug, war er Soldat. Und er verhielt sich wie einer. Der neue Butler öffnete die Tür und führte Hermann in den Salon. Seine Mutter saß auf dem Sofa, ein Kissen im Rücken, die Beine hochgelagert. Ihr Gesicht war noch ein wenig gerötet, aber als sie ihn eintreten sah, lächelte sie ihn an. Er setzte sich auf den Stuhl, den der Butler auf Anweisung seiner Mutter zu ihrem Sofa geschoben hatte.

„Wie geht es dir?", fragte er.

„Deutlich besser. In der ersten Woche habe ich wirklich gelitten. Das Fieber war hoch, ich hatte schrecklichen Husten und es gab zwei Nächte, in denen ich nur schwer Luft bekommen habe. Aber ich habe mich wieder erholt. Ich bin zäh. Zäher als Zenzi."

Hermann wusste nicht, was er erwidern sollte. Der Verlust der Haushälterin hatte ihn schwerer getroffen, als er zuzugeben bereit war. Sie war ein Teil seiner Kindheit gewesen. Er erinnerte sich nur bruchstückhaft an die Zeit, in der seine Mutter mit seinem Vater zusammengelebt hatte und an die Besuche bei Onkel Anton und bei Zenzi. Aber immer, wenn er Zimt roch, lief ihm das Wasser im Mund zusammen, weil es ihm den Apfelstrudel ins Gedächtnis rief, den die Haushälterin so oft gebacken hatte. Es war eine der wenigen schönen Erinnerungen an seine Kindheit.

„Wie läuft es in der Kaserne?", fragte seine Mutter und riss ihn aus seinen Gedanken.

„Es herrscht eine seltsame Stimmung, seitdem bekannt geworden ist, dass die Oberste Heeresleitung um einen Waffenstillstand ersucht hat. Niemand weiß, was kommt. Und alles, was einmal sicher war, scheint wegzubrechen."

„Ich habe in der Zeitung gelesen, dass die neue Regierung in Berlin offenbar bestrebt ist, die Rechte der Arbeiter zu stärken. Oder das, was die Arbeiter für ihre Rechte halten. Ich befürchte, das wird uns Unternehmern den Todesstoß versetzen. Du hast recht, alles, was einmal sicher war, ist nun ungewiss. Ich sehe keine rosige Zukunft vor uns."

„Das mag daran liegen, dass du eine unverbesserliche Pessimistin bist", hörte Hermann eine Frauenstimme hinter sich sagen. Er wandte sich um und zuckte zusammen. Dort stand Lotte Kleiber, die – wie sollte er sie nennen – intime Freundin seiner Tante Isolde. „Ich kann verstehen, dass es euch ängstigt, in einer Zeit zu leben, in der eure Stellung wankt. Ihr müsst aber zugeben, ihr habt prächtig profitiert von den alten Verhältnissen. Ein Bankier von Adel und eine schwerreiche Unternehmerin. Doch nun wird es zu Umwälzungen kommen. Was zu unterst war, wird nach oben gelangen und umgekehrt. Könnt ihr verstehen, dass es für

Menschen wie mich, die von unten kommen, berauschend ist, so etwas zu erleben?"

Was sollte er darauf erwidern. Er sah, dass Hilde nun ebenfalls in den Salon eintrat. Sie lächelte ihm zu. „Vielleicht sollten wir uns in einem halben Jahr noch einmal sprechen", sagte seine Mutter mit kühler Stimme zu Lotte. „Dann werden wir sehen, wer von uns recht hat, und ob die Veränderungen, die auf uns einstürmen, die Welt zu einem besseren Ort machen. Du magst mich eine Pessimistin nennen, aber ich glaube, dass uns schwere Zeiten bevorstehen."

„Ich hoffe, dass du in einem halben Jahr zur Optimistin wirst. Es lebt sich deutlich angenehmer so. Bist du bereit, Hilde?"

„Ja, ich bin fertig, wollen wir gehen?"

Hermann sah, dass seine Mutter die Stirn runzelte.

„Wohin wollt ihr?", fragte sie.

„Zum Hackerbräu", sagte Hilde. „Dort ist eine Versammlung der USPD. Herr Eisner spricht. Lotte wollte mir den Mann unbedingt einmal zeigen. Sie sagt, er habe ein unglaubliches Redetalent."

„Und er ist ein unverbesserlicher Optimist. So wie ich", ergänzte Lotte.

Hermann holte tief Luft. Er spürte, wie der Zorn sich in seiner Magengrube zu regen begann. Die Energie, die dort entstand, breitete sich in seinem Körper aus und strömte in seine Hände, die er unwillkürlich zu Fäusten ballte, was dazu führte, dass erneut der altbekannte Schmerz in die Finger seiner rechten Hand fuhr. Er unterdrückte einen Fluch.

„Hilde, glaubst du, dass es schicklich für ein junges Mädchen ist, zu einer Veranstaltung von sozialistischen Aufrührern zu gehen?", fragte er. Er bemühte sich, gelassen zu klingen, konnte jedoch nicht verhindern, dass seine Stimme gepresst klang.

„Ach komm, so schlimm sind wir Sozialisten auch wieder nicht. Wir fressen keine kleinen Mädchen", sagte Lotte.

„Ich finde, dass Hermann nicht unrecht hat", sagte Elsa. „Viele der Subjekte, die zu den Veranstaltungen der Sozialisten gehen, wiegeln Arbeiter zu Streiks auf. Manchmal auch zu Aufständen oder zu noch schlimmeren Dingen. Was, wenn jemand dich erkennt? Du bist immerhin die Tochter einer Münchener Unternehmerlegende", fügte Elsa hinzu.

„Ich werde mein Hütchen einfach tiefer ins Gesicht ziehen, dann sieht niemand, dass ich der Sprössling einer legendären Mutter bin", sagte Hilde in unbekümmertem Ton. „Und keine Sorge, Mama, ich werde mich nicht in eine Sozialistin verwandeln. Ich tauge nicht zur Revolutionärin. Aber ich möchte einmal hören, was dieser Herr Eisner zu sagen hat. Und rechtzeitig zur Sperrstunde bin ich dann wieder zu Hause, versprochen."

Sie wandte sich um und ging hinaus. Lotte warf Hermann und Elsa noch einmal einen herausfordernden Blick zu, dann folgte sie Hilde.

Hermann sah seine Mutter ungläubig an. „Und das lässt du zu?"

Elsa seufzte. „Du kennst uns Hartmann Frauen nicht so gut. Wenn ich es ihr verboten hätte, wäre der Anreiz, trotzdem dorthin zu gehen, für Hilde noch viel größer gewesen. Ich war früher genauso. Nur, dass ich nicht auf sozialistische Veranstaltungen gegangen bin, sondern auf Tanzkränzchen."

Hermann schnaubte. „Dann wollen wir nur einmal hoffen, dass Hilde Wort hält und nicht doch eines Tages als Sozialistin wieder nach Hause zurückkehrt."

***

Als Hilde den großen Kellersaal des Hackerbräus betrat, wäre sie am liebsten sofort wieder umgekehrt. Er war bis auf den letzten Platz gefüllt. Vor allem Männer saßen an den langen Reihen von Bänken, beinahe jeder hatte einen Bierkrug vor sich, und der Tabakqualm war dichter als der Novembernebel draußen auf den Straßen.

„Großartig, wie viele Menschen hier sind", sagte Lotte. Sie war durch das Lärmen der Menge kaum zu hören. Die Leute standen selbst in den Gängen.

„Sind Veranstaltungen von diesem Herrn Eisner immer so gut besucht?", fragte Hilde.

Lotte schüttelte den Kopf. „Es sind wohl zwei Ereignisse, die heute mehr Besucher als üblich an diesen Ort geführt haben. Zum einen ist es Eisner gestern gelungen, die letzten Gefangenen des Streiks vom Januar zu befreien. Er hat eine Demonstration angeführt, die ihre Entlassung aus dem Gefängnis erzwungen hat. Das ist ein gewaltiger Erfolg für die USPD. Zum anderen ist die Meuterei der Kieler Matrosen in aller Munde. Die Nachricht geht um, dass Abordnungen auf dem Weg in alle größeren Städte Deutschlands seien, um dort den Funken der Revolution zu einem Feuer zu entfachen.

66

Um im Bild zu bleiben, das hier ist das aufgestapelte Holz, diese Menschen, die sich hier versammelt haben. Sie warten nur darauf, entzündet zu werden. Und ich hoffe, dass Eisners Worte heute dazu führen, dass wir endlich aufstehen, dass wir uns erheben gegen die, die uns seit Jahrhunderten geknechtet haben."

Lottes Augen glänzten in einem wilden Feuer. Und wieder wurde Hilde an Paul Ludwig erinnert. Ob er wohl auch hier war? Sie sah sich um, doch die Leute standen inzwischen so dicht, dass sie sich kaum drehen konnte. Sie hörte ein Klingeln. Die Aufmerksamkeit der Menge wandte sich einer kleinen Bühne am anderen Ende des Raumes zu. Eine Gestalt stieg die Stufen zu dem Podium empor. Es war ein junger Mann. Das konnte nicht dieser Eisner sein. Lotte hatte gesagt, dass er schon älter sei und einen eindrucksvollen Bart habe. Der Mann begann, etwas zu rufen, und langsam verstummten die Gespräche. Es war still, trotzdem war schwer zu verstehen, was er sagte, denn der Raum, den seine Stimme füllen musste, war gewaltig. Aber schließlich verstand Hilde die Worte, die er immer wiederholte: „Der Saal ist zu klein. Es stehen noch Hunderte vor der Tür. Lasst uns zur Theresienwiese gehen!"

Hilde stockte der Atem, als sie erkannte, dass die Menge um sie herum die Aufforderung des Mannes sofort in die Tat umsetzte. Plötzlich drängte alles in Richtung der Ausgänge. Da sie in einem Mittelgang stand, wurde sie von der Masse mitgerissen. Sie musste darum kämpfen, nicht zu Boden zu fallen, nicht von den voran stampfenden Menschen niedergetrampelt zu werden. Sie hielt Ausschau nach Lotte, deren Hütchen sie vor sich entdeckte. Sie versuchte, sich daran zu orientieren. Während sie immer weiter in Richtung Ausgang geschoben wurde, wurde ihr klar, dass es vielleicht nicht die beste Idee gewesen war, ausgerechnet an einem Tag wie diesem eine Veranstaltung der Revolutionäre zu besuchen. Doch dann trug die Menge sie die Treppe hinauf und als sie draußen frische Luft atmete, spürte sie, wie eine Welle der Erleichterung sie durchströmte. Die Masse wurde lockerer, die beiden Männer, zwischen denen sie eingeklemmt worden war, gingen ihrer Wege. Lotte stand neben dem Eingangsportal des Hackerbräus und strahlte sie an.

„Jetzt geht es los. Endlich", sagte sie. „Komm, auf zur Theresienwiese."

„Ich weiß nicht", sagte Hilde.

Lotte runzelte die Stirn. „Hier und heute wird Geschichte geschrieben. Weltgeschichte. Wenn es im Deutschen Reich zu einer Revolution kommt, wenn wir es schaffen, dem Volk zur Macht zu verhelfen, dann wird die Welt eine andere werden. Willst du wirklich diesen entscheidenden Moment verpassen?"

Hilde hätte erwidern können, dass eine warme Tasse Tee und eine kuschelige Decke wesentlich verlockender waren als die Aussicht, mit Tausenden von Leuten, die sie nicht kannte, auf eine Wiese zu stehen, der Novemberkälte ausgesetzt und zu versuchen, Reden von Politikern zu hören, die weit entfernt waren und viel zu leise sprachen. Doch dann sah sie das Feuer in Lottes Augen leuchten. Und sie musste wieder an Paul denken. Sicher war er auch dort. Er würde sich die Verwirklichung seiner Träume nicht entgehen lassen. Sie sah sein Lächeln vor sich, die Grübchen auf seinen Wangen. Das gab den Ausschlag.

„Gut, dann gehen wir. Aber wenn es zu Gewalttaten gegen die Regierung kommt, werde ich mich nicht beteiligen", sagte sie.

Lotte lachte. „Nicht mit Eisner. Ihm ist der Frieden am wichtigsten. Und deshalb vertraue ich ihm. Wenn es zur Revolution kommt, muss er sie führen. Dann wird es keine Toten und keine Verletzten geben. Aber jetzt komm, wir wollen nichts verpassen."

Der halbstündige Fußmarsch zur Theresienwiese kühlte Hildes ohnehin nur gering vorhandene Begeisterung weiter ab. Die große Freifläche inmitten der Stadt, auf der bis zum Kriegsbeginn vor vier Jahren noch das weltberühmte Oktoberfest stattgefunden hatte, lag in bleischwarzer Nacht da. Sie konnte die Tausenden von Menschen, die auf dem Platz warteten, nur als formlose Masse wahrnehmen. Aber sie hörte die Leute reden, hörte sie tuscheln, hörte sie rufen. Und in der Ferne hörte sie Redner sprechen.

„Wer ist das?", fragte Lotte den Mann, der neben ihr stand.

„Das ist Bruno Frank, ein Dichter."

Hilde hatte den Namen noch nie gehört. Sie versuchte, Franks Worte zu verstehen, doch drangen nur einige Fetzen zu ihr. Dann war es plötzlich still und mit einem Mal brandete Applaus auf. Jubelrufe erklangen. „Eisner! Eisner!"

Wieder wurde es still und schließlich hörte sie eine erstaunlich hohe, aber weittragende Stimme sprechen. „Ich grüße euch, Genossen und Genossinnen!"

Ein Mann, der nicht weit von Hilde entfernt stand, rief: „Ziehen wir in die Stadt! Zu den Kasernen!" Zustimmende Rufe ertönten. Es dauerte eine Weile, dann hatte Eisner die Menge wieder beruhigt. „Leider kann ich nicht sehen, wer mir dazwischen ruft. Es ist zu dunkel. Aber ich höre euch. Und ich beschwöre euch: nicht jetzt. Nicht in der Nacht wollen wir aufbrechen. Die Sache des Volkes hat nicht das Licht des Tages zu scheuen. Im Strahl der hellen Sonne wird sich das Volk von München erheben! Nur noch kurze Zeit, aber ich setze meinen Kopf zum Pfand, ehe 48 Stunden verstreichen, steht München auf!" Ein vielstimmiges Jubeln ertönte. Hilde spürte, wie elektrisiert die Menge um sie herum von Eisners prophetischen Worten war. Und trotzdem wollte der Funke nicht auf sie überspringen. Wo war denn nun Paul? Hilde sah sich um, aber sie konnte ihn nicht entdecken. Nun kroch die Kälte in ihr empor. Und die Enttäuschung. „Ich gehe nach Hause", sagte sie.

Lotte nickte ihr zu. „Behalte diesen Abend gut in Erinnerung. Heute beginnt es. Nun wird Weltgeschichte geschrieben."

KAPITEL 8

Hilde schloss die Augen und genoss die Wärme der Novembersonne auf ihrem Gesicht.

„Wollen wir nicht doch lieber in ein Kaffeehaus gehen und uns ein Stück Torte gönnen?", fragte Edith.

Hilde sah ihre Freundin an.

„Kuchen können wir jeden Tag essen. Aber eine Revolution, das erlebt man nur einmal."

Die Schulen waren noch immer geschlossen und am Morgen hatte Frank, der Butler, Hilde eine Nachricht ihrer Klassenkameradin Edith gebracht, die vorgeschlagen hatte, etwas gemeinsam zu unternehmen. Kurzentschlossen war sie zu ihrer Freundin geeilt und hatte sie überredet, mit ihr zu der großen Demonstration zu gehen, die für den Tag angekündigt worden war. Sie hatte Lottes Worte im Ohr, dass hier Weltgeschichte geschrieben würde. Und sie hegte die Hoffnung, dort auf Paul zu treffen.

Als sie den Karlsplatz erreichten, sahen sie einen riesigen Demonstrationszug. Tausende von Menschen waren unterwegs. Arbeiter mit rußverschmierten Gesichtern schwenkten rote Fahnen, die zwischen dem allgegenwärtigen Feldgrau der Soldaten hervorstachen wie Klatschmohn auf einer Kiesbank.

„Und da willst du wirklich mitmarschieren?", fragte Edith.

Sie hatten sich bislang in sicherer Entfernung aufgehalten und Hilde war noch unschlüssig, ob sie dem Demonstrationszug folgen oder weiter in der Rolle einer Beobachterin bleiben sollte.

„Warum nicht? Das wird ein Erlebnis", sagte sie.

Edith verzog das Gesicht. „Ich habe genug gesehen. Ich glaube, ich gehe wieder nach Hause. Und das solltest du auch tun. Wir gehören nicht hierher."

Hilde versuchte erst gar nicht, ihre Freundin zum Bleiben zu überreden. Edith verabschiedete sich und eilte in Richtung Marienplatz davon. Hilde wandte sich wieder dem Demonstrationszug zu. Eine nicht enden-wollende Menschenmasse schob sich an ihr vorbei. Ihr Blick schweifte über die Gesichter und ihr Mut sank. Es war aussichtslos, Paul in dieser Menge zu entdecken. Er war die sprichwörtliche Nadel im Heuhaufen. Vielleicht sollte sie Ediths Beispiel folgen und nach Hause gehen?

Doch dann sah sie ihn. Er trug eine schon etwas zerschlissene Uniform, die ihm fabelhaft stand. Sein schwarzes Haar glänzte in der Herbstsonne. In der rechten Hand hielt er eine Fahne, die er hoch über den Köpfen der Männer um ihn herum schwenkte.

Sie winkte, aber er sah sie nicht. „Hallo Herr Ludwig!", rief sie. Er hörte sie nicht. Sie rief noch einmal, so laut sie konnte und nun wandte er seinen Kopf suchend in ihre Richtung. Ihr Herz schlug schneller. Sie stand etwas erhöht auf einer Bank neben dem Zeitungskiosk. Endlich fand sie sein Blick. Auf seinen Lippen erschien ein Lächeln. Er senkte die Fahne, drängte sich durch die Menge und kam auf sie zu.

„Fräulein Müller", sagte er. „Sie hätte ich hier nicht erwartet. Es sind doch vor allem Sozialisten, die auf dem Weg zur Theresienwiese sind, nicht die Unternehmerinnentöchter."

„Auch wenn ich eine Unternehmerinnentochter bin, so steht mir wohl zu, zu hören, was die Herren Eisner und Auer zu sagen haben, oder etwa nicht?"

Er lachte. „Aber natürlich. Unsere Veranstaltungen stehen jedem offen. Wir freuen uns über Zuhörer, die bereit sind, sich mit unserer Botschaft der Freiheit und der Gerechtigkeit auseinanderzusetzen. Sie mögen noch keine Sozialistin sein. Aber vielleicht werden Sie eine. Ich kann Ihnen sagen, das ist nicht das Schlechteste."

„Lassen Sie das mal nicht meine Mutter hören. Oder meinen Bruder", sagte Hilde.

Er legte den Kopf schief. „Ihrem Bruder habe ich das schon öfter gesagt. Er ist eine harte Nuss, aber ich würde nicht ausschließen, dass er irgendwann schon noch erkennen wird, dass nur der Sozialismus Glück und Frieden für alle Menschen bedeutet. Aber nun kommen Sie, lassen Sie uns zur Theresienwiese gehen!"

Sie schlossen sich dem Demonstrationszug an. Hilde war überwältigt. Es war ein herrlicher Tag, die Stimmung war ausgelassen, euphorisch, aber auch ein wenig feierlich. Der riesige Platz war bereits gut gefüllt, als sie eintrafen. Der erste Redner sprach schon.

„Das ist Erhard Auer", sagte Paul. „Der Anführer der MSPD. Er wäre gerne Mitglied der Regierung, aber er scheut den Umsturz. Deshalb katzbuckelt er vor dem König und seinen Ministern."

Hilde hörte kaum ein Wort von dem, was der Politiker mit leiser und seltsam monotoner Stimme von sich gab.

Endlich war seine Rede vorbei. Eine kurze Pause entstand, und die Gespräche der Umstehenden schwollen zu einem Brummen an, das Hilde an einen hektischen Bienenstock erinnerte. Doch dann hörte sie ein Zischen und die Worte „Eisner spricht" machten die Runde. Mit einem Mal verstummte das Brummen.

Hilde konnte auch Eisners Worte nur schwer verstehen, aber seine Rede elektrisierte die Menge. Plötzlich hob ein Soldat eine rote Fahne empor und rief: „Alle Soldaten zu Kurt Eisner!" Die Leute raunten sich die Worte zu. Eine rote Fahne wehte im Wind.

„Das ist das Signal", sagte Paul. Er griff nach Hildes Hand und zog sie mit sich. Augenblicke später hatten sich Hunderte von Soldaten in ihren Felduniformen darum gesammelt. Die Truppe strömte auf eine schmale, weißbärtige Gestalt in einem schlichten schwarzen Mantel zu, die am Fuß der Bavariastatue wartet. Eisner hob eine Hand und sprach: „Wir haben jahrelang geredet, aber jetzt müssen wir handeln. Soldaten auf in die Kasernen! Befreien wir unsere Kameraden! Es lebe die Revolution!" Ein ohrenbetäubender Jubel brandete auf. Die Männer in ihren Uniformen stürmten voran. Hilde wurde mitgerissen, weil Paul sie weiterhin an der Hand hielt. Sie spürte, wie die Begeisterung nun auch von ihr Besitz ergriff und die Angst vertrieb. Im Sturmschritt verließen die Soldaten die

Theresienwiese und strömten durch die Straßen in Richtung Stadt.

„Da vorn ist die Guldeinschule“, sagte Paul. „Da ist eine Abteilung Landsturm untergebracht.“

Vor dem dreistöckigen Gebäude standen einige Soldaten mit Gewehren in den Händen Wache. Einer von ihnen schoss in die Luft, doch das hielt die Menge nicht auf. Die Wachmannschaft zog sich durch das Tor in die Schule zurück. Hilde hörte Fensterscheiben, die klirrend zerbarsten. Ein halbes Dutzend Revolutionäre stiegen hindurch, während die Menge gegen das Tor drängte. Dieses hielt dem Ansturm nur wenige Augenblicke stand und Hilde war dabei, als Paul und seine Begleiter in den Hof der Kaserne strömten. Sie sah, dass die Wachen ihre Gewehre niederlegten und sich mit den Soldaten verbrüderten. Aus den Kellern wurden Kisten heraufgetragen. Die Menge bewaffnete sich. Plötzlich hatte auch Paul einen Karabiner in der Hand.

„Der große Tag ist angebrochen“, sagte er. Seine Augen glänzten. „Die Revolution hat begonnen. Nun befreien wir unser Land.“

***

Hermann saß in seiner Unterkunft in der Türkenkaserne und starrte an die Wand. Die Hiobsbotschaften rissen nicht ab. Nun war es nicht nur in Kiel zu Meutereien reingekommen, die Aufstände hatten sich an der ganzen Küste ausgebreitet und inzwischen sogar Hamburg erreicht. Nachrichten waren eingetroffen, dass erste Kommandos der Matrosen in Richtung Berlin aufgebrochen waren. Man munkelte, dass es dort bald zu einem revolutionären Umsturzversuch kommen würde. Und auch in München wiegelte Eisner, dieser Unruhestifter, die Massen auf. Er war ein Verführer, der die Leute dazu brachte, sich gegen die angestammte Ordnung zu wenden, alles über den Haufen zu werfen, was gut und bewährt war.

Ein Grollen riss Hermann aus seinen düsteren Gedanken. War das ein Gewitter? Ein Donner? Nein, das konnte nicht sein, es war November. Das Geräusch schwoll an. Es kam von draußen. Er trat an das kleine Fenster, das hinaus zur Straße ging. Da waren Soldaten. Er erkannte sie sofort an den feldgrauen Uniformen. Diese Männer hatten an der Front gedient. So wie er. Aber sie marschierten nicht in Reih und Glied, wie man es ihnen eingebläut hatte. Sie strömten heran wie eine wilde Flut, jeder für sich und doch in der Masse vereint. Als er ihre Absicht erriet, lief es ihm eiskalt über den Rücken. Er zog rasch seine Uniformjacke an und eilte hinunter in den Innenhof. Hier standen neun Soldaten Wache, die offenbar noch nicht erkannt hatten, welche Gefahr ihnen drohte. Die Männer nahmen Haltung an, als sie Hermann kommen sahen.

„Schließt die Pforten!", befahl er. „Und verteilt die Waffen!"

Er hatte Glück, denn die wachhabenden Soldaten waren loyal und hielten sich noch an die Befehle ihrer Vorgesetzten, anstatt sie infrage zu stellen oder schlicht zu verweigern. Im Nu waren die Tore verrammelt, keinen Augenblick zu früh, denn sofort rumpelte etwas Schweres dagegen.

Hermann stieg die Treppe hinauf in den ersten Stock und sah auf die Meute hinab. Rote Fahnen wurden geschwenkt, Fäuste geballt. Aus einem Fenster neben ihm ragte der Kopf eines jungen Gefreiten. „Was ist los?", rief dieser.

„Was los ist?", antwortete man ihm von unten. „Die Revoluzion ist ausgebrochen!"

Ein anderer schrie: „Kommt runter! Schließt euch uns an!"

„Wir können nicht!", erwiderte der Gefreite.

Hermann spürte, wie ihm der Mut sank. Das war nicht die Antwort, die er sich von einem seiner Leute erhofft hatte.

„Warum könnt ihr nicht?", riefen die Meuterer.

„Weil uns die Offiziere eingeschlossen haben!"

Nun schrie und tobte die Menge unten. „Dann treten wir die Türen ein!"

Hermann hörte ein Krachen und Poltern. Er eilte zur Treppe, um die Wachen zu warnen. Aber es war zu spät. Das Tor war aufgebrochen und die Masse stürmte herein. Ein einzelner Feldwebel stellte sich den Meuterern in der Mitte des Innenhofs entgegen, einen Revolver in der Hand.

„Halt!", schrie er. „Keinen Schritt weiter!"

Die Eindringenden kümmerte das nicht. Der Feldwebel gab einen Schuss ab. Hermann zuckte zusammen, doch die Meuterer schienen kaltblütiger zu sein als er. Ein paar Männer sprangen auf den Feldwebel zu und dieser war im Nu entwaffnet. Eine Faust traf ihn im Gesicht und er sank zu Boden. Die übrigen Soldaten der Wachmannschaft reagierten sofort. Sie warfen ihre Waffen weg und gingen zu den Eindringlingen über.

Hermann sah fassungslos zu, wie sie sich den Revolutionären anschlossen, die zielstrebig in Richtung der Waffenkammer eilten und sich mit Gewehren und Munition ausstatteten. Zwei junge Gefreite sahen ihn auf der Treppe stehen und riefen: „Aha, der Herr Offizier. Will er sich uns anschließen?"

Hermann wusste nicht, was er erwidern sollte. Die beiden wirkten nicht feindselig auf ihn, aber wenn er sich ihnen widersetzte, konnte ihre Stimmung möglicherweise rasch umschlagen. Was sollte er tun? Sollte er sich zum Schein mit den Meuterern verbrüdern und versuchen, zu entkommen? Alles in ihm sträubte sich dagegen. Er war nicht Soldat geworden, um wegzulaufen, wenn es ernst wurde. Und ganz sicher würde er sich nicht diesen Sozialisten anschließen. Er wollte keine Revolution. Die höchsten Werte waren ihm weiterhin Gott, König und Vaterland. Ein schrecklicher Gedanke tauchte auf. Der König. Was, wenn die Revolutionäre ihre Wut auf ihn lenkten? Was, wenn es ihnen gelang, den Souverän in ihre Gewalt zu bringen? Hermann hatte viel über die Französische Revolution gelesen und vor seinem inneren Auge sah er die gebeugte Gestalt des greisen Monarchen langsam die Treppen zum Schafott emporsteigen. Er schüttelte den Kopf. Das durfte nicht geschehen. Er ging in sein Zimmer, holte seine Dienstpistole und steckte sie in das Halfter, nachdem er zuvor überprüft hatte, ob sie geladen war. Er nahm drei weitere Magazine mit und verließ die Kaserne durch einen Hinterausgang. Auf der Straße war wenig los, aber hinter sich hörte er das Lärmen der Menge und das Krachen von zersplittertem Glas.

Schnellen Schritts eilte er davon. Er musste die Residenz erreichen, ehe die Revolutionäre ihm zuvorkamen. Er musste den König retten.

KAPITEL 9

München, Donnerstag, 7. November 1918

Unter gewöhnlichen Umständen hätte Hermann den Weg von Türkenkaserne zur Residenz in einer Viertelstunde zurückgelegt. Doch die überall aus den Gassen und Nebenstraßen auftauchenden Unruhestifter zwangen ihn zu Umwegen. Die Gabelsbergerstraße war ein Meer von roten Fahnen. Dort gab es für Hermann kein Durchkommen. Wenn ihn die gemeinen Soldaten als Offizier erkennen würden, würden sie von ihm verlangen, dass er sich ihnen anschloss. Und dann würde er selbst ein Teil des Lynchmobs sein, der in die Residenz strömte, um den König aufzuknüpfen. Er wandte sich nach Norden und gelangte in die Theresienstraße. Von dort eilte er in Richtung der Ludwigstraße, wo erneut Hunderte von Meuterern versammelt waren. Er erkannte, dass es keinen Sinn hatte, sich zu verstecken. Hoch erhobenen Hauptes schritt er durch die Menge und versuchte dabei, so viel Autorität wie möglich auszustrahlen. Einige der gemeinen Soldaten machten sofort Platz, offenbar waren sie es noch gewohnt, gehorsam zu sein. Doch dann stellte sich ihm ein großer, breitschultriger Gefreiter entgegen.

„Wo wollen Sie hin?", fragte er.

„Zu Eisner. Ins Parlament. Sie nicht?", fragte Hermann. Sein Herz schlug schnell und hart gegen seinen

Hals. Er musterte sein Gegenüber mit dem kühlsten Blick, zu dem er imstande war.

Der Hüne sah ihn mit zusammengekniffenen Augen an. „Zu Eisner?"

„Natürlich. Zu wem sonst. Er ist der Mann der Stunde. Lang lebe die Revolution!"

Hermann hätte sich am liebsten auf die Zunge gebissen. Die Worte schmeckten bitter und er schämte sich, sie ausgesprochen zu haben. Aber sie zeigten die erwünschte Wirkung. Die Augen des Mannes weiteten sich. Dann erschien ein Lächeln auf seinem Gesicht „Zu Eisner!", rief er. „Ins Parlament!"

Der Ruf pflanzte sich fort und die Meuterer setzten sich in Richtung Odeonsplatz in Bewegung. Hermann musste dagegen ankämpfen, nicht mitgerissen zu werden. Mit erheblicher Mühe gelang es ihm, sich am linken Rand der Menge zu halten und auf Höhe des ‚Tambosi' spuckte ihn die Masse schließlich aus. Die Revolutionäre zogen weiter in die Brienner Straße. Hermann dagegen eilte in den leeren Hofgarten. Die kahlen Bäume ragten trostlos in den Himmel und die Wege waren verwaist. Er war mit seinem Großvater mehrmals in der Residenz gewesen und hatte einmal sogar eine Audienz beim König gehabt. Deshalb kannte er sich aus und wandte sich zielstrebig in Richtung des Apothekenhofs. Er erwartete, dass der Eingang zu diesem Bereich von einem ganzen Bataillon von Soldaten verteidigt wurde, doch auch hier war kein Mensch zu sehen. In einer der Kolonnaden, die den Hof einrahmten, entdeckte er einen älteren Mann mit zerzausten, grauen Haaren, der in einer Verzweiflungsgeste die Hände rang.

„Was ist los?", fragte er.

Der Mann sah ihn an. „Wer sind Sie?"

„Oberst Hermann von Lampeck", sagte Hermann.

„Gott sei Dank. Jemand von Adel. Ich bin der Oberstkämmerer des Königs. Die Regierung hat Ihrer Majestät mitgeteilt, dass ein Bleiben in München nicht mehr sicher ist. Ihre Majestät hat beschlossen, die Hauptstadt zu verlassen, doch der Chauffeur ist zu den Aufständischen übergelaufen. Was soll denn nun werden?"

Hermann überlegte kurz. „Ist nicht jedes Amt bei Hof mehrfach besetzt? Gibt es keinen zweiten Chauffeur?"

Der Oberstkämmerer sah ihn verwirrt an. „Ich ... ich weiß es nicht. Damit musste ich mich noch nie befassen."

Ein Bediensteter trug einen sperrigen Koffer in den Hof. Hermann ging geradewegs auf ihn zu. „Gibt es einen zweiten Chauffeur?", fragte er den Mann.

„Ja, den Wildgruber. Aber der ist zu Hause bei seiner Frau. Sie ist krank."

Hermann ließ sich die Adresse geben und trug dann dem Oberstkämmerer auf, den König und seine Familie auf die Abreise vorzubereiten. Glücklicherweise waren die Revolutionäre wohl inzwischen zum Parlament gezogen, denn er gelangte unbehelligt in die Kaulbachstraße. Er schlug mit aller Kraft gegen die Tür des kleinen Hauses, in dem der Chauffeur wohnte. Ein verschlafen aussehender Mann, dessen einer Hemdzipfel aus einer wohl in aller Eile angezogenen Hose ragte, sah ihn mit weit aufgerissenen Augen an.

„Was ist los?", fragte er.

„Sind Sie Wildgruber? Der zweite Chauffeur des Königs?"

„Der bin ich."

„Kommen Sie mit! Der König bedarf Ihrer Dienste."

„Aber meine Frau ist krank."

Hermann spürte, wie die Wut in ihm aufwallte. Er packte den Mann beim Kragen. „Ihre Frau mag krank sein. Aber wenn sie nicht mitkommen, wird der König und vielleicht seine ganze Familie dem Tod geweiht sein. Wollen Sie das?"

Im Halbdunkel sah er, dass das Gesicht des Mannes sich entfärbte. Er zog sich rasch eine Jacke über, verschwand kurz im Haus, offenbar um seiner Frau zu sagen, dass er aufbrechen musste, und folgte Hermann zur Residenz. Am Eingang zum Apothekenhof trennten sie sich, der Chauffeur eilte zur Garage, während Hermann nach dem Oberstkämmerer suchte.

Im Hof hatten die Diener bereits Aufstellung genommen. Der König trat heraus. Er trug einen gefütterten Mantel. Unter seinem Arm klemmte etwas, das aussah wie eine Zigarrenschachtel. Die Prinzessinnen erschienen als nächstes, gefolgt von der Königin, die hustete und schniefte. Ob sie wohl auch an der Grippe litt? Das Automobil fuhr ratternd in den Hof ein. Der König wartete, bis seine Familie eingestiegen war. Dann ließ er noch einmal den Blick über das kleine Häufchen seiner Getreuen schweifen, das sich im Hof versammelt hatte. Er sah Hermann an. Dieser salutierte. Der König nickte ihm zu. Dann stieg er in den Wagen. Der Motor tuckerte, das Gefährt setzte sich in Gang und ratterte durch den Torbogen. Hermann war den Tränen nahe. So ging es also zu Ende.

***

Es war wie ein Traum. Die Menge war immer mehr angeschwollen, hatte sich zu einem Strom vereinigt, der sich aus den Kasernen speiste und nun die Schwanthaler Straße entlang strömte. Überall waren rote Fahnen zu sehen. Die Menschen sangen und riefen Parolen wie: „Nieder mit dem König!", „Revolution!" oder: „Alle Macht den Räten." Doch obwohl die meisten Demonstranten Waffen trugen – manche hatten sich sogar drei oder vier Gewehre umgehängt, nachdem sie die Kasernen gestürmt und die Waffenkammern geplündert hatten – war die Atmosphäre friedlich. Hilde fühlte sich nicht bedroht. Selbst wenn sie kleine Grüppchen von Soldaten oder auch nur Passanten begegneten, die noch unschlüssig am Wegesrand standen, schlossen sich diese meist der begeisterten Menschenmenge an und wurden ein Teil der revolutionären Bewegung in München.

Ihr Herz schlug schnell und laut. Das lag wohl auch daran, dass ihre Finger weiterhin in der Hand von Paul Ludwig ruhten. Sie sah zu ihm hinüber und ihre Blicke trafen sich. Er lächelte sie an. „Eisner hat nicht zu viel versprochen bei der ersten Kundgebung auf der Theresienwiese. Innerhalb 48 Stunden würde die Revolution erfolgen. Es hat ein bisschen länger gedauert, aber nun ist es so weit. Was für ein Tag!"

Hilde erwiderte sein Lächeln. Bei der ersten Versammlung hatte sie noch nicht verstanden, worum es den Demonstranten um Eisner ging. Doch nun ahnte sie, worauf das alles hier hinauslief.

„Das Volk übernimmt die Macht, richtig?", fragte sie.

„So, wie es immer sein sollte. Alle Macht geht vom Volke aus. Das Volk bestimmt. Nicht eine kleine Clique von Mächtigen an der Spitze, die ihre Position ererbt haben, ohne Verdienst, ohne Wahl, ohne vom Volk gewollt zu werden. Wir alle sind das Volk. Und wir bestimmen unser Geschick. Wir werden uns nicht sagen lassen, was zu tun ist. Wir werden Räte bilden und unsere Zukunft selbst gestalten."

Hilde verstand. Darum ging es den Demonstranten also. Es waren die alten Werte der Französischen Revolution. Freiheit, Gleichheit, Brüderlichkeit.

„Woran denken Sie gerade?", fragte er.

„Ich denke darüber nach, was Freiheit für mich bedeutet. Ich habe mich bisher nicht als eingeschränkt erlebt. Einer der Redner hat von Fesseln und Ketten gesprochen, die wir abwerfen müssen. Aber ich habe mich nie gefesselt oder angekettet gefühlt."

„Waren Sie denn ganz frei? Hat man Ihnen erlaubt zu wählen? Oder jeden Beruf zu ergreifen?"

Sie schüttelte den Kopf. „Aber das ist etwas, was ich mit jeder Frau in diesem Land teile."

„Ja, weil alle Frauen in diesem Land auf eine bestimmte Art und Weise in Ketten lagen. Doch auch das wird nun vorbei sein. Freiheit, Gleichheit und in diesem Fall auch Schwesterlichkeit."

Hilde lachte. Sie hatten inzwischen das Parlamentsgebäude in der Prannerstraße erreicht. Der stattliche, dreigieblige Bau war von zahlreichen elektrischen Lampen erleuchtet. Vor dem Hauptportal standen so viele Menschen dicht gedrängt, dass an ein Durchkommen nicht zu denken war.

„Kommen Sie mit, ich kenne einen Nebeneingang“, sagte Paul. Er führte Hilde um das Gebäude herum zu einer Hinterpforte.

„Warum kennen Sie sich im Parlament so gut aus?“, fragte sie.

Er lachte. „Weil ich hier gearbeitet habe. Als Stift in einer der Kanzleien, die die offiziellen Dokumente erstellt. Ich habe dort eine Druckerlehre begonnen. Aber ehe ich sie abschließen konnte, wurde ich eingezogen. Aber wie es zur Druckerei geht und wie man von dort aus in den Sitzungssaal des Parlaments gelangt, das weiß ich noch.“

Er führte sie eine Treppe hinunter und sie fanden sich in einem Kellerraum wieder, der so eingerichtet war, wie Hilde sich eine Zeitungsredaktion vorstellte. Zwei gewaltige Druckerpressen standen dort, und ein Dutzend Männer waren damit beschäftigt, Schriftstücke zu vervielfältigen. Paul griff nach einem der Bögen aus rotem Papier und hielt ihn ihr vor die Nase.

Proklamation. Volksgenossen!

stand darauf.

Um nach jahrelanger Vernichtung aufzubauen, hat das Volk die Macht der Zivil- und Militärbehörden gestürzt und die Regierung selbst in die Hand genommen. Die Bayerische Republik wird hierdurch proklamiert. Die oberste Behörde ist der von der Bevölkerung gewählte Arbeiter-, Soldaten- und Bauernrat, der

Hilde hielt eine Hand vor den Mund. „Der König ist abgesetzt?"

„Ja, und die Republik ist ausgerufen. Die Druckerpressen werden die Proklamation in Hunderttausenden von Exemplaren vervielfältigen. Morgen wird jeder Münchener eines dieser Flugblätter in Händen halten. Und alle werden Sie erkennen, dass sie frei sind."

Er führte sie eine Treppe hinauf und sie gelangten in einen prächtig geschmückten Gang. Er war voller Menschen, teils in Anzüge gekleidet, teils in Soldatenröcke, teils in Arbeiterkleidung. Sie nahmen eine weitere Treppe und erreichten schließlich eine Galerie. Dort stellten sie sich ganz hinten an die Wand. Im Plenarsaal, der sich zu ihren Füßen ausbreitete, herrschte ein reges Hin und Her. Doch eine Gestalt stand am Rednerpult wie ein Felsen im Sturm. Er hatte einen langen, spitzen Bart. Seine Wangen glühten rot und auch in seinen Augen loderte ein Feuer. Kurt Eisner hob die Hände und alle verstummten.

„Die bayerische Revolution hat gesiegt. Sie hat den alten Plunder der Wittelsbacher Könige hinweggefegt. Wir haben die Republik, den freien Volksstaat Bayern ausgerufen. Jetzt müssen wir zur Bildung einer Regierung fortschreiten. Wir müssen Wahlen vornehmen. Der, der in diesem Augenblick zu ihnen spricht, setzt Ihr Einverständnis voraus, dass er als provisorischer Ministerpräsident fungiert."

Ein ungeheurer Jubel brach aus.

„Ich danke Ihnen für Ihr Vertrauen", fuhr Eisner fort. „Die Situation ist sowohl in politischer, also in wirtschaftlicher Hinsicht schwierig. Wir dürfen nicht übermütig werden. In unserem revolutionären Kampf müssen wir einig bleiben. Stehen wir beieinander, schaffen wir eine bessere Zukunft!"

Der Jubel, der nun aufbrandete, war noch ohrenbetäubender. Und nun spürte Hilde, dass auch sie vom revolutionären Feuer entflammt wurde. Sie sah Paul an. Er erwiderte ihren Blick. Und dann lagen sie sich in den Armen und küssten sich.

KAPITEL 10

Hermann erwachte von dem eisigen Wind, der durch die zersplitterte Fensterscheibe wehte. Er lag vollständig angekleidet im Bett in seiner Kammer in der Türkenkaserne. Als er spät nachts aus der Residenz zurückgekehrt war, hatte er es nicht mehr geschafft, sich umzuziehen. In seinem Mund hatte sich ein schaler Geschmack breitgemacht. Er fühlte sich wie erschlagen. Hinter seinem rechten Auge lauerte ein noch leichter Kopfschmerz, der nichts Gutes für diesen Tag verhieß.

Er öffnete die Augen und sah sich um. Seine Unterkunft war nicht geplündert worden. Wahrscheinlich hatten ein paar Meuterer hereingeschaut, bemerkt, dass es nichts zu holen gab und sich in den Keller der Kaserne verzogen, um sich auf die Suche nach Schnaps- oder Weinvorräten zu begeben. Auf dem Boden lag ein Flugblatt. Ein Betrunkener, dem Hermann nicht mehr ausweichen konnte, hatte ihm das Pamphlet in die Hände gedrückt, in dem Eisner und seine Leute die Republik ausriefen. Das Haus Wittelsbach sei nicht mehr an der Regierung. Dass der König geflohen war, wusste Hermann. Ob er tatsächlich abgedankt hatte oder ob die Sozialisten das nur behaupteten, war ungewiss. Aber was machte es für einen Unterschied?

Er stand auf, ging zu dem Tischchen in der Ecke und goss sich aus dem bereitstehenden Krug Wasser in die Schale. Das Gefäß war nun leer und wahrscheinlich gab es niemanden mehr, der es für ihn nachfüllte. Das musste er selbst erledigen. Wenn er überhaupt weiterhin in der Kaserne leben konnte. Er wusch sich das Gesicht und machte sich frisch. Dann kämmte er sich und zupfte sich den Schnurrbart zurecht, ehe er seine Uniformjacke anzog. Er trat hinaus auf die Brüstung. Unten im Hof standen zwei Soldaten Wache. Es handelte sich um reguläre Einheiten der Kaserne. Er kannte die beiden Männer. Als er den Hof betrat, salutierten sie.

„Wie ist die Lage?", fragte er.

„Hier ist alles ruhig", antwortete die ranghöhere der beiden Wachen. „In der Nacht sind keine weiteren Plünderer mehr aufgetaucht."

Hermann wollte weitergehen, doch der andere Soldat sprach ihn an: „Verzeihung, Herr Oberst."

Hermann wandte dem Gefreiten den Blick zu. In früheren Zeiten hätte er ihn wegen dieser Respektlosigkeit zurechtgewiesen, aber er war zu müde dazu. Er nickte ihm stattdessen auffordernd zu. Der Adamsapfel des jungen Mannes hüpfte aufgeregt auf und ab: „Wie lange sollen wir denn hier Wache stehen? Werden wir abgelöst?"

Hermann sah auf seine Uhr. Es war kurz nach acht Uhr morgens. „Wenn in einer halben Stunde keine Wachablösung erfolgt, machen Sie sich auf die Suche nach jemandem, der Ihren Posten übernehmen kann. Wenn Sie niemanden finden, überlasse ich Ihnen, zu entscheiden, was Sie dann tun."

Er nickte den beiden Männern noch einmal zu, dann trat er durch das Tor hinaus auf die Straße. An den Türflügeln waren deutlich die Versuche der Revolutionäre zu erkennen, in das Gebäude einzudringen. Sie wiesen zahlreiche Kratzer und Absplitterungen auf und an einer Stelle war ein handtellergroßer Brandfleck zu sehen.

Sein Weg führte ihn in Richtung Innenstadt. Auf dem Odeonsplatz waren überall Plakate angeschlagen, auf denen Eisners Proklamation einer Republik verkündet wurde. Das Papier war rot, die Schrift schwarz. Die Sozialisten hatten die Macht übernommen. Wahnsinn.

Er kam an einer Kolonialwarenhandlung vorbei. Hier hatte sein Großvater früher den Tabak kaufen lassen, der Inhaber hatte vom König den Titel eines Hoflieferanten verliehen bekommen, was auf einem prächtigen Schild verkündet wurde, das über dem Eingang des Ladens angebracht war. Dieser Schriftzug wurde an diesem Morgen durch einen Mann verdeckt, der mit Werkzeug an einer Ecke des Schildes hantierte.

„Ist etwas beschädigt worden?“, fragte Hermann, der neugierig nach oben sah und stehen blieb.

„Wie bitte?“, fragte der Mann auf der Leiter, in dem Hermann den Inhaber des Geschäfts erkannte. Dieser wandte sich um und sah ihn von oben herab an: „Nein, es ist alles in Ordnung. Oder auch nicht. Je nachdem, auf welcher Seite man wohl steht.“

„Was machen Sie da?“, fragte Hermann.

Der Kolonialwarenhändler wirkte verlegen. „Nun, da es keinen Hof mehr gibt, habe ich mir gedacht, dass ich dann wohl auch kein Hoflieferant mehr bin.“

Jetzt sah Hermann, dass der Mann die entsprechenden Buchstaben aus dem Schriftzug entfernt hatte. Er kniff die Lippen aufeinander, wandte sich um und ging davon. Seine Schritte führten ihn durch das Gassengewirr der Altstadt, bis er vor der Sattlerei seiner Mutter stand. Zwar hielt sie sich meistens in ihrem Büro in der Lederwarenfabrik auf, aber die Werkstatt ihres Großvaters in der Stadtmitte unterhielt sie weiterhin. Dort arbeitete sie in ihrer freien Zeit an Sätteln und Zaumzeug.

Hermanns Blick wanderte nach oben. Hier prangte der Titel der Hofsattlerei noch in seiner vollen Schönheit. Er hatte auch nichts anderes erwartet. Seine Mutter hatte jahrelang darum gekämpft, diese Bezeichnung zuerkannt zu bekommen. Und es war ihr gelungen, auch wenn dies letztendlich dazu geführt hatte, dass Hermanns Großvater in Festungshaft gekommen war. Er sah, dass im Inneren Licht brannte und so trat er ein.

Seine Mutter stand an der Werkbank und schnitt ein Stück aus einem großformatigen Lederbogen aus. Sie wandte sich ihm zu. Abgesehen von ihrer noch etwas geröteten Nase, schien sie die Grippe inzwischen überwunden zu haben.

„Du hast die Revolution heil überstanden, wie ich sehe", sagte sie.

Er schnaubte. „Meine Leute haben beim ersten Ansturm der Meuterer ihre Waffen weggeworfen und sind übergelaufen. Vielleicht war es aber auch besser so. Jeder, der für diesen Irrsinn stirbt, ist einer zu viel."

„Ja, nun stehen uns schwierige Zeiten bevor."

„Eben bin ich beim Tabakhändler vorbeigekommen. Er hat bereits den Titel des Hoflieferanten von seinem Laden abgenommen. Hast du das auch vor?"

Seine Mutter kniff ihre Augen zusammen. Ihr Blick hätte schon gereicht, um seine Frage zu beantworten. Doch sie schüttelte vehement den Kopf. „Nach allem, was ich dafür ertragen musste, um diesen Titel zurückzubekommen? Den müssen mir diese Sozialisten aus meinen kalten, toten Händen reißen."

Hermann wollte etwas erwidern, doch in diesem Augenblick schepperte es, dann ertönte ein gewaltiger Krach. Es kam von draußen. Er wandte sich um und trat hinaus. Seine Mutter folgte ihm. Das Schild, das über der Tür gehangen hatte, lag auf dem Boden. Als er die Straße hinabsah, sah er, dass drei junge Männer sich schleunigst aus dem Staub machten.

„Das ist ja wohl die Höhe", sagte Elsa. „Die haben die Plakette abgerissen."

***

Hilde ging mit neuen, wachen Augen durch die Stadt. Sie war erst spät nach Hause gekommen und es hatte einige Zeit gedauert, bis sie hatte einschlafen können. Ihr Körper hatte vibriert vor Aufregung. Lotte hatte nicht zu viel versprochen. Sie war tatsächlich Zeugin eines welthistorischen Ereignisses geworden und das hatte seine Spuren bei ihr hinterlassen. Sie war voller Euphorie. Und dann war da ja noch etwas anderes. Immer wieder musste sie an den Kuss denken. Es hatte sich so gut angefühlt, so richtig. Und doch fragte sie sich, ob dies nur im Überschwang der Revolution geschehen war, oder ob mehr dahinter steckte. War sie dabei, sich in Paul zu verlieben? Sie schalt sich eine Närrin. Sie kannte ihn kaum. Und abgesehen davon, dass er beeindruckende und mitreißende Reden halten konnte, wusste sie nichts über ihn. Gut, offenbar war er ein Druckerlehrling gewesen, ehe er in den Krieg gezogen war. Aber auch diese Information half ihr nicht wirklich weiter. Sie wusste nicht, woher er kam, wer seine Eltern waren, ob er Geschwister hatte, ja nicht einmal, wo er lebte. Und trotzdem fühlte sie sich zu ihm hingezogen. Vielleicht war es tatsächlich lediglich die Erfahrung, die sie geteilt hatten, Zeugen einer friedlichen Revolution gewesen zu sein. Ob es mehr war, würde sie nur herausfinden, wenn sie sich wiedersahen. Und ob und wann das stattfinden würde, stand in den Sternen. Paul hatte sie zwar nach Hause gebracht, aber sie waren ohne die Verabredung zu einem weiteren Treffen auseinandergegangen.

Als sie morgens aufgestanden und in den Salon getreten war, hatten die Mädchen ihr mitgeteilt, dass ihre Mutter bereits zur Werkstatt aufgebrochen war. Auf dem Tisch lag eines der Flugblätter, das am Vorabend in der Landtagsdruckerei vervielfältigt worden war. Offenbar hatte ihre Mutter also auch schon von den Ereignissen erfahren. Hilde vermutete, dass sie das zutiefst erschüttert hatte. Sie war ein fester Teil der alten Gesellschaftsordnung gewesen. Der Krieg hatte dieses Gefüge ins Wanken gebracht und die Ereignisse der letzten Nacht hatten es endgültig einstürzen lassen. Damit musste ihre Mutter nun erst einmal zurechtkommen. Und am besten konnte sie sich beruhigen, wenn sie sich mit Leder beschäftigte. Deshalb hatte sie auch die Werkstatt behalten, obwohl sie Sättel nur noch zum Privatvergnügen herstellte.

Die beiden Küchenmädchen waren inzwischen so weit wiederhergestellt, dass sie Hilde ein einfaches Frühstück auftragen konnten. Nach einer Tasse Malzkaffee fühlte sie sich schon besser. Der bittere Geschmack hatte ihre Lebensgeister hervorgelockt. Sie beschloss, in die Stadt zu gehen, sich ein wenig umzusehen und dann ihre Mutter in der Werkstatt zu besuchen.

Ein frischer Wind vertrieb gerade den letzten Nebel an diesem Herbstmorgen. Der Tag gestern war schön und warm gewesen. Doch nun nieselte es leicht. Sie zog den Schal enger und ging in Richtung Isar und über die Brücke bei der Kohleninsel. An der dortigen Uferpromenade sah sie eine Ansammlung von Menschen, die sich um eine rote Fahne geschart hatten. Ob das wohl Revolutionäre waren? Sie trat näher und nun hörte sie, dass nicht etwa Reden geschwungen wurden, sondern dass ein vielstimmiger und teilweise etwas schräg klingender Chor ein Lied angestimmt hatte. Sie konnte die Worte zuerst nicht verstehen, aber als sie sich den Leuten näherte, klang der Text klar und deutlich zu ihr:

„Völker, hört die Signale! Auf zum letzten Gefecht! Die Internationale erkämpft das Menschenrecht."

Als sie sah, mit welcher Inbrunst die Männer und die wenigen Frauen, die sich ihnen zugesellten, die martialischen Worte sangen, spürte sie, wie etwas von dem revolutionären Feuer, das am Vorabend in ihr gebrannt hatte, wieder aufloderte. Sie sah glückliche Gesichter, lachende Menschen. Als sie näherkam, bot ein Soldat ihr einen Schluck aus seiner Flasche an, doch sie lehnte dankend ab und er wurde nicht etwa ärgerlich, sondern prostete ihr zu und sang weiter.

Sie ging an der Menschenansammlung vorüber und passierte das Isator in Richtung Viktualienmarkt. Auch heute standen dort die Menschen um Lebensmittel an. Aber die Stimmung hatte sich gewandelt. Als sie vor wenigen Tagen selbst dort auf die Zuteilung der Kartoffeln gewartet hatte, war ihr eine bleierne Schwere in die Glieder gefahren. Die Verzweiflung und die Kriegsmüdigkeit der Umstehenden hatten sie angesteckt. Doch nun hörte sie Lachen und die Leute redeten miteinander. Auch die Verkäufer hatten nicht ihre übliche mürrische Miene aufgesetzt, sondern zwinkerten ihren Kunden zu, waren zu Scherzen aufgelegt und schienen sogar etwas spendabler zu sein.

Als sie bei der Werkstatt ihrer Mutter ankam, stockte sie kurz. Das Schild fehlte. Sie runzelte die Stirn. Dann sah sie, dass es neben dem Fenster lag. Offenbar war es heruntergefallen. Als sie genauer hinsah, erkannte sie, dass jemand ein Seil darum gebunden hatte. Die beiden Gelenke, an denen es mit der Wand verschraubt gewesen war, waren verbogen. Es musste heruntergerissen worden sein. Sie klopfte an die Tür und trat ein.

Ihre Mutter saß an der Werkbank und bearbeitete ein Stück Leder. Auf den ersten Blick sah Hilde, dass sie wütend war. Sie hatte einen groben Punziermeißel gewählt und hieb mit dem Hammer so fest darauf ein, dass Hilde Sorge hatte, sie würde das Leder durchbohren und den Meißel in den Tisch treiben.

Offenbar hatte Elsa ihre Tochter gehört, denn sie wandte sich um. „So, hast du ausgeschlafen?", fragte sie.

„Ja. Ich war gestern im Parlament und habe erlebt, wie Eisner die Republik ausgerufen hat."

Elsa schnaubte. „Es ist mir egal, was er ausgerufen hat. Diese Verbrecher wollen mir den Titel der Hofsattlerin nehmen."

„Ohne Hof gibt es auch keine Hofsattlerin, oder?", fragte Hilde.

Elsa schnaubte noch einmal. „Ich bleibe so lange Hofsattlerin, bis der König mir den Titel aberkennt."

Nun musste Hilde grinsen. „Dann wirst du wohl für immer Hofsattlerin bleiben, denn wir haben kein König mehr. Und er kann dir nichts mehr wegnehmen. Die Revolution hat offenbar auch Vorteile, oder?"

Ihre Mutter sah sie finster an, doch dann zuckte ihr rechter Mundwinkel. Schließlich schmunzelte sie. „Da hast du wohl recht", sagte sie. „Offenbar hat diese Revolution auch etwas Gutes."

KAPITEL 11

Zehn Tage waren vergangen und die erste Euphorie war verpufft. Hilde war viel auf den Straßen unterwegs gewesen. Die Leute diskutierten weiterhin eifrig miteinander, sie hörte Lachen und revolutionäre Lieder. Aber der Zauber des Neubeginns war verflogen.

„Eisner hat eine Revolutionsfeier im Nationaltheater angekündigt", sagte ihre Mutter beim Mittagessen. „Das ist ein kluger Schachzug. So kann er den Leuten weiter vorgaukeln, dass er ihre Lage verbessert hat."

„Wesentlich verschlechtert hat sich die Lage nicht, oder?", fragte Hilde.

Elsa schnaubte. „Wenn das der Segen der Revolution sein soll, dann Feierabend."

„Kommst du mit? Ich möchte gerne zu dieser Revolutionsfeier gehen. Und ich vermute, dass sich in dem Briefumschlag mit dem Stempel des Präsidialamts, der heute Morgen für dich abgegeben wurde, Karten befunden haben."

Ihre Mutter verzog das Gesicht. „Dir entgeht auch nichts. Ja, es waren zwei Billets darin. Mit einer vom Ministerpräsidenten selbst unterschriebenen Einladung. Als Unternehmerin bin ich offenbar interessant für die neue Regierung. Die würden mich zwar am liebsten enteignen und einem Betriebsrat die Macht übergeben, aber sie wissen, dass sie vorerst nicht ohne mich und mein Geld auskommen. Deshalb schmieren sie mir Honig ums Maul. Aber das können sie vergessen. Ich werde mich ganz bestimmt nicht bei dieser Veranstaltung zeigen."

„Darf ich dann gehen? Ich würde mir das gerne anschauen. Und ich kann ja Edith fragen, ob sie mich begleitet."

Ihre Mutter sah sie eine Weile an, dann seufzte sie. „Ich kann es dir eh nicht verbieten. Geh hin, genieße den Abend, wenn du kannst, und berichte mir davon."

Nach Einbruch der Dämmerung war Hilde auf dem Weg zum Nationaltheater. Edith hatte nicht mitkommen wollen. Insgeheim war es ihr aber auch ganz recht, dass ihre Freundin nicht dabei war, denn sie hoffte, Paul dort zu treffen. Die Revolutionsfeier würde er sich sicher nicht entgehen lassen.

Als sie vor dem Nationaltheater ankam, war sie erstaunt, wie bunt zusammengewürfelt die Gesellschaft war, die dort auf den Einlass wartete. Natürlich sah sie Herren in Fräcken und gestärkten Hemden und edelsteinbehangene Damen in teuren Kleidern. Aber es waren auch Arbeiter anwesend, die so aussahen, als ob sie frisch aus der Fabrik gekommen wären. Manche hatten sogar noch rußige und schmierige Hände. Am häufigsten sah sie jedoch das Feldgrau der Soldatenröcke. Der Anblick verursachte ihr ein mulmiges Gefühl. Sollten die Soldaten als Teil der Gesellschaft gefeiert werden? Sollte ihr Leiden in den langen Kriegsjahren an der Front gewürdigt werden? Oder bestand ihre Aufgabe darin, den Rest der Bevölkerung einzuschüchtern?

Hilde reckte den Hals und sah sich um, konnte Paul aber nirgendwo entdecken. Sie stellte sich am Eingang an und gab ihre Jacke an der Garderobe ab. Neben ihr stand eine Frau, die einen zerschlissenen roten Mantel trug. Sie sah Hilde an. Ihre Wangen waren mit kleinen, rosafarbenen Flecken übersäht und sie leckte sich mit der Zungenspitze über die Lippen, als sie fragte: „Wie geht das denn? Das mit dem Abgeben von dem Mantel und so?"

Hilde erklärte ihr den Ablauf. Sie begleitete die Frau zu dem Tresen, und als ihr die Garderobiere den Bon in die Hand drückte, lächelte die Frau ihr dankbar zu. „Ich war noch nie in der Oper. Es ist so hell hier. Und alles voller Gold."

Hilde erwiderte das Lächeln. „Dann warten Sie mal ab, bis Sie die Logen sehen."

Als sie an der Seite der Arbeiterfrau den großen Saal betrat, sah sie aus dem Augenwinkel, dass dieser der Unterkiefer nach unten klappte. Sie starrte andächtig auf den riesigen Kristallkronleuchter, dessen elektrische Lampen den Raum in ein helles und doch angenehmes Licht tauchten. Hilde verabschiedete sich von ihr und begab sich zu ihrem Platz im hinteren Bereich des Parketts. Sie hatte sich eben gesetzt, als auch schon ein junger Mann auftauchte, der fragte, ob der Sitz neben ihr noch frei sei. Sie wollte gerade erwidern, dass der Platz nicht belegt sei, als sie endlich die Stimme hörte, auf die sie schon seit Stunden hingefiebert hatte.

„Aha, da ist mein Platz", sagte Paul. Er tauchte hinter dem Mann auf, nickte ihm freundlich zu und ließ sich auf dem Sitz neben Hilde nieder.

„Ich hoffe, es ist dir nicht unrecht", sagte Paul zu ihr. Anstelle einer Antwort nahm sie seine Hand in die ihre und drückte sie fest.

„Hast du meiner Mutter die Karten zukommen lassen?", fragte sie.

Er zwinkerte ihr zu. „Wo denkst du hin. Die Karten sind durch das Los verteilt worden. Schau dich um. Die Minister sitzen nicht in der ersten Reihe, sondern sind überall im Haus verteilt. Der Innenminister, Herr Auer, sitzt gar im obersten Rang. Aber ich glaube, du solltest dir diese hier umbinden."

Er holte eine rote Schleife hervor. Hilde sah, dass die meisten Frauen anstelle von Schmuck eine rote Binde angelegt hatten. Er befestigte den Stoff an ihrem linken Oberarm. Das Licht erlosch und das Orchester spielte auf. Beethoven. Hilde hatte von ihrer Mutter die Begeisterung für Musik geerbt und die ersten Töne der Leonoren-Ouvertüre, dirigiert vom Münchner Generalmusikdirektor Bruno Walter, drangen ihr direkt ins Herz. Pauls linke Hand umschloss die Finger ihrer Rechten und sie spürte, wie ein Gefühl des Glücks sich in ihr ausbreiten begann. Das Leben war schön, das Leben war gut und die Zukunft war hoffnungsvoll.

***

„Hier sind Ihre Entlasspapiere", sagte der Demobilisierungsoffizier und schob einen dunkelgrauen Feldpostumschlag über den groben Tisch, der im Speisesaal der Türkenkaserne aufgebaut worden war. Hermann sah das Dokument an. Er zögerte noch, danach zu greifen. Sicher, es war keine endgültige und unwiderrufliche Entscheidung, dass er aus der Armee ausschied. Er konnte jederzeit wieder eintreten, sofern es überhaupt noch ein Heer geben würde. Die ersten Forderungen der Alliierten für einen Friedensschluss waren bekannt geworden und die Franzosen taten sich besonders darin hervor, zu verlangen, dass Deutschland jeder Angriffsmöglichkeit beraubt wurde. Aber Hermann verspürte auch keine allzu große Lust, wieder in den Krieg zu ziehen. Und die Erfahrungen der letzten Wochen hatten ihm das Soldatenleben endgültig verleidet. Die Revolution, das Übertreten der meisten seiner Kameraden zu den Sozialisten, die Flucht des Königs, der inzwischen abgedankt hatte, die Grabesstimmung, die seitdem in der Kaserne geherrscht hatte. Das hatte schließlich den Ausschlag gegeben, dass Hermann sich dazu entschlossen hatte, den feldgrauen Rock eines Offiziers gegen den Frack eines Bankiers zu tauschen. Er wusste nichts über Bankgeschäfte. Aber er hatte auch keine Ahnung vom Krieg gehabt und war in den soldatischen Rängen rasch aufgestiegen. Er konnte sich anpassen, das hatte er gelernt in all den Jahren an der Front. Und diese Gabe würde ihm dabei helfen, die Leitung der Bank seines Großvaters zu übernehmen.

Der Demobilisierungsoffizier, ein junger Lieutenant, der mehrere Rangstufen unterhalb von Hermann chargierte, sah ihn irritiert an. Hermann riss sich aus seinen Gedanken und ergriff den Umschlag.

„Wir haben kein Bargeld mehr, deshalb wird der letzte Sold in Nahrungsmarken ausgegeben", sagte der Lieutenant entschuldigend. Hermann zuckte mit den Achseln. Für ihn war das nicht wichtig. Er besaß eine ganze Bank voll Geld. Aber ihm war klar, dass viele der Soldaten, die an diesem Tag aus dem aktiven Dienst entlassen wurden, nicht wussten, wie sie ihren Lebensunterhalt weiter bestreiten sollten. Viele würden nun versuchen, in den Fabriken anzuheuern, wo ihre Arbeitsplätze während des Krieges von Frauen übernommen worden waren. Auch darüber musste er sich keine Gedanken machen.

Er schob den Umschlag in die Innentasche seiner Jacke, salutierte ein letztes Mal vor dem Lieutenant, der den Gruß erwiderte, klackte die Hacken zusammen und wandte sich um.

So endete also seine militärische Laufbahn. Er erinnerte sich an den August des Jahres 1914. Etwas mehr als vier Jahre zuvor und doch eine Ewigkeit entfernt. Wie begeistert er gewesen war. *Jeder Stoß ein Franzos! Jeder Tritt ein Brit! Jeder Schuss ein Russ!*, hatte auf dem Eisenbahnwaggon gestanden, der ihn und die anderen blutjungen Kadetten seines Jahrgangs an die Front verfrachtet hatte. Sie waren siegessicher gewesen. Optimistisch, naiv und überzeugt davon, unverwundbar zu sein. Hermann hatte erst zwei Wochen vor Kriegsbeginn mit seiner Ausbildung auf der Militärakademie begonnen. In seinem Jahrgang waren 42 Offiziersanwärter gewesen. Mitte September 1914 waren noch 13 übrig, zum Ende des Jahres waren sie noch zu siebt. Das Grauen des Krieges war unbeschreiblich gewesen und es hatte vieles in Hermann verändert. Es hatte ihn gezwungen, erwachsen zu werden. Er hatte sich nicht viele Ideale bewahrt, aber trotzdem hat es während des Krieges immer etwas gegeben, woran er sich halten konnte. Gott, König und Vaterland. An Gott hatte er zuerst gezweifelt. Zwar hatten die Feldgeistlichen immer gepredigt, dass der Herr auf ihrer Seite stand, aber gleichzeitig war ihm klar gewesen, dass die französischen, die britischen und die russischen Priester genau dasselbe gepredigt hatten. Auf welcher Seite stand Gott nun?

Länger hatte es gedauert, bis er am Kaiser gezweifelt hatte. Aber als die Front schließlich zusammengebrochen war, war ihm klar geworden, dass der Souverän in Berlin und seine Politik die Schuld daran trugen, dass Millionen Menschen im Schlamm der Westfront einen sinnlosen Tod gestorben waren.

Nun blieb ihm nur noch das Vaterland. Doch wenn er sah, in welches Chaos das Reich schlitterte, wurde ihm bang ums Herz. Er brauchte eine Aufgabe, etwas, woran er sich festhalten und aufrichten konnte. Und das einzige, das ihm Halt geben konnte, war sein Erbe. Die Bank seines Großvaters.

Seine Schritte führten ihn nicht in das Palais. Dorthin würde er abends zurückkehren. Stattdessen nahm er die Straßenbahn und begab sich in die Gabelsberger Straße, wo sich die Zentrale der von Lampeck'schen Bank befand. Man erwartete ihn schon. Der Vorstand war an diesem Sonntagnachmittag vollzählig angetreten. Ein livrierter Diener öffnete ihm die große Flügeltür am Eingang und führte ihn in den Sitzungssaal. Die Herren erhoben sich. Sieben altgediente Vorstandsmitglieder im Frack, dicke Mappen vor sich auf dem Tisch. Er zögerte kurz, dann bemerkte er jedoch, dass die Blicke allesamt wohlgesinnt wirkten. Verstohlen sah er an sich hinab und erkannte, dass es seine Uniform war, die ihm hier Respekt verschaffte. Er atmete tief durch und richtete sich auf, schob die Schulter nach hinten und die Brust nach vorne. Dann trat er in den Raum, nickte den Vorständen zu und nahm wie selbstverständlich an der Stirnseite Platz, auf dem Stuhl, in dem immer sein Großvater gesessen hatte.

„Wenn Sie erlauben, Herr von Lampeck", sagte Herr Krötzinger. „Ich darf Sie im Namen aller Vorstandsmitglieder ganz herzlich begrüßen. Wir freuen uns sehr, dass das Amt des Vorstandsvorsitzenden nun wieder von einem Mitglied der Familie von Lampeck ausgefüllt wird."

„Danke für Ihre Worte", erwiderte Hermann. „Wie Sie sehen, war ich bis vor kurzem mit ganz anderen Dingen beschäftigt. Ich bin zum Soldaten geworden. Ich habe für dieses Land gekämpft, wurde verwundet und habe Tod, Schrecken, Verwüstung und Leid gesehen. Und doch habe ich auch vieles gelernt, was mir in der Position des Vorstandsvorsitzenden nützlich sein wird. Ich bin kein Fachmann für Finanzen, da bin ich auf Sie angewiesen. Ich bitte Sie um Ihre Unterstützung. Beraten Sie mich! Führen Sie meine Entscheidungen. Ich will ein gelehriger Schüler sein. Ich will lernen, wie eine Bank funktioniert, wie man sie leitet und wie man Gewinne erwirtschaftet. Wenn ich einen Fehler mache, weisen Sie mich darauf hin! Wie gesagt, ich war bislang mit anderen Dingen beschäftigt."

Er blickte in die Runde. Die Herren musterten ihn mit Interesse. Dann klatschte Krötzinger in die Hände. Seine Kollegen schlossen sich an und bald tönte ein gedämpfter Applaus durch den Saal. Hermann spürte, wie eine Welle der Erleichterung ihn durchströmte.

„Gut, wo fangen wir an?", fragte er.

KAPITEL 12

München, Samstag, 23. November 1918

Hermann sah in den Spiegel. Wie lange war es her, seitdem er zum letzten Mal Frack getragen hatte? Das musste an dem Abend gewesen sein, an dem sein Großvater verhaftet und seine Mutter zur Hofsattlerin ernannt worden war. Es war derselbe Anzug. Er hing ein wenig lockerer an ihm herab, was wohl daran lag, dass sein Körper in den vergangenen vier Jahren Entbehrungen hatte erdulden müssen. Der Frack passte ihm, aber trotzdem fühlte er sich, als ob er im Kostüm einen Faschingsball besuchen sollte.

Es klopfte an die Tür. Er wandte sich um. Karl, der Leibdiener mit der Glatze und dem enormen, schlohweißen Backenbart, der schon seinem Großvater gedient hatte, trat ein. „Der Chauffeur ist vorgefahren", sagte er mit näselnder Stimme.

Hermann sah sich noch einmal im Spiegel an. Er zwirbelte die Spitzen seines Schnurrbarts nach oben, dann ging er hinaus ins Treppenhaus. Vor der Haustür wartete Karl mit dem Mantel. Er half Hermann, diesen anzuziehen, und dieser trat vor das Palais. Der Chauffeur stand am Schlag des Wagens und hielt die Tür auf. Hermann setzte sich hinein und kurz darauf fuhr das Gefährt los. Ob die Sozialisten ihm bald verbieten würden, Bedienstete zu beschäftigen? Er zwang diese Menschen doch zu nichts und bezahlte sie sogar sehr gut für ihre Arbeit. Es waren seltsame Zeiten.

Über diesen Gedanken hatte der Wagen das Hotel *Vier Jahreszeiten* erreicht. Hermann sah auf die Taschenuhr. Es war kurz vor zehn. Ob die Veranstaltung am Nationaltheater schon vorbei war? Dort sollten heute die Angehörigen des Leibregiments geehrt werden, die von der Front zurückgekehrt waren. Der Chauffeur öffnete die Tür und half Hermann heraus. Er befahl dem Mann zurückzufahren und sich bereitzuhalten, bis er ihn holen würde. Dann ging er in das Foyer des Hotels. Als er die dort versammelten Offiziere sah, schluckte er. War er wirklich der einzige, der hier keine Uniform trug? Er spürte den Impuls, sich umzudrehen und wieder hinauszugehen, aber in diesem Augenblick hatte General von Steinbeiß ihn entdeckt und steuerte breit lächelnd auf ihn zu.

„Schön, dass Sie gekommen sind", sagte er. „Sagen Sie bitte, dass Sie nicht im Nationaltheater bei dieser furchtbaren Veranstaltung zu Ehren des Leibregiments waren! Dass diese Sozialisten sich nun auch noch herausnehmen, verdiente Frontkämpfer ehren zu wollen, ist der pure Hohn."

Hermann schüttelte den Kopf. „Ich war zwar eingeladen und hätte auch teilgenommen, wenn es wirklich darum gegangen wäre, das Leibregiment zu ehren. Aber wahrscheinlich hat die Regierung die Veranstaltung nur dafür genutzt, ihre Revolution zu feiern."

Der General verzog das Gesicht. „Sehr richtig. Genauso war das. Landauer, dieser Clown, hat eine furchtbare Rede gehalten, wie man hört. Er hat alles verdorben. Aber lassen Sie uns nicht davon reden. Hier soll es darum gehen, die Kameraden zu würdigen, die unbesiegt aus dem Feld zurückgekehrt sind."

Er führte ihn in einen Nebenraum, wo kleine Grüppchen von Offizieren an Stehtischen beisammenstanden und an Sektgläsern nippten. Einige von ihnen erkannte Hermann als ehemalige Mitglieder des Stabes des Kronprinzen Rupprecht, der die bayerischen Verbände befehligt hatte. Hermann war regelmäßig im Hauptquartier gewesen, um von der Front zu berichten und an Lagebesprechungen teilzunehmen.

Entgegen seiner Befürchtungen, dass die Offiziere einen Frack tragenden Zivilisten meiden würden, wurde er sehr zuvorkommend behandelt. Einige der ehemaligen Kameraden fragten ihn nach seiner neuen Tätigkeit in der Bank und er berichtete von seinen ersten Tagen und den Plänen, die er mit dem Bankhaus hatte.

„Die Ökonomie wurde in den vergangenen vier Jahren vollständig auf den Krieg ausgerichtet", sagte er. „Nun muss sehr schnell Geld aufgetrieben werden, um die Wirtschaft neu zu justieren. Und dafür möchte ich meine Bank nutzen."

„Ich hoffe, Sie planen nicht, dieser Regierung mit finanzieller Unterstützung beizuspringen", sagte einer der Offiziere. Das Wort Regierung hatte er mit einer verächtlichen Miene geradezu ausgespieen, so als ob er über etwas Unmoralisches sprechen würde.

Hermann schüttelte den Kopf. „Ich führe eine Privatbank. Und ich richte mich an Unternehmer. An den

Mittelstand. An die Menschen, die dieses Land aufrechterhalten haben und nun eine Hilfe bei einem Neubeginn benötigen.“

Er erhielt allgemeinen Zuspruch für diese Aussage.

„Sehr richtig“, sagte ein Major, der Hermann bekannt vorkam. Er vermutete, dass sie sich im Hauptquartier des Kronprinzen begegnet waren. „Sie gefallen mir. Ich überlege schon seit längerem, meine Einlagen bei der Commerzbank abzuziehen. Zu viele Juden im Vorstand, Sie wissen schon. Bei Ihrem Haus scheint mein Vermögen gut angelegt zu sein.“

Er schüttelte Hermann die Hand. Während dieser noch erstaunt darüber war, dass er offenbar gerade den ersten zahlungskräftigen Kunden angeworben hatte, nahm General von Steinbeiß ihn am Arm und führte ihn zu einem anderen Tisch, an dem zu Hermanns Überraschung eine junge Frau stand. Sie war etwa einen Kopf kleiner als er und trug das blonde, schulterlange Haar zu einem Zopf gebunden. Irgendetwas in ihrem Gesicht kam ihm bekannt vor.

„Darf ich Ihnen meine Tochter vorstellen? Friederike.“

Nun erkannte er es. Die junge Frau sah tatsächlich ihrem Vater ähnlich. Sie hatte dieselben kräftigen Wangenknochen und das Blitzen ihrer Augen war sogar noch ein wenig unheimlicher als bei dem General. Sie lächelte ihm zu und knickste leicht. Dann reichte sie ihm die Hand. Hermann hauchte einen angedeuteten Kuss auf den Handrücken. Er hatte nicht erwartet, dass er an diesem Herrenabend Konversation mit einer Frau betreiben musste, anstatt in Kriegserinnerungen zu schwelgen.

„Ich habe gehört, dass Sie an der Front verwundet worden sind", sagte sie.

Er war froh darüber, dass sie die Initiative ergriffen hatte. „Ja, ich wurde bei einem Granateinschlag verschüttet und habe mir den Arm gebrochen."

Sie sah ihn mit großen Augen an. „Das muss schrecklich gewesen sein. Ich bewundere Ihren Mut."

„Mutig war wohl eher der Gefreite, der mich unter anhaltendem Feindbeschuss ausgegraben hat."

Sie schüttelte den Kopf. „Sie waren als Offizier im vordersten Graben. Mein Vater hat mir erzählt, dass Sie sich nicht versteckt haben wie so viele andere. Sie haben dem Feind die Stirn geboten. Das bewundere ich."

Sie sah ihn erwartungsvoll an.

„Und Sie begleiten Ihren Vater heute Abend?", fragte Hermann, der sich gleich danach auf die Zunge bis. Das war eine dämliche Frage, die nur das Offensichtliche feststellte. Doch Friederike schien das nicht zu stören.

„Ja, ich nutze jede Gelegenheit, um meinen Vater zu unterstützen. Diese Revolution ist ein großes Unglück. Es braucht Männer, die sich ihr entgegenstellen. Wir sammeln Verbündete. Und ich werde unermüdlich dafür kämpfen, dass wir russische Zustände verhindern."

„Und wie wollen Sie das bewerkstelligen?", fragte Hermann, dessen Neugier geweckt war.

Sie sah ihn ernst an. „Ich werde kämpfen. Und wenn ich Eisner und seine Verbrecherbande persönlich in die Luft sprengen muss. Die Sozialisten werden nicht gewinnen."

***

Es war ein seltsames Gefühl, die Schule zu betreten. Die Grippewelle war abgeebbt und da der Teil des Gebäudes, der als Notfalllazarett bereitgehalten worden war, nicht mehr gebraucht wurde, hatte man beschlossen, den Schülerinnen den Zutritt wieder zu gestatten.

„Es hätte doch gereicht, wenn wir im neuen Jahr angefangen hätten. So viel verpassen wir auch wieder nicht, oder?", sagte Edith, die zusammen mit Hilde, den Ranzen über der Schulter, in Richtung des Eingangstores schlenderte.

Hilde wollte erwidern, dass sie schon zu viel Zeit verloren hatten, die sie dringend für die Vorbereitung auf das Abitur benötigt hätten. Aber gleichzeitig gab es da auch eine Stimme in ihr, die ihrer Freundin zustimmte. Sie verpasste viel, wenn sie in die Schule ging, denn sie hatte nun keine Zeit mehr, durch München zu streifen, die Atmosphäre der Revolution einzusaugen und vielleicht auf Paul zu treffen.

In der Aula warteten bereits etwa 300 Mädchen auf den Schulbeginn. Hilde sah ihre Freundinnen wieder, die sie sofort umringten.

„Ich bin heute Morgen zwei feschen Soldaten begegnet", sagte Antonie. Ihre Wangen glühten. „Einer von ihnen hat sich zu mir umgedreht und mir nachgepfiffen." Sie kicherte und mehrere der Mädchen, die um sie standen, taten es ihr nach. Hilde stimmte mit ein, aber ihrem Lächeln haftete auch etwas Überlegenes an. Sie hätte ganz andere Dinge zu erzählen von einem Soldaten, der ihr nicht nur nachgepfiffen hatte.

„Und was hast du getrieben?"

Hilde sah auf. Sie bemerkte, dass Antonie sie angesprochen hatte.

„Ich habe beschlossen, nicht daheim sitzen zu bleiben, sondern mich so richtig in den revolutionären Taumel zu stürzen. Ich war am 7. November im Landtag und habe erlebt, wie Eisner die Republik ausgerufen hat. Und im Nationaltheater bei der Republikfeier war ich auch. Das waren Erlebnisse, kann ich euch sagen."

Antonie verzog das Gesicht. „Diese Revolution ist ein großes Unglück. Das sagt jedenfalls mein Vater."

„Meine Mutter ist auch nicht gerade begeistert davon", erwiderte Hilde. „Aber es ist wie es ist. Und wenn man eines sagen kann, dann, dass die Revolution ein Neuanfang ist. Und ein Neuanfang bietet immer auch die Möglichkeit, dass alles besser wird als früher."

Antonie schüttelte vehement den Kopf. „Was soll denn besser werden? Dass dieses Diebsgesindel, dieses Lumpenpack aus den Fabriken die Macht übernimmt? Man sieht in Russland, wohin das führt. Erst bringen sie den Zaren um und dann alle, die noch etwas besitzen. Ich habe Angst um meine Familie."

„Und wie viele Tote hat es bei dieser Revolution gegeben?", fragte Hilde. Sie spürte, dass Zorn in ihr aufwallte. „Keinen einzigen. Alles ist friedlich verlaufen. Und nun gibt es einen Termin für freie Wahlen. Stell dir vor, Frauen dürfen auch wählen. Zum ersten Mal in der Geschichte dürfen Frauen mitbestimmen. Das ist doch großartig, oder?"

Wieder schüttelte Antonie den Kopf. „Was sollen die Weiber mitbestimmen? Das ist Männersache. Das war schon immer so und das soll besser auch so bleiben. Meine Mutter wird nicht wählen gehen. Und wenn ich wählen müsste, dann würde ich jemand von den Konservativen bevorzugen, jemand, der dafür sorgt, dass alles wieder so wird wie früher. Jemand, der den König zurückholt. Der für Gesetz und Ordnung eintritt."

Hilde lachte. „Ja, dann ist es vielleicht besser, dass du zu jung bist, um zu wählen. Jeder und jede hat das Recht, mitzubestimmen. Aber das setzt voraus, dass sie sich informieren, dass sie wissen, was sie wollen, wofür sie stehen. Du willst, dass alles so bleibt, wie es ist? Aber es kann nicht mehr so bleiben. Bewege dich, ehe die Welt dich mitreißt."

Hilde spürte, wie ihre Wangen brannten. Sie hatte sich in Rage geredet.

„Ich will nicht mit dieser Welt untergehen", sagte Antonie. „Die Revolution ist eine Katastrophe."

Hilde wollte etwas erwidern, doch sie fühlte eine Hand auf ihrem Unterarm und sah hinab. Edith hatte ihre Finger darauf gelegt. „Ihr müsst jetzt aufhören mit eurer Diskussion. Gleich beginnt die erste Stunde. Aber vielleicht können wir uns auf eines einigen?"

Sowohl Hilde als auch Antonia sahen sie irritiert an. Auf Ediths Gesicht erschien ein kleines Lächeln. „Die Revolution hat auch etwas Positives. So viele fesche Soldaten wie nach dem Kriegsende nach Hause zurückgekehrt sind, haben wir schon lange nicht mehr gesehen. Das ist eine Augenweide. Wenigstens einen ästhetischen Wert hat das ganze Chaos, findet ihr nicht?"

Gegen ihren Willen musste Hilde grinsen und auch Antonie schmunzelte. Sie nickten sich zu und in dem Augenblick ertönte der Schulgong.

KAPITEL 13

München, Heiligabend 1918

Elsa zündete die letzte Kerze an. Dann trat sie einen Schritt zurück und besah sich den Baum noch einmal. Trotz des weiterhin alles beherrschenden Mangels war es ihr gelungen, eine stattliche Tanne zu organisieren, die beinahe die gesamte Höhe des Salons einnahm. An der Spitze hatte Hilde einen Engel platziert. Dabei hatte sie auf einer wackligen Leiter balancieren müssen, während die beiden Dienstmädchen abwechselnd sie oder die Unterlage stabilisiert hatten. Knapp achtzig Kerzen brannten nun und die Wärme, die von dem Baum ausging, war so enorm, dass sie den großen Kachelofen gar nicht anheizen mussten.

Elsa schlug sich gegen die Stirn. Sie hatten hier doch gar keinen Kachelofen. Der war im Haus des Onkels gewesen. Onkel Anton. Sie spürte einen Stich. Es war das erste Weihnachten seit langer Zeit, an dem er nicht mehr dabei war. Und Zenzi fehlte auch.

Es war eine lieb gewordene Weihnachtstradition gewesen, dass die ganze Familie sich zum Karpfenessen beim Onkel getroffen hatte, dass danach die Bescherung stattfand, gekrönt von einer der feinen Süßspeisen, die Zenzi so wunderbar zubereiten hatte können. Aber der Onkel war im Sommer gestorben und Zenzi war im Herbst nachgefolgt. In den letzten Jahren, in denen die beiden in Elsas Villa gelebt hatten, hatte die Feier hier im Salon stattgefunden, allerdings war aufgrund der Kriegswirtschaft alles spartanischer gewesen. Das war auch heute der Fall. Unter dem Baum lagen nur wenige Geschenke und das Festmenü würde deutlich schmaler ausfallen als vor dem Krieg.

Elsa besah sich noch einmal ihr Werk. Alles war bereit, doch eines fehlte. Die Weihnachtsstimmung wollte nicht so recht aufkommen. Das lag nicht nur an den beiden Todesfällen, sondern auch an den politischen Umständen. Es waren unsichere Zeiten, zu viel war verloren gegangen, zu viel war im Umbruch. Sie wusste nicht, was auf sie zukommen würde. Und das bereitete ihr Sorgen.

Sie hörte ein Läuten an der Tür und kurz darauf führte der Butler Isolde herein. Hilde sah sofort, dass ihre Schwester ebenfalls nicht in Weihnachtsstimmung war. Ihr Gesicht wies ein feines Netz von Sorgenfalten auf, die die Anspannung der letzten Monate rund um ihre Augen gewoben hatte. Sie legte drei Päckchen unter den Weihnachtsbaum, ehe sie auf Elsa zutrat und diese umarmte.

„Du siehst furchtbar aus", sagte Elsa.

Isoldes Mundwinkel zuckten leicht nach oben. „Ich glaube, du hast die Botschaft von Weihnachten falsch verstanden. Es geht um Liebe und Frieden, nicht um Beleidigungen oder in diesem Fall um die ungeschminkte Wahrheit."

Elsa winkte ab. „Du weißt, wie ich es meine. Und du weißt, aus welchem Mund es kommt. Du siehst abgehärmt aus."

„Ist das denn so abwegig?", fragte Isolde. „Ich mache mir Sorgen um Lotte. Sie ist nach Berlin zurückgekehrt und die ganze Stadt ist ein Pulverfass. Ein Aufstand der Sozialisten scheint jederzeit möglich. Und so wie ich Lotte kenne, ist sie mitten im Getümmel."

„Und so wie ich Lotte kenne, kann sie sehr gut auf sich aufpassen. Du machst dir zu viele Sorgen. Ich glaube nicht, dass es zu Unruhen kommt. In München ist alles friedlich geblieben, obwohl die Sozialisten die Macht übernommen haben."

„Das liegt aber wohl vor allem daran, dass Ministerpräsident Eisner so umsichtig gehandelt hat", hörte sie Hilde sagen, die unbemerkt in den Raum getreten war.

„Können wir bitte wenigstens an einem Abend die politischen Diskussionen hinter uns lassen?", sagte Elsa.

„Du hast angefangen", erwiderte ihre Tochter.

Elsa verdrehte die Augen. Sie wollte etwas entgegnen, doch in diesem Moment läutete es erneut an der Tür. Kurz darauf führte der Butler Hermann herein. Auch er sah verhärmt und müde aus. Er legte drei Päckchen unter den Baum.

„Schön, dass du dich für heute Abend freimachen konntest", sagte Elsa. „Du hast sicher viel Arbeit in der Bank."

„Ich habe vor allem viel zu lernen. Aber Krötzinger greift mir kräftig unter die Arme. Und ehrlich gesagt ist es eine gute Ablenkung. So muss ich mir wenigstens nicht die Haare darüber raufen, dass alles, was mir lieb und teuer war, den Bach hinunter geht."

Elsa hielt den Atem an. Verstohlen sah sie zu Hilde hinüber. Ihre Tochter trug ihr Herz auf der Zunge und sie fürchtete, dass sie nun Lottes Rolle einnehmen und einen Kommentar zum Geschehen abgeben würde, der Hermanns Widerspruch wecken würde. Hilde erwiderte ihren Blick und in ihren Augen flammte so etwas wie Verstehen auf.

„Dann hoffen wir doch, dass wenigstens das Weihnachtsfest friedlich wird“, sagte Isolde.

Elsa klatschte in die Hände. „Das ist mal ein Wort, Schwesterherz. Sehr gut. Wollen wir dinieren?“

Sie wartete keine Antwort ab, sondern trat an den Tisch und läutete den Mädchen. Nachdem alle Platz genommen hatten, wurden Schüsseln aufgetragen. Dampfende Kartoffeln, Rotkohl und schließlich eine Platte, auf der sich die bereits zerlegten Teile einer Ente befanden, gefolgt von einer Sauciere mit einer dickflüssigen Bratensoße.

„Wo hast du die denn aufgetrieben?“, fragte Isolde und deutete auf den Vogel.

„Ich habe so meine Quellen“, sagte Elsa in verschwörerischem Ton. Sie legte jedem ein Stück Ente auf den Teller, die Beilagen nahm sich jeder selbst. Als alle bedient waren, sagte Elsa: „Lasst euch dieses Festmahl munden. Ich wünsche euch allen frohe Weihnachten.“

Die Ente schmeckte wunderbar und der Wein, den Elsa ausschenken ließ, löste ihren Lieben die Zungen. Bald waren sie in angeregte Gespräche vertieft und tauschten Erinnerungen an frühere Weihnachtsfeste aus. Als sie aufgegessen hatten, klatschte Elsa in die Hände. „So, und nun wollen wir zur Bescherung schreiten.“

Sie trat zu dem Weihnachtsbaum und griff nach einem der Päckchen, das darunter lag. In den vergangenen Jahren hatte sich ein Brauch bei ihnen eingebürgert, nach dem Elsa das Christkind spielte und die Geschenke verteilte. Sie reichte es Hermann, der es vorsichtig auspackte. Er legte einen Karton frei und als er ihn öffnete, pfiff er leise durch seine Vorderzähne.

„Eine Klarinette", sagte er. „Aber die kann ich doch gar nicht spielen."

„Aber du kannst es lernen", sagte Isolde, die neben ihn getreten war. „Es ist eine wunderbare Übung für deine steifen Finger. Und ich hoffe, du findest im Musizieren Freude."

Hermann errötete und stammelte einen leisen Dank.

Als Nächste war Hilde an der Reihe, die einen blauen Schal in ihrem Päckchen fand.

„Er soll dich warm halten", sagte Elsa. „Ich hoffe, die Farbe ist in Ordnung, ich konnte mich nicht dazu durchringen, dir einen roten Schal zu kaufen."

Hilde sah ihre Mutter an, dann brach sie in ein schallendes Gelächter aus und gleich darauf stimmte die ganze Familie ein. Und mit einem Mal war sie da, die Weihnachtsstimmung.

KAPITEL 14

München, Dienstag, 7. Januar 1919

Hermann legte die Akte auf den Tisch, lehnte sich zurück und sah Krötzinger an. „Auch auf die Gefahr hin, Ihre Geduld zu überstrapazieren. Können Sie mir bitte noch einmal erklären, nach welchen Kriterien wir eine Kreditzusage geben? Ich verstehe nicht, warum wir diesem Handwerker hier die Unterstützung verweigert haben, obwohl er aus meiner Sicht mit seiner Werkstatt eine gute Sicherheit vorzuweisen hat, während wir einer anderen Bank eine hohe Summe vorgeschossen haben, obwohl diese nur Kriegsanleihen im Austausch zu bieten hatte."

Krötzinger lächelte. „Sie strapazieren meine Nerven überhaupt nicht. Das sind sehr gute Fragen. Auf den ersten Blick erscheint es widersinnig. Wir wollen ja profitabel sein. Und jemandem Geld zu leihen, bei dem wir gute Aussichten haben, dass er es zurückzahlen kann, erhöht unsere Chancen auf Gewinne. Selbst für den Fall, dass ihm das nicht gelingt, würde eine entsprechende Sicherheit dafür sorgen, dass wir unsere Auslagen zurückbekommen. So wie bei dem Handwerker."

„Deshalb verstehe ich nicht, warum wir ihm den Kredit nicht gegeben haben."

„Weil er aufgrund der aktuellen Auftragslage mit einer relativ hohen Wahrscheinlichkeit nicht in der Lage gewesen wäre, die Raten zu bedienen. Da müssen wir realistisch sein. Er ist Stuckateur. Dieses Handwerk ist nicht mehr gefragt und seine Werkstatt zum Pfand zu nehmen, würde unser Risiko nicht aufwiegen."

„Und warum haben wir dann die andere Bank nicht als Schuldner abgelehnt?"

„Weil zu dem Zeitpunkt, als wir die Kriegsanleihen als Sicherheit akzeptiert haben, diese Papiere eine gute Investition waren. Und sie sind es auch heute noch. Der Staat schuldet uns damit Geld. Und den Staat zum Schuldner zu haben, ist immer von Vorteil. Wir machen uns damit unentbehrlich."

„Und wenn nun dieser Staat oder besser dessen neue Führung beschließen sollte, dass die Kriegsanleihen null und nichtig sind? Schließlich hat die Regierung des Kaisers die Papiere ausgegeben. Und die Sozialisten könnten nun der Ansicht sein, dass sie sich daran nicht mehr gebunden fühlen müssen."

„Auch das ist ein berechtigter Einwand. Aber das wird nicht geschehen. Es wäre ein fatales Signal einer neuen Regierung, wenn sie ihre Gläubiger übers Ohr haut. Eine Regierung benötigt Geld. Und das Geld können nur wir ihr zuschießen. Die Banken. Natürlich könnte die Regierung den Inlandsbanken übel mitspielen, indem sie die Anleihen streicht. Aber das würden die Auslandsbanken genau beobachten. Bald wäre die Regierung überall kreditunwürdig. Und das würde sie nicht überleben. Es geht also um Macht."

Hermann schnaubte. „Wann geht es denn nicht um Macht?"

Es klopfte an der Tür. Ein Bankangestellter trat ein. Sein Gesicht war gerötet und er blinzelte so häufig, dass Hermann seine Augenfarbe nicht bestimmen konnte.

„Was gibt es?", fragte Krötzinger.

„Entschuldigen Sie bitte die Störung, aber vor der Bank ist eine große Menschenmenge aufgezogen. Die Leute wollen ihre Einlagen abheben. Offenbar hat eine Zeitung gemeldet, dass die Ausgabe von Bargeld beschränkt werden soll."

„Das ist ein viel größeres Problem. Wenn regierungsnahe Kreise Gerüchte wie dieses streuen, führt das dazu, dass die Leute in Panik geraten und ihre Einlagen abrufen. Das belastet unsere Liquidität und wir können keine Kredite mehr vergeben."

„Und was tun wir jetzt?", fragte Hermann.

„Wir schließen die Bank", sagte Krötzinger. Er folgte dem Angestellten und Hermann schloss sich ihnen an. Sie stiegen die Treppe hinunter in den großen Empfangssaal mit den Schaltern und der Kasse. Hermann erkannte auf den ersten Blick, dass Krötzingers Plan nicht mehr durchführbar war. Der Raum war voller Menschen, die lärmten und Parolen schrien.

„Wir müssen die Polizei rufen", sagte der Bankangestellte. Seine Hände zitterten und auf seiner bleichen Stirn hatten sich dicke Schweißtropfen gebildet.

Auf Krötzingers Lippen erschien ein bitteres Lächeln. „Welche Polizei? Die der Revolutionäre? Meinen Sie wirklich, dass die uns hilft?"

„Dann müssen wir irgendeinen dieser revolutionären Ordnungstrupps zu Hilfe holen", drängte der Angestellte. „Ich übernehme das."

Ehe Krötzinger etwas erwidern konnte, war der Mann verschwunden. Hermann bezweifelte, dass er Verstärkung holen würde. Wahrscheinlich würde er sich in Sicherheit bringen und seine Vorgesetzten ihrem Schicksal überlassen. Er konnte es ihm nicht verdenken.

„Lassen Sie mich mal machen“, sagte Hermann zu Krötzinger. Er stellte sich auf einen Treppenabsatz und klopfte zweimal mit der flachen Hand gegen das Geländer. Dann rief er: „Ruhe bitte! Ruhe!“

Zumindest die Kunden in der ersten Reihe hatten ihn gehört und wandten sich ihm zu, weiter hinten waren die Leute jedoch noch immer am Tuscheln und am Protestieren. Ein Mann in grober Fabrikarbeiterkleidung steckte zwei Finger in den Mund und stieß einen gellenden Pfiff aus. Mit einem Mal verstummten die Gespräche und die Blicke wandten sich Hermann zu.

Er nickte dem Arbeiter dankend zu und räusperte sich. „Ich weiß nicht, aufgrund welcher Gerüchte Sie gekommen sind. Aber ich verspreche Ihnen, dass Ihre Einlagen bei uns sicher sind“, sagte er. „Ich bin Hermann von Lampeck, der Vorstandsvorsitzende dieser Bank und ich bürge dafür mit meinem Namen.“

Er wusste nicht, ob er sich mit dieser Aussage zu weit aus dem Fenster lehnte, aber es war gleichgültig. Seine Worte hatten keinerlei Effekt.

„Lügner!“, schrie einer.

„Wir wollen unser Geld“, ein anderer. Hermann hob die Hände, doch die Menge brach nun in Geschrei aus und übertönte ihn. Etwas flog an seinem Kopf vorbei.

„Wir sollten uns besser in Sicherheit bringen“, sagte Krötzinger.

In diesem Augenblick nahm der Lärm am Eingang zu. Ein Trupp Soldaten drängte herein, an deren Spitze Paul Ludwig stand.

„Ruhe!", rief er. Und mit einem Mal war alles still.

Hermann starrte ihn in einer Mischung aus Ungläubigkeit, Erleichterung und auch ein wenig Neid an. Er hatte den Pöbel mühelos zum Schweigen gebracht.

„Ich bin im Auftrag des Soldatenrates hier. Meine Aufgabe ist es, dafür zu sorgen, dass jeder, der seine Einlagen abheben möchte, dies auch kann. Aber dies muss in geordneter Weise erfolgen. Dafür werde ich nun mit dem Bankdirektor Absprachen treffen. Ich bitte daher, diesen Saal zu räumen."

Es gab einzelne Unmutsäußerungen, aber die grimmigen Mienen der bis an die Zähne bewaffneten Soldaten erstickten jeden Keim des Protests und innerhalb kurzer Zeit hatte sich der Schalterraum geleert.

Ludwig trat auf Hermann zu und streckte ihm die Hand entgegen. Sein Händedruck war kräftig. Er lächelte ihn an.

„Herr Oberst", sagte Ludwig. „Ich hätte nicht gedacht, dass wir uns einmal in einer Bank wieder treffen würden."

Hermann hatte nicht gedacht, dass er den Soldaten überhaupt einmal wieder treffen würde. „Ich danke Ihnen, dass Sie und Ihre Männer erschienen sind und für Ruhe gesorgt haben."

„Das ist meine Aufgabe", erwiderte Paul Ludwig. „Genauso ist es aber meine Pflicht, mich darum zu kümmern, dass die Menschen an ihr Geld kommen."

Hermann hatte gehofft, dass die Worte des Gefreiten nur eine Finte gewesen wären, um die Leute zu vertreiben.

„Wir haben keine unerschöpflichen Geldvorräte", schaltete Krötzinger sich ein. „Deshalb würde ich vorschlagen, dass wir einen Kassensturz machen, um zu erfassen, wie viel Bargeld wir vor Ort haben. Währenddessen könnten Sie die Leute zählen, die ihre Einlagen abrufen wollen. Dann können wir festlegen, wie viel Geld wir auszahlen können."

Ludwig nickte. „Das klingt nach einer guten Idee. Sind Sie einverstanden?"

Hermann musste einen Kompromiss eingehen. Noch einmal streckte Ludwig ihm die Hand entgegen und er schlug ein.

***

Hilde war auf dem Heimweg von der Schule. Es war ein frostiger Januartag. Sie trug zwar ihren dicken Pelzmantel und die Handschuhe aus Kaninchenfell und hatte den blauen Schal wie einen Turban um ihren Kopf gewickelt, aber trotzdem kroch die Kälte in ihre Glieder und ihre Finger fühlten sich taub an. Die Tram war heute ausgefallen, weil das Personal der Münchner Verkehrsbetriebe streikte. Daher musste sie zu Fuß gehen. Es waren jedoch etwa vier Kilometer von ihrer Schule bis zur Villa und deshalb hatte sie beschlossen, dass sie Zwischenstation in der Lederwarenfabrik ihrer Mutter nehmen würde, um sich dort ein wenig aufzuwärmen.

Als sie das Fabrikgelände erreichte, stutzte sie. Vor dem Eingang waren Barrikaden errichtet worden. Dahinter sah sie mehrere Frauen. Sie trugen dicke Jacken und waren ob der Kälte ebenfalls vermummt, aber sie erkannte zwei von ihnen. Es waren Arbeiterinnen ihrer Mutter.

„Guten Tag", sagte sie. „Was ist denn hier los?"

Auch die Frauen erkannten sie. Hilde war oft in der Fabrik und bei der Belegschaft war sie beliebt, da sie für jeden ein nettes Wort übrig hatte.

„Wir sind im Streik", sagte eine und wirkte dabei etwas verlegen.

„Und wir sorgen dafür, dass niemand den Streik bricht", ergänzte die andere.

„Dass niemand den Streik bricht? Was meinen Sie damit?"

„Na ja, dass keiner der Arbeiter zum Arbeiten geht. Wir kümmern uns darum, dass die Produktion tatsächlich stillsteht und lassen niemanden hinein, der trotz Streik arbeiten möchte."

„Da werdet ihr wohl nicht allzu viel zu tun haben", hörte Hilde eine Stimme hinter sich sagen. Sie drehte sich um und sah sich ihrer Mutter gegenüber. Elsas Gesicht war gerötet. Das mochte zum einen daran liegen, dass sie wegen des Ausstands der Tramfahrer den Weg von der Villa zur Fabrik zu Fuß hatte zurücklegen müssen. Zum anderen erkannte Hilde aber auch ein Funkeln in ihren Augen, das auf eine gehörige Portion Wut schließen ließ.

„Aber könnt ihr mir bitte einmal verraten, worum es eigentlich geht? Warum streikt ihr?", fragte Elsa.

Die beiden Frauen an der Barrikade wechselten einen Blick. Eine setzte an, etwas zu sagen, als es in der Gruppe dahinter unruhig wurde. Die Streikenden teilten sich und ließen eine Gasse frei, in der eine Arbeiterin sichtbar wurde. Sie war eines der Gesichter, das man nicht so schnell vergaß, wenn man durch die Fabrik der Mutter ging. Ihre eisgrauen Haare waren zu einem festen Dutt zusammengebunden. Die Haut um ihre Mundwinkel und an ihrer Stirn war von tiefen Falten durchzogen, Spuren eines entbehrungsreichen Lebens. Aber ihre blauen Augen leuchteten, als sie Elsa wachsam musterte.

„Das hätte ich mir ja denken können", sagte ihre Mutter und stieß ein Seufzen aus. „Frau Kaiser. Haben Sie zum Streik aufgerufen?"

„Guten Tag, Frau Müller", sagte sie. „Wir wollten gerade eine Abordnung zu Ihrem Haus schicken, um Sie davon in Kenntnis zu setzen, dass wir in den Ausstand getreten sind."

Hilde sah sich um. Sie konnte nirgendwo Männer entdecken. Es war tatsächlich eine reine Frauengruppe, die hier versammelt war und ihre Mutter mit teils furchtsamen, teils aber auch herausfordernden Blicken ansah.

„Wo sind denn die Männer?", fragte Hilde.

Frau Kaiser sah sie an und Hilde leckte sich über die Oberlippe. Mit der Vorarbeiterin war sicher nicht gut Kirschenessen. Sie war gespannt, wie ihre Mutter die Situation lösen würde.

„Genau darum geht es. Wir haben die Männer ausgeschlossen. Hier wird niemand arbeiten. Und vor allem nicht die Männer."

Ihre Mutter stieß wieder ein Seufzen aus. „Ach, darum geht es“, sagte sie. „Ihr habt Angst, dass die Männer euch eure Arbeit wegnehmen.“

Hilde runzelte die Stirn. „Aber warum sollten sie das?“

Anstelle ihrer Mutter antwortete Frau Kaiser: „Weil sie aus dem Krieg zurückgekehrt sind. Und nun brauchen sie Arbeit und werden die Stellen wieder besetzen, die wir Frauen eingenommen haben, während sie an der Front waren. In der Munitionsfabrik in Fürstenfeldbruck läuft das bereits so. Da hat man der weiblichen Belegschaft gesagt, dass sie sich darauf einstellen kann, wieder Hausfrauen und Mütter sein. Aber das werden wir nicht zulassen. Wir gehen hier nicht weg, selbst wenn wir mit Waffengewalt vertrieben werden.“

„Wollt ihr es wirklich darauf ankommen lassen?“, fragte Elsa.

„Wenn es nötig ist. Wir können zeigen, dass nicht nur die Männer kämpfen können.“

Elsa hob die Hände. „In meiner Fabrik muss niemand kämpfen. Und ehrlich gesagt, bin ich erschüttert, dass ihr zu solchen Worten greift. Ich hatte mich bisher nie als eure Gegnerin gesehen. Natürlich haben wir oft unterschiedliche Interessen. Ich will nicht verhehlen, dass ich es gerne sehe, wenn der Betrieb Gewinn ausschüttet. Aber ich hoffe, Ihr habt mich nicht als gierige Kapitalistin erlebt. Ich zahle mehr als die anderen.“

Frau Kaiser verzog den Mund. „Weil Sie die besten Arbeiterinnen brauchen, um die Mengen zu produzieren, die Ihnen dann wieder Gewinn einbringen. Sie handeln sicher nicht aus purer Nächstenliebe.“

Elsa legte den Kopf schief. „Ich habe alleine sieben Frauen in der Fertigung von Sportsätteln beschäftigt“, sagte sie. „Das ist ein reines Verlustgeschäft. Seit Kriegsbeginn hat niemand mehr Bedarf für Sportsättel. Ich habe die Arbeiterinnen trotzdem behalten und nicht, weil mir etwas daran lag, Dutzende Sättel fürs Lager zu produzieren. Sondern weil ich ihre Not gesehen habe. Und die Notwendigkeit, Geld zu verdienen und ihre Kinder zu ernähren, während ihre Männer an der Front sterben."

Hilde sah ihre Mutter überrascht an. Das hatte sie nicht gewusst. Sie sah, dass Elsas Worte auch auf Frau Kaiser Eindruck gemacht hatten.

„Aber jetzt geht es nicht mehr nur um sieben Frauen, es geht es um uns alle", sagte die Vorarbeiterin.

„Und ob Sie es glauben oder nicht, ich habe mir schon Gedanken darüber gemacht, wie ich die Kriegsheimkehrer beschäftigen kann, ohne euch nach Hause zu Herd und Kind schicken zu müssen."

Die gespannten Blicke der kleinen Gruppe lagen auf Elsa. Sie atmete tief durch, dann sagte sie: „Wie ihr vielleicht wisst, sind gerade Verhandlungen zwischen Arbeitgebern und Gewerkschaften im Gang. Den 8-Stunden-Tag haben wir schon eingeführt. Ihr arbeitet weniger bei gleichem Lohn. Da ich vorhabe, das Produktionsvolumen nicht nur zu erhalten, sondern auszuweiten, fehlen mir Arbeitskräfte. Meinen Berechnungen nach, kann ich alle Kriegsheimkehr wieder einstellen. Es sind nicht so viele wie noch anno `14. Viele sind gestorben. Einige sind so verkrüppelt, dass sie nicht mehr arbeiten können. Ich verspreche euch, dass ich keine von euch entlassen werde. Ich werde eine Lösung finden, ich bin für euch da."

Einige der Arbeiterinnen sahen betreten zu Boden und Frau Kaiser legte den Kopf schief. Sie wirkte noch nicht vollständig überzeugt.

„Ich verspreche es euch im Namen der Sattlerei Hartmann. Und jetzt lasst uns endlich nach drinnen gehen. Hier draußen ist es eiskalt. Lasst uns die Details im Warmen besprechen."

KAPITEL 15

München, Samstag, 11. Januar 1919

Es war ein kalter, klarer Tag. Die kahlen Äste der Bäume ragten in einen blauen Himmel. Auf den schneebedeckten Wiesen im Englischen Garten blitzten die Schneekristalle im Licht der strahlenden Mittagssonne. Hermann trug seinen Pelzmantel. Trotzdem schlich die Kälte sich in seine Glieder. Das erinnerte ihn an seine Zeit an der der Front. Dort war er in den Wintermonaten nie richtig warm geworden. Nass war es gewesen, kalt. Und die ständige Bedrohung durch den Feind hatte ihr Übriges dazu beigetragen, dass es ihn von Anfang Oktober bis Ende April ständig gefröstelt hatte.

„Woran denken Sie?" Die Frage riss ihn aus seinen Gedanken. Er blinzelte. Dann blickte er an seinem Arm hinab, in den ein weiterer Arm eingehängt war, dessen Hand jedoch in einem Muff verschwand. Auch Friederike von Steinbeiß trug einen Pelzmantel. Aber an manchen Stellen war der schon etwas abgegriffen. Sie sah ihn mit ihren großen, blauen Augen an, offenbar auf eine Antwort wartend.

„Ich denke an den Krieg", sagte er. Dann schüttelte er den Kopf. „Nein, so ist das nicht ganz richtig. Ich denke daran, wie schön es hier ist und wie schrecklich es damals im Schützengraben war."

Sie schürzte die Lippen. „Ich bedauere es, dass ich nicht kämpfen konnte. Dass es mir als Frau verwehrt war, meinen Beitrag dazu zu leisten, unser Vaterland zu verteidigen."

Hermann legte den Kopf schief. „Sie erinnern mich an mein altes Ich, das 1914 voller Begeisterung in den Zug nach Frankreich gestiegen ist", sagte er.

„Ihr altes Ich? Was ist mit ihm geschehen?"

„Es hat den Krieg überlebt. Aber es sah gute Männer sterben. Alle aus meinem Jahrgang in der Offiziersschule. Alle sind sie tot. Ich bin der einzige, der übrig geblieben ist. Und auch mein Überleben hing an einem seidenen Faden."

Vor seinem inneren Auge erschienen die Bilder, die ihn nachts in seinen Albträumen quälten. Erdmassen, die sich über ihm auftürmten. Die ihn zu ersticken drohten. Die auf seiner Brust lagerten, in daran hinderten, Luft zu schnappen. Dann Licht, eine Hand, Erde, die umgegraben wird, und schließlich ein Gesicht, das Gesicht von Paul Ludwig. Hermann spürte, wie die alte Angst sein Herz rasen ließ. Und doch war es seltsam. Er sah Pauls Gesicht vor sich. Und die Panik wich zurück wie die Dunkelheit vor der aufgehenden Sonne.

„Warum lächeln Sie?"

Wieder holte ihn eine Frage in die Realität zurück.

„Weil es trotz allem Schrecken auch schöne Erlebnisse an der Front gab. Hilfsbereitschaft, Treue, Kameradschaft."

Sie erwiderte nichts. Und so gingen sie eine Weile nebeneinander her. Hermann war es ganz recht. Er versuchte, sich das Bild von Paul wieder vor sein inneres Auge zu rufen. Im nächsten Augenblick fragte er sich jedoch, warum er das tat. Die Antwort lautete möglicherweise, dass sich beim Anblick des jungen Gefreiten ein warmes, sonniges Gefühl in seinem Bauchraum ausbreitete. Er hörte ein Räuspern. Verdammt, Friederike. Er durfte sie nicht vernachlässigen. Fieberhaft versuchte er, nach einem Thema zu suchen, mit dem sie Konversation treiben konnten.

„Sie haben früh Ihre Mutter verloren?", fragte er.

„Ich war erst vier, als sie verstorben ist. Wie ich gehört habe, ist es Ihnen ähnlich ergangen. Nur mit Ihrem Vater. Nicht wahr?"

Herrmann spürte, wie sein Mund trocken wurde. Sein Vater war ein Thema, auf das er nur ungern angesprochen wurde. „Er starb bei einem Duell. Ich habe nur wenige, bruchstückhafte Erinnerungen an ihn."

„Ein Duell. Der Tod eines Ehrenmannes. Eine bemerkenswerte Blutlinie, die sie da haben."

Hermann stutzte. Was hatte das mit seiner Blutlinie zu tun?

„Wie haben Sie den Krieg denn verbracht?", fragte er.

„Ich war in einem Internat untergebracht, habe die höhere Töchterschule besucht. Letztes Jahr habe ich das Abitur abgelegt, mit Auszeichnung."

„Meinen Glückwunsch. Ich hatte damals noch Glück und konnte mein Abitur abschließen, ehe der Krieg begann. Was gedenken Sie, damit anzufangen? Wollen Sie studieren?"

Der Blick, der ihn nun traf, wirkte zunächst erstaunt, dann spöttisch.

„Glauben Sie wirklich, der Platz der Frau sei an einer Universität?"

Er runzelte die Stirn. „Meine Tante hat Medizin studiert. Sie ist eine sehr erfahrene und kompetente Ärztin.“

Friederike winkte ab. „Das ist gegen die Natur. Die Aufgabe einer Frau ist es, für den Mann da zu sein und ihm gesunde Kinder zu gebären, die die Volkskraft mehren. Wie hat Nietzsche so schön gesagt: *Der Mann ist zum Kriege geboren, das Weib zur Erholung des Kriegers.*“

Sie zwinkerte ihm zu und auf ihren Lippen erschien ein spöttisches Lächeln. Was wollte sie denn damit sagen?

„Wollen wir einen Punsch trinken gehen?“, fragte er.

Sie lächelte. „Alles, was Sie wünschen.“

***

Hilde betrat die Kaserne durch den Haupteingang. Der Diensthabende nickte ihr zu und sie winkte freundlich zurück. Er musste inzwischen gar nicht mehr nach ihrem Begehr fragen. Sie war schon so oft hier gewesen, dass sie einfach durchgelassen wurde. Auf seinen Lippen erschien ein schmales Lächeln. Es war nicht anzüglich und dafür war sie ihm dankbar. Wie er wohl darüber dachte, dass sie Paul so häufig besuchte? Vielleicht war es ihm gleichgültig, vielleicht missbilligte er es. Sie wusste es nicht. Aber sie war froh, dass er seine Meinung für sich behielt. Sie bog um die Ecke und stieg die kleine Treppe in den ersten Stock hinauf. Dann ging sie den Gang entlang und klopfte an die blaugestrichene Tür. Sie trat ein. Paul saß an seinem Schreibtisch und war über ein Flugblatt gebeugt.

„Ich grüße dich“, sagte er. Er erhob sich, nahm ihre Hand, zog sie zu sich her und küsste sie auf die Lippen. Er schmeckte so himmlisch. Sie schloss die Augen und gab sich dem Moment hin. Als sie sich voneinander lösten, holte er einen Stuhl heran und bot ihn ihr an. Er setzte sich auf den Rand des Bettes.

„Was liest du da?“, fragte sie. Sie deutete auf das Flugblatt, das auf dem Schreibtisch lag.

„Das ist eine Verlautbarung der USPD, die wir nächste Woche unters Volk bringen wollen“, sagte Paul. Seine Augen leuchteten in diesem enthusiastischen Feuer, um das sie ihn so sehr beneidete.

„Worum geht es?“, fragte Hilde.

„Wir rufen die Arbeiter in den Betrieben dazu auf, von ihrem Streikrecht Gebrauch zu machen, wenn die Arbeitgeber sich gegen die neue Realität stellen.“

Sie runzelte die Stirn. „Was meinst du damit?“

„Ab sofort bestimmen wie Arbeiter die Abläufe in den Betrieben. Du wirst sehen, wenn erst einmal die letzten Kameraden von der Front zurückgekehrt sind und wieder in ihren bürgerlichen Berufen arbeiten, werden wir Betriebsräte bilden und das wird der erste Schritt zur Herrschaft der Räte sein. Dann wird das Gemeinwesen sozialisiert und es wird keine Firmenbosse mehr geben, die uns für ihren Profit auspressen wie reifes Obst.“

„Und was geschieht mit den Frauen, die bisher in den Fabriken arbeiten?“, fragte sie. Sie musste an den Streik in der Lederwarenfabrik denken und wie umsichtig ihre Mutter eine Einigung herbeigeführt hatte.

Paul winkte ab. „Für die meisten Tätigkeiten in der Industrie ist das Weibsvolk nicht geeignet. Kannst du dir eine Frau vorstellen, die Kohle einfährt oder Stahl gießt?"

Hilde spürte, wie Ärger in ihr aufstieg. Warum sagte er denn so etwas? Er war doch ein Verfechter des Frauenwahlrechtes. Aber nun sprach er ihrem Geschlecht das Recht auf freie Berufswahl ab.

„Es ist in den letzten Jahren durchaus vorgekommen, dass Frauen Kohle eingefahren haben. Das habe ich in der Zeitung gelesen. Auch in den Revieren haben Männer gefehlt. Da mussten dann die Frauen ran."

„Ja, und jetzt sind die Männer wieder da und die Frauen müssen nicht mehr arbeiten. Die Frauen sind die Stützen der Revolution. Sie müssen den Männern den Rücken freihalten, die in den Räten für eine bessere Zukunft kämpfen."

„Und was, wenn Frauen keine Stützen sein wollen? Was, wenn sie arbeiten wollen?"

„Wenn genügend Arbeitsplätze da sind, können Frauen schon arbeiten. Aber wenn die Stellen knapp sind, sollten sie zuerst mit Männern besetzt werden. Und das geschieht ja gerade."

„Nicht überall. Meine Mutter hat in ihrem Betrieb durchgesetzt, dass alle Frauen ihre Arbeit behalten können."

Eine seiner Augenbrauen wanderte nach oben. „Und wie macht sie das? Zahlt sie allen die Hälfte, damit sie doppelt so viele Arbeitskräfte einstellen kann?"

Hilde spürte, dass der Ärger in ihr ein wenig heißer hochkochte. Wie konnte er so über ihre Mutter sprechen?

„Nein, durch den 8-Stunden-Tag werden insgesamt weniger Stunden gearbeitet, übrigens bei vollem Lohnausgleich. Sie muss also zusätzliche Arbeiter beschäftigen, um weiterhin produzieren zu können. Und genau das tut sie.“

Nun wanderte die Augenbraue, die zuvor nach oben gewandert war, nach unten und bildete mit ihrem Gegenpart auf der anderen Seite ein V, das tiefe Furchen auf Pauls Stirn zeichnete. „Deine Mutter will tatsächlich alle Frauen behalten? Das ist schwer zu glauben.“

„Wenn du meine Mutter kennen würdest, würdest du nicht daran zweifeln, dass sie es ernst meint.“

„Sie mag es ernst meinen, aber sie muss auch erkennen, dass wir schweren Zeiten entgegentreiben. Die Auftragslage wird nicht immer so günstig bleiben und dann muss sie Arbeitskräfte entlassen und das werden zuerst die Frauen sein. Aber egal. Vielleicht wird das auch gar nicht eintreten, wenn wir unsere Revolution rechtzeitig in Gang bekommen.“

Hilde überlegte, ob sie noch etwas erwidern sollte. Aber sie hatte keine Lust, mit ihm zu streiten. Beim Wort *Revolution* hatten seine Augen wieder zu leuchten begonnen und das sah so himmlisch aus.

„Du bist doch sicher nicht gekommen, um mit mir über den 8-Stunden-Tag und die Beschäftigung von Frauen zu sprechen?“, sagte Paul.

Sie schüttelte den Kopf. „Ich wollte dich eigentlich zu einem Spaziergang entführen. Das Wetter ist zu schön.“

Er lächelte und wollte sich erheben. Aber sie hob die Hand. „Andererseits ist es aber auch sehr kalt draußen.

Und ich glaube, wir können erst spazieren gehen, wenn ich wieder warm bin."

Auf seinen Lippen erschien ein verschmitztes Lächeln. „Soll ich den Ofen anfeuern?"

Sie schüttelte den Kopf. „Ich weiß da etwas Besseres", flüsterte sie. Sie erhob sich, trat auf ihn zu und versetzte ihm einen Stoß gegen die Schulter, der seinen Oberkörper auf das Bett kippen ließ.

KAPITEL 16

München, Sonntag, 12. Januar 1919

„Also, ich gebe zu, ich bin schon ein bisschen aufgeregt", sagte Lotte.

„Mir geht es ähnlich", fügte Isolde hinzu, die neben ihr ging. „Wir haben so lange auf diesen Tag gewartet."

„Ich bin nicht aufgeregt", sagte Elsa. „Am Ende drehen die Sozialisten eh wieder alles so hin, als ob sie gewonnen hätten."

„Aha, nun sind wieder die Sozialisten die Bösen. Ich war in Berlin. Ich habe miterlebt, wie meine Genossinnen und Genossen ermordet wurden, nur weil sie für eine gerechtere Welt gekämpft haben", sagte Lotte.

Sie war erst vor zwei Tagen aus Berlin eingetroffen, wo noch immer Kämpfe stattfanden zwischen regierungstreuen Gruppen und aufständischen Sozialisten, den sogenannten Spartakisten. Die Lage war unübersichtlich, es hatte aber wohl viele Tote gegeben. Lotte hatte nur mit viel Glück überlebt.

„Und deine Mär von einer sozialistischen Verschwörung könnte nicht unwahrer sein. Wir Sozialisten wollten noch gar nicht wählen", fuhr Isoldes Freundin fort. „Dass die Wahl zu diesem Zeitpunkt stattfindet, ist kein gutes Zeichen für die Revolution. Wir hätten mehr Zeit gebraucht, um erziehend auf die Menschen einzuwirken. Um ihnen zu erklären, was Demokratie ist, wie gemeinschaftliches Entscheiden funktioniert. Die hatten wir nicht. Die MSPD hat darauf gedrängt, dass diese Wahl stattfindet, um uns daran zu hindern.“

„Wie das mit euren Räten funktioniert, ist mir schon klar. Ihr wollt mir meinen Betrieb wegnehmen. Vielleicht ist es ganz gut, dass jetzt gewählt wird. Dann können nämlich auch einmal die ihre Stimme erheben, die mit dieser Entwicklung nicht einverstanden sind“, sagte Elsa.

Hilde und Isolde tauschten einen Blick. Hilde erkannte, dass ihre Tante genau denselben Gedanken hatte wie sie. Warum mussten die Menschen, die sie liebten, immer streiten? Warum konnten sie nicht vernünftig miteinander reden?

Sie hatten das Wahllokal in der Bogenhauser Volksschule erreicht. Eine lange Schlange wartete bereits davor.

„Isolde!“, hörten sie eine wohltönende, tiefe Stimme rufen. Eine hochgewachsene Frau mit markanten Gesichtszügen kam auf ihre Tante zu, breitete ihre Arme aus und drückte sie fest an sich. Hilde befürchtete kurz, dass Isolde ersticken oder sich etwas brechen könnte, doch die Frau beendete die Umarmung und strahlte ihre Tante an.

„Jetzt ist er da, der große Tag. Und wer hätte gedacht, dass wir in Bayern sogar eine Woche früher wählen als im Reich?“

„Bayern war ja auch mit der Revolution früher dran als Berlin“, sagte Isolde. „Darf ich dir meine Nichte vorstellen? Das ist Hilde. Und das ist Anita Augspurg. Sie ist die Galionsfigur der Frauenbewegung in Deutschland."

Anita winkte ab. „Jetzt übertreib mal nicht. Aber ich bin froh, dass du mich nicht als die große alte Dame der deutschen Frauenbewegung bezeichnet hast. Das hätte wirklich geschmerzt."

„Meine Schwester kennst du ja schon und Lotte auch."

Anita schüttelte zuerst Elsa, dann auch Lotte die Hand. „Ich kann mich noch erinnern, wie wir gemeinsam diese Betrügerin in meinem Atelier überführt haben. Herrje, das ist auch schon beinahe ein Vierteljahrhundert her", sagte sie.

„Ja, das waren andere Zeiten", erwiderte Elsa sauertöpfisch. Anita Augspurg war klug genug, nicht nachzufragen, warum Isoldes Schwester so eine schlechte Laune hatte. Stattdessen wandte sie sich an Lotte. „Es freut mich, Sie zu treffen", sagte Lotte. Mit einem Mal schien ihre schlechte Laune verflogen. Sie schaffte es sogar, Anita Augspurg ein kurzes Lächeln zu schenken. „Sie werden mich schon lange vergessen haben, wir haben uns vor dem Krieg einmal kurz getroffen."

„Aber natürlich erinnere ich mich an Sie. Sie haben eine Teestube geführt. In Sendling, wenn ich mich nicht irre?"

Lotte starrte sie mit großen Augen an. „Sie haben ein ausgezeichnetes Gedächtnis", sagte sie.

Wieder winkte Anita Augspurg ab. „Mein Gedächtnis ist vor allem dann gut, wenn es sich um Menschen handelt, die mir wichtig sind. Und Isolde gehört zu diesem Personenkreis. Sie liegt mir sehr am Herzen. Schon als sie vor 25 Jahren in unser Atelier marschiert ist und darum gebeten hat, als Lehrling angenommen zu werden, war mir klar, dass ich einer ganz besonderen Frau begegnet bin. Und ich freue mich, dass Sie beiden zueinandergefunden haben. Gerade in Zeiten wie diesen, ist es wichtig, dass wir zueinanderstehen. Dass wir füreinander da sind."

Lotte nickte. Zu ihrem Erstaunen sah sie, dass sie einen Blick mit ihrer Mutter austauschte. Auch Elsa wirkte mit einem Mal nicht mehr so verkniffen. Anita Augspurg lächelte.

„Jetzt muss ich aber wieder zu meiner besseren Hälfte. Minna steht weiter vorne in der Schlange. Wir brennen darauf, unsere Stimmen abzugeben."

„Und wen werden Sie wählen?", fragte Elsa.

Anita schmunzelte. „Das Schöne an dem Wahlrecht, das wir uns erfochten haben, ist, dass es sich um eine freie und geheime Abstimmung handelt. Deshalb nehme ich es mir heraus, nicht zu verraten, wen ich wählen werde. Ich wünsche euch einen schönen Tag."

Hilde sah ihr nach. „Das ist mal eine eindrucksvolle Frau", sagte sie.

Isolde lächelte. „O ja, das ist sie."

***

Auch Hermann stand in der Schlange vor einem Wahllokal. Doch er war allein. Am ehesten waren die Emotionen, die er fühlte, noch mit denen vergleichbar, die seine Mutter wohl empfinden musste. Das hier war kein Feiertag für ihn. Er hatte durch die Wahlrechtsreform nichts gewonnen. Schon vor dem Krieg hätte er wählen dürfen, wenn er bereits das Alter von 25 Jahren erreicht gehabt hätte.

Er sah sich um. Die Schlange war lang und die Leute, die hier warteten, waren in jeder Hinsicht eine bunte Mischung. Männer und Frauen. Arbeiter, Soldaten, Beamte, Lehrer, sogar einen Geistlichen in pechschwarzer Soutane und weißem Kragen konnte er erkennen. Das hier schien tatsächlich eine freie und demokratische Wahl zu sein. Er ertappte sich bei dem Gedanken, ob Paul Ludwig auch in diesem Wahllokal wählen würde. Ob er hier im Viertel seinen Wohnsitz hatte? Schließlich hatte er den Trupp Soldaten geführt, der ihm in der kniffligen Situation in der Bank zu Hilfe gekommen war. Es war also anzunehmen, dass er hier in der Nähe stationiert war.

Hermann war beeindruckt gewesen, mit welcher Ruhe, mit welcher Sicherheit, aber auch mit welchem Selbstbewusstsein Paul die Situation aufgeklärt hatte. Nach Krötzingers Kassensturz hatten sie eine Obergrenze für die Auszahlungen von 500 Mark festlegen können. Dies hatte dann auch tatsächlich fast alle Kunden zufriedengestellt. Und es hatte sogar dazu geführt, dass doch nicht jeder das Geld abheben wollte. Einige entschieden sich um und schienen Hermanns Worten zu vertrauen, dass ihre Einlagen sicher waren.

Er wusste, dass das nicht sein Verdienst war. Das hatte Paul bewirkt. Und dafür war er ihm dankbar. Aber fühlte er sich auch peinlich berührt, da er seitdem noch tiefer in der Schuld des Gefreiten stand als zuvor.

„Gehen Sie weiter", hörte er jemand sagen. Er blickte auf und sah, dass die Schlange vor ihm bereits einige

Meter vorangeschritten war. Er schloss die Lücke und murmelte eine Entschuldigung.

„Oberst von Lampeck“, hörte er eine bekannte Stimme. „Sie tun also auch Ihre Bürgerpflicht?“

Hermann schluckte. Das konnte doch nicht wahr sein. Spielte ihm sein überreiztes Gehirn einen Streich? Er sah auf und blickte in Pauls Gesicht. Auf den Lippen des Gefreiten lag ein spöttisches Lächeln und seine Augen funkelten. Hermann spürte, wie seine Knie weich wurden. Das war ein ähnliches Gefühl wie damals, als er verschüttet worden war. Sein Herz schlug rasch. Der Schweiß drang ihm aus allen Poren. Sein Mund trocknete aus. Aber er empfand keine Angst. Es war ein anderes Gefühl, aber das beunruhigte ihn noch mehr.

„Guten Tag, Herr Ludwig“, sagte er schließlich, nachdem er sich ein wenig unter Kontrolle gebracht hatte. Er streckte die Hand aus, die Paul schüttelte. Die Berührung fuhr wie ein elektrischer Stromstoß durch Hermanns Körper. Der Händedruck war kräftig und die Haut des Soldaten fühlte sich kühl und trocken an.

„Wer hätte gedacht, dass wir uns einmal vor einem Wahllokal wiedersehen“, sagte Paul.

„Wahlen hat es auch schon vor dem gegeben, was Sie als Revolution bezeichnen würden“, erwiderte Hermann.

Pauls Lippen kräuselten sich zu einem Schmunzeln. „Wenn Sie das als Wahlen bezeichnen wollen, was im Kaiserreich stattgefunden hat … Ich würde es eher als ein Ritual der gut Verdienenden und Besitzenden bezeichnen. Gut, Sie brauchen sich keine Gedanken darüber zu machen. Sie haben schon damals zu diesem erlauchten Kreis gehört. Aber nun sind die Wahlen frei und gleich. Sogar das Weibsvolk darf wählen. Ist das nicht großartig?"

„Dass die Frauen wählen dürfen, war lange überfällig", sagte Hermann.

Nun wanderte eine Augenbraue des Gefreiten nach oben. „Ich hätte Sie nicht für einen Verfechter des Frauenwahlrechts gehalten", sagte Paul.

„Ich weiß schon, wofür Sie mich halten. Für einen reaktionären Junker, dem es am liebsten wäre, wenn alle, die nicht seiner Klasse angehören, den Mund halten und ihre Arbeit tun, um ihm die Taschen mit Geld zu füllen."

Paul lachte. Und dieses Lachen war wie ein Sonnenstrahl, der durch eine dichte Wolkenmauer brach. Er beleuchtete so vieles in Hermann, all die dunklen Ecken, in die er sich nicht gewagt hatte. Er fühlte sich leicht und fröhlich.

„Nein, für einen Junker halte ich Sie nicht. Wir haben zusammen gedient. Ich habe Sie als gerecht erlebt. Natürlich können Sie den Adligen nicht leugnen. Sie haben auf der militärischen Hierarchie bestanden und diese auch durchgesetzt, wenn nötig. Aber Sie hatten keinen Dünkel. Sie hatten ein offenes Ohr und wenn ein Argument gut war, haben Sie es anerkannt. Und das kann ich wiederum würdigen."

Hermann hatte nicht erwartet, dass er gelobt werden würde und schon gar nicht für seinen Führungsstil an der Front.

„Danke", sagte er nur. Paul schmunzelte und Hermann freute sich wie ein kleines Kind, dass er es gewesen war, der dieses wunderbare Lächeln auf diese Lippen gezeichnet hatte.

„Wenn jemand etwas Gutes tut, dann muss man es anerkennen. Auch wenn derjenige, der das Gute getan hat, auf der Gegenseite steht."

„Wer wird die Wahlen gewinnen?", fragte Hermann. „Was meinen Sie? Wie stehen Eisners Chancen?"

Das Lächeln verschwand aus Pauls Gesicht und Hermann hätte sich am liebsten geohrfeigt.

„Eisners Aussichten sind trübe. Die MSPD wird mit den Konservativen zusammen gehen und alles tun, um die Revolution zu verwässern. Es kommen schwierige Zeiten auf uns zu."

„Und werden die Revolutionäre das Ergebnis der Wahl anerkennen, auch wenn es nicht in ihrem Sinn ausfällt?"

Pauls Lippen wurden schmal. Hermann spürte, wie sich ein Stein an sein Herz hängte. Er hatte die schöne, unbeschwerte Stimmung zwischen ihnen durch zwei Fragen vollkommen ins Gegenteil verkehrt.

„Das werden wir sehen", sagte Paul. „Die Revolution muss erfolgreich sein. Es ist ein Naturgesetz. Entschuldigen Sie mich bitte." Er nickte Hermann zu und ging davon. Dieser sah ihm nach und er spürte, wie sich ein Bedauern breitmachte. Ein Bedauern darüber, dass sie auf verschiedenen Seiten standen. Ein Bedauern darüber, dass ein tiefer Graben sie trennte. Und ein Bedauern darüber, dass sie sich nicht näher sein konnten.

KAPITEL 17

München, Donnerstag, 20. Februar 1919

Hilde ging gedankenverloren durch den Englischen Garten. Es war ein nebliger, diesiger Tag. Wohl aufgrund der Witterung waren kaum Spaziergänger unterwegs. Aber das war ihr ganz recht. Sie hing ihren Gedanken nach. Die Wahl lag nun mehr als einen Monat zurück. Aber noch immer kämpfte sie damit, das Ergebnis zu verstehen. Die USPD, die Partei des Ministerpräsidenten Eisner, hatte nur 2,5 Prozent der Stimmen erhalten. Wie konnte das sein? Alle waren doch für die Revolution gewesen. Nun gut, nicht alle. Ihre Mutter nicht. Hermann nicht. Aber so viele Menschen in München. Warum hatte die Partei dann kein besseres Ergebnis eingefahren? Die MSPD und die Konservativen waren die großen Gewinner der Wahl in Bayern und eine Woche später auch im Reich gewesen. Morgen würde das neu gewählte Parlament zusammentreten und allenthalben wurde Eisners Rücktritt als Ministerpräsident erwartet. Was bedeutete das nun für die Revolution? Und was bedeutete es für sie selbst?

Aus dem Nebel vor ihr tauchte eine Gestalt auf.

Es war Paul. Als sie ihn erkannte, breitete sich ein Lächeln auf ihrem Gesicht aus. Sie stürmte auf ihn zu. Als sie in seine Arme fiel, sah sie aus dem Augenwinkel, dass er nicht lächelte. Aber er drückte sie fest an sich und sie fühlte sich wohl und geborgen. Nach einem Moment lösten sie sich voneinander.

„Es ist so schön, dich zu sehen", sagte sie.

„Ich wünschte, die Umstände wären andere."

Sie runzelte die Stirn. „Du meinst, es wäre dir lieber, wenn Eisner einen großen Wahlsieg eingefahren hätte?"

„Das wäre das mindeste. Am allerliebsten wäre es mir, wenn die Räte unmittelbar nach der Wahl die Revolution losgetreten hätten. Aber diese Gelegenheit haben wir wohl verpasst."

„Wenn ich das Wahlergebnis richtig deute, hat das Volk sich gegen eine Revolution entschieden", sagte Hilde.

Paul schnaubte. „Das ist der Grund, warum wir dagegen waren, die Wahl so früh stattfinden zu lassen."

„Weil ihr verhindern wolltet, dass die Leute euch sagen, dass sie keine Revolution wollen?"

Er schüttelte den Kopf. „Die Leute wissen doch gar nicht, worum es geht. Wer könnte es ihnen auch verdenken. Sie sind aufgewachsen in einer Welt, in der ein Mann mit einer Pickelhaube, der sich Kaiser nannte und ein Bewunderer von erstaunlich lächerlich aussehenden Fantasieuniformen war, an der Spitze eines Staates stand, in dem keiner bis auf ein paar fette Junker und Industriebarone das Sagen hatte. Aber dieser Staat existiert nicht mehr. Wir haben die Freiheit, eine gleiche und gerechte Gesellschaft aufzubauen. Aber das ist noch nicht in den Köpfen. Und schon gar nicht in den Herzen. Das ist genau der Grund, warum die MSPD und die anderen Parteien die Wahlen so früh stattfinden lassen wollten."

„Ich habe in der Zeitung etwas anderes gelesen. Die Wahlen sollten zu diesem Zeitpunkt stattfinden, damit der Rat der Volksbeauftragten, der in Weimar eine Verfassung ausarbeiten soll, sich ein Bild von der Stimmung im Land machen kann.“

„Es geht hier nicht um eine Stimmung“, erwiderte Paul. „Die Revolution ist ein Naturgesetz. Das war die große Entdeckung von Karl Marx. Er hat festgestellt, dass alles auf eine Revolution hinauslaufen muss, dass ein Umsturz des Bestehenden unumgänglich ist. Die MSPD glaubt, dass wir mit Wahlen und einem Parlament die Gleichheit herstellen können. Sie macht sich zu Verbündeten der bisher herrschenden Kräfte. Aber so werden wir nie die Herrschaft des Proletariats erreichen. So werden wir nur alter Wein in neuen Schläuchen bleiben. Die Reichen werden reicher und die Armen werden noch ärmer und weiter ausgebeutet werden. Ich will das nicht. Du etwa?“

„Nein, das will ich auch nicht“, sagte sie. „Aber was ist die Alternative? Ich sehe nicht, wie man das Wahlergebnis anfechten könnte. Das steht nun einmal fest.“

„Wir brauchen eine zweite Revolution. Und dieses Mal grundlegend und vollständig. Darauf müssen wir hinarbeiten. Diese Regierung darf gar nicht erst zusammentreten.“

„Und wie wollt ihr das verhindern?“, fragte Hilde.

„Wir müssen uns sammeln. In München spielen die Räte eine zentrale Rolle. Nichts geht ohne sie. Wir müssen dem Parlament klarmachen, dass wir bestimmen. Und dann muss diese Volksvertretung entsprechende Gesetze erlassen, die die unverzichtbare Funktion der

Räte ein für alle Mal festschreiben. Bayern spielt hierbei eine ganz wichtige Rolle. Wir können der Komet sein, der den anderen Ländern im Reich anzeigt, dass der Sozialismus siegen muss. Und dass er siegen kann."

„Und was, wenn das Parlament nicht in eurem Sinne entscheidet?", fragte Hilde.

Er schloss kurz die Augen. Als er sie öffnete, war da wieder dieses Funkeln. Doch dieses Mal war nicht nur Begeisterung hinein gemischt, es war etwas Bedrohliches darin, das Hilde Sorgen bereitete. „Dann werden wir es erzwingen müssen."

Hilde spürte, wie ihr ein Schauder über den Rücken lief.

„Aber lass uns nicht mehr von Politik reden. Du wirst es kaum glauben, aber auch ich bin das manchmal leid. Wollen wir ein wenig spazieren gehen?" Er bot ihr den Arm an und sie hakte beinahe automatisch ein. Sie spürte seine Nähe und das fühlte sich auch gut an. Aber sie hatte den Eindruck, dass vor ihrem Denken ein Schleier lag, der sie vor den Gefühlen schützte, die sie mit Paul verband. Seine Worte hatten sie zum Nachdenken angeregt. Stand da wirklich eine zweite Revolution bevor, die möglicherweise sogar gewalttätig war? Was würde das für sie bedeuten? Und was würde das für ihre Mutter bedeuten? Eines war klar, wenn eine Revolution kam, musste Hilde sich entscheiden, auf welcher Seite sie stand. Wollte sie Paul folgen? Sie spürte, dass ihr kurz schwindelig wurde und hielt sich fester an ihrem Freund fest. Er sah sie an.

„Alles in Ordnung?"

Sie kniff die Lippen zusammen. „Wenn ich bei dir bin, ist alles gut."

***

Die Stimmung im Raum war glänzend. Die anwesenden Herren, die meisten von ihnen in Uniform, viele auch mit Orden an der Brust und auch die wenigen Damen in ihren Abendkleidern trugen Sektkelche in der Hand, in denen eine goldene Flüssigkeit moussierte. Hermann fischte sich einen Sekt vom Tablett des vorbeieilenden Kellners, dann wandte er sich um, als er hörte, wie jemand mit einem Löffel gegen ein Glas schlug. Am anderen Ende des Saals befand sich eine kleine Bühne, auf der General von Steinbeiß stand und nun zu einer Rede ansetzte.

„Ich freue mich, dass Sie sich wieder so zahlreich versammelt haben. Das erfüllt mich mit Mut, dass unser Widerstand gegen diese Abscheulichkeit, die Eisner, dieser Sozialist, eine Revolution nennt, nicht im Sande verläuft. Ein erster Schritt ist getan. Man kann tatsächlich sagen, dass das Volk gesprochen hat. Ich war kein Freund dieser Wahl, aber das Ergebnis gibt mir Hoffnung. Die Sozialisten haben keine Mehrheit, das bürgerliche Lager wird seine Rolle in der zukünftigen Regierung spielen. Wenn, wie ich hoffe, Eisner, dieser Verräter morgen zurücktritt, ist der Weg frei für eine Regierung, die die alten Verhältnisse wiederherstellt. Die für Recht und Ordnung kämpft und die, so hoffe ich doch, schlussendlich dafür sorgt, dass König und Kaiser zurückkehren, um die natürliche Fügung der Dinge wieder einzurichten, die diese Sozialisten zerstört haben.“

Kräftiger Applaus brandete auf, gemischt mit Rufen begeisterter Zustimmung. Hermann nippte an seinem Glas. Der Sekt prickelte auf seiner Zunge. Er spürte sofort, wie der Alkohol, den er nicht gewohnt war, ihm in den Kopf schoss.

„Es tut mir leid", hörte er eine Stimme neben sich sagen. „Mein Vater ist kein großer Redner. Aber er macht es durch viel Leidenschaft weg."

Es war Friederike, die ein nachtblaues Kleid trug, das sehr gut zu ihren Augen passte. Sie hielt ebenfalls einen der Sektkelche in der Hand und hob diesen nun. Hermann prostete ihr zu und trank noch einen Schluck.

„Nehmen wir einmal an, Eisner tritt morgen tatsächlich zurück", sagte Hermann. „Und nehmen wir an, die Regierung, die sich dann bildet, vertritt die Interessen Ihres Vaters. Würde er sich dann weiter politisch betätigen wollen?"

Sie lächelte. „Sollte es eine Regierung geben, die unsere Interessen vertritt, ist das nur der erste Schritt. Ich kenne meinen Vater, er wird nicht ruhen, bis das Haus Wittelsbach in seine angestammten Rechte eingesetzt ist und das Haus Hohenzollern wieder nach Berlin zurückkehrt. Und dann wird er sich an die Spitze der Maßnahmen setzen, die notwendig sind, um das Land von diesen Sozialisten zu säubern."

Hermann nahm noch einen Schluck, um nicht gleich etwas erwidern zu müssen. Er hätte sich denken können, dass Friederike die militanten Ansichten ihres Vaters teilte. Welche junge Frau in ihrem Alter verbrachte ihre Zeit auf Veranstaltungen wie dieser?

„Wie läuft es denn bei Ihnen in der Bank?", fragte Friederike.

„Die Geschäfte sind schwierig. Wir können noch nicht so einschätzen, wie die wirtschaftliche Lage sich entwickeln wird. Aber ich arbeite mich so langsam ein und ich komme besser zurecht."

„Aha, da darf ich Ihnen jemand vorstellen", sagte sie. Ein junger Mann war eben an ihrem Tisch vorübergegangen. Sie packte ihn am Arm und zog ihn zu sich her. „Es ist der Graf von Arco auf Valley, kennen Sie ihn schon?"

Hermann und der Graf schüttelten sich die Hand. „Ich glaube, wir sind uns einmal im Hauptquartier begegnet, kann das sein?", fragte Hermann.

„Ja, das kann sein", sagte von Arco. Sein Blick wanderte unstet von links nach rechts und wieder zurück.

„Glauben Sie, dass Eisner morgen abdankt", fragte Friederike. Beim Namen Eisner blitzten die Augen des Grafen kurz auf.

„Was macht das für einen Unterschied? Wenn er abdankt, würde er weiterhin seine lasterhaften Lügen verbreiten, dass der Kaiser und die Oberste Heeresleitung die alleinige Kriegsschuld tragen. Dem Mann gehört das Maul gestopft. Ein für alle Mal."

Hermann war erschüttert über die Heftigkeit dieses Ausbruchs. „Aber wenn er zurücktritt, ist er politisch erledigt", sagte Hermann. „Seine Partei hat nur 2,5 Prozent bei den Wahlen errungen. Er wird keine Rolle mehr spielen."

„Das reicht mir nicht", zischte von Arco. „Jemand muss dafür sorgen, dass dieser Verräter nie wieder eine Rolle im öffentlichen Leben spielt. Und wenn sich kein anderer dazu berufen fühlt, dann werde ich das selbst in die Hand nehmen. Morgen gilt es."

Er ging davon. Hermann sah ihm irritiert nach. *Morgen gilt es?* Was hatte das zu bedeuten? Plante der Graf etwa einen Mordanschlag auf den Ministerpräsidenten? Er spürte, wie eine fiebrige Erregung von ihm Besitz ergriff. Das durfte nicht geschehen! Er war kein Freund der Revolution, aber sie hatte sich bislang durch weitgehende Friedlichkeit ausgezeichnet. Und nun durfte nicht ausgerechnet die Gegenrevolution mit Gewalt antworten. Er stellte das Sektglas ab. Mit einem Mal war ihm klar, was zu tun war.

„Entschuldigen Sie mich bitte, der Tag in der Bank war lang", sagte er zu Friederike. Diese sah ihn missbilligend an, aber ehe sie etwas erwidern konnte, hatte er sich umgewandt und den Saal verlassen.

Draußen vor dem Hotel *Vier Jahreszeiten* stieg er in ein Taxi. Der Fahrer wirkte irritiert, als er ihm die Adresse nannte, doch als er zehn Minuten später in der Türkenstraße ausstieg, war sich Hermann nur noch sicherer, was zu tun war. Er wusste inzwischen, dass der Soldatenrat sein Quartier in Hermanns ehemaliger Kaserne genommen hatte. Und dass er dort wahrscheinlich auch Paul Ludwig finden würde. Beim Gedanken an den Gefreiten schlug sein Herz ein wenig schneller. Er ging auf das Gebäude zu, als er zwei Gestalten aus dem Tor kommen sah. Da war er. Paul. Fesch wie immer. Eine einzelne Haarsträhne hing ihm über die Stirn und ließ ihn verwegen aussehen. Er war nicht alleine, neben ihm stand eine kleinere Person, eine Frau. Hermann spürte, wie ein seltsames Gefühl sich in ihm breitmachte, das er so nicht kannte. Die Anwesenheit der Frau störte ihn. Aber warum? Die beiden wandten sich nun einander zu und als er das Gesicht von Pauls

Begleiterin erkennen konnte, zuckte Hermann zusammen. Das war Hilde, seine Schwester. Ein noch gewaltigerer Schreck durchfuhr ihn, als der Gefreite sich zu ihr hinab beugte und sie lange und leidenschaftlich küsste. Etwas in Hermann zerbrach. Er wandte er sich ab und eilte davon.

KAPITEL 18

München, Freitag, 21. Februar 1919

Hermann hatte eine furchtbare Nacht hinter sich. Als er nach Hause gekommen war, hatte ein Sturm in ihm getobt. Sein Puls hatte gerast und es war ihm schwergefallen, Atem zu schöpfen. Er hatte sich in den Salon gesetzt. Sein Blick war auf das kleine Kabinett in der Ecke des Raums gefallen. Er war wieder aufgestanden und hatte es geöffnet. Großvater war nie ein Freund der Franzosen gewesen, aber ihren Weinbrand hatte er stets geschätzt. Hermann ergriff die Karaffe mit der goldbraunen Flüssigkeit, goss einen Schwall in eines der bereitstehenden Kristallgläser und nahm einen großen Schluck. Beinahe hätte er den Weinbrand wieder ausgespuckt, denn er brannte in seinem Rachen wie Feuer. Ein heißes Brodeln breitete sich in seinem Magen aus und stieg als ein drängender Würgereiz die Speiseröhre empor. Doch die unangenehme Empfindung verflog rasch und machte einem Gefühl der Leichtigkeit Platz. Er spürte, wie der Sturm in seinem Kopf ein wenig nachließ und die wild durcheinanderwirbelnden Gedanken sich ordneten. Was hatte er da eben gesehen? Wenn seine Augen ihn nicht getrogen hatten, und er war sich sicher, dass das nicht der Fall war, dann war er Zeuge davon geworden, wie Paul Ludwig und seine Schwester sich geküsst hatten. Er hatte nicht gewusst, dass sie sich nahestanden, geschweige denn, dass sie sich überhaupt schon einmal begegnet waren.

Dann schlug er sich gegen die Stirn. Natürlich kannten sie sich. Er hatte Hilde persönlich zu Paul geschickt, damals im Lazarett, als er Sorge gehabt hatte, dass der Mann sich um Kopf und Kragen reden könnte. Er war selbst schuld, er hatte den Kontakt hergestellt. Aber hätte er ahnen können, dass Hilde mit dem Feind anbandeln würde?

Er nahm noch einen Schluck. Das Brennen war diesmal nun ein wenig schwächer, dafür verstärkte sich das angenehme Gefühl. *Dem Feind ...* War er das? Sein Verstand beantwortete diese Frage ganz klar. Natürlich war der Mann ein Gegner. Er war ein Sozialist und hatte nie mit seinen Ansichten hinter dem Berg gehalten. Stets hatte er mit offenem Visier gespielt und dabei Kopf und Kragen riskiert. So wie damals im Schützengraben, als er Hermann das Leben gerettet und ihn gleichzeitig vor der Entscheidung bewahrt hatte, ob er Paul vor das Kriegsgericht stellen sollte oder nicht. Warum hatte er damals überhaupt gezögert?

Wenn er an Paul dachte, tobte der Sturm in Hermanns Innern wieder stärker. Es gab etwas in ihm, das vehement Partei für den Mann ergriff und er fragte sich, warum. Es war doch eindeutig, der Gefreite war ein Sozialist, ein Feind. Ihn vor das Kriegsgericht zu stellen, wäre damals die einzig vernünftige Reaktion gewesen. Und dennoch, er war sich sicher, dass er es nicht getan hätte. Und daran war dieses Gefühl schuld, das sich nun wieder in ihm regte. Dieses Gefühl, dass ihn der Kuss zwischen seiner Schwester und Paul mehr empörte als dessen politische Ansichten.

Er trank einen weiteren Schluck. Dann war das Glas leer und er füllte es erneut wieder auf. Der Weinbrand tat seine Wirkung. Er spürte, wie er müde wurde und nachdem er das zweite Glas ausgetrunken hatte, ging er ins Bett.

Doch er sollte nicht in einen erholsamen Schlaf finden. Immer wieder wachte er auf und in der zweiten Hälfte der Nacht traten dann noch furchtbare Kopfschmerzen hinzu. Der Sekt und der Weinbrand hatten ihr Werk getan. Als die ersten Strahlen des Morgenlichts durch die Vorhänge fluteten, pochte der Schmerz an seinem Hinterkopf. Zudem war ihm schlecht. Es fröstelte ihn. Er klingelte und Karl kam ins Zimmer. Hermann wies ihn an, ihm Wasser zu bringen, damit er sich waschen konnte, und dafür zu sorgen, dass ein starker Kaffee aufgebrüht wurde. Er wusste, dass im Haus entsprechende Reserven gebunkert waren, auch wenn echter Bohnenkaffee in diesen Tagen schwer zu beschaffen war.

Eine halbe Stunde später saß er am Frühstückstisch und spürte dankbar, wie das Koffein die Kopfschmerzen eindämmte, auch wenn sie noch nicht ganz verschwunden waren. Und je mehr die Qual in den Hintergrund trat, desto stärker klarte sein Denken sich auf. Eine Erinnerung drängte sich in den Vordergrund. Die Erinnerung an die Gesellschaft im Hotel *Vier Jahreszeiten.* Friederike tauchte kurz auf, ihr spöttisches Lächeln. Und dann das bleiche Gesicht des jungen Grafen, den sie ihm vorgestellt hatte. *Morgen gilt es.* Hermann öffnete die Zeitung. Auf der ersten Seite befand sich ein großformatiger Artikel, der sich mit der an diesem Tag anstehenden Eröffnung des Landtags beschäftigte und die Frage stellte, ob der Ministerpräsident bei dieser Gelegenheit seinen Rücktritt erklären würde. *Morgen gilt es.* Die Erinnerung an das Gesicht des jungen Mannes überwältigte ihn. Da war so viel Verzweiflung gewesen und gleichzeitig so viel Hass. *Er muss es selbst in die Hände nehmen*, hatte er gesagt. Der Graf plante, Eisner zu töten. Daran konnte es keinen Zweifel geben. Hermann erinnerte sich daran, wie empört er gewesen war, als er erfahren hatte, dass sein Großvater einen Mord in Auftrag gegeben hatte. Damals war es um einen Unbeteiligten, einen Unschuldigen gegangen. Eisner war ein politischer Gegner. Aber ein Mord war ein Mord. Und ein Mord war durch nichts zur rechtfertigen.

Er verfluchte sich dafür, dass er am Vorabend nicht über seinen Schatten gesprungen war, Paul angesprochen und ihn davor gewarnt hatte, dass Eisner in Gefahr war. Er sah auf die Uhr. Kurz vor neun. Er hatte keine Ahnung, wann der Landtag zusammentreten würde, aber er wusste, wo der Ministerpräsident residierte. Er läutete und trug Karl auf, den Chauffeur vorfahren zu lassen. Eine Viertelstunde später saß er in dem Automobil seines Großvaters, das durch die winterlichen Straßen ratterte. Der Schnee war in den letzten Tagen weitgehend zusammengeschmolzen und so waren nur wenige, von schwarzen Rußflecken durchsetzte Reste an den Straßenrändern zu sehen. Nach weiteren zehn Minuten hatte er das Palais Montgelas erreicht, den Sitz des bayerischen Außenministers, ein

Amt, das Eisner als Ministerpräsident ebenfalls beklei-
dete. Er wies seinen Fahrer an, zu warten und trat ein.
In der Eingangshalle wuselten Beamte hin und her.
Manche trugen Akten, andere waren damit beschäftigt,
Gegenstände zusammenzupacken.

Hermann hielt einen der Männer am Arm fest. „Ich
suche den Ministerpräsidenten."

„Der ist schon weg. Zum Landtag. Er wird zurücktreten. Und wir sind jetzt damit beschäftigt, alles für seinen Nachfolger frei zu räumen", erwiderte der Mann.

Hermann fluchte vor sich hin. Er überlegte. Von hier
aus war es nicht weit zum Landtag. Er schätzte, dass
man zu Fuß weniger als fünf Minuten für die Strecke
benötigte.

„Fahren Sie nach Hause", sagte Hermann zum Chauffeur, als er das Automobil passierte, dann eilte er weiter. Er hoffte, dass der Ministerpräsident langsam unterwegs war. Und dass er ihn rechtzeitig einholen und
warnen konnte.

Hermann bog vom Promenadenplatz in die Promena-
denstraße ein. Weiter vorne erkannte er eine Gruppe
von drei Männern. Einer davon, ein kleinerer mit großem Zylinder, musste Kurt Eisner sein. Er hatte den Ministerpräsidenten schon mehrfach in München spazieren gehen sehen. Hermann wollte seine Schritte be-
schleunigen, übersah dabei jedoch einen Schneehau-
fen. Er blieb mit dem Fuß hängen, stürzte und fing sich
mit den Handflächen ab. Ein scharfer Schmerz fuhr
durch seine Finger. Er wollte sich gerade wieder auf-
rappeln, als ein gewaltiger Knall ertönte. Er hörte wil-
des Rufen, Schreien. Dann krachte es wieder. Einmal,

zweimal, dreimal. Er sah auf. War er zu spät gekommen?

***

Hilde eilte mit leuchtenden Augen in Richtung Innenstadt. Eine weitere, hoffentlich letzte Grippewelle wusch durch München und die zwei Lehrerinnen, die Hilde in Mathematik und in Heimwerken hätten unterrichten sollen, waren krank. Die Stunden fielen aus und es war den Schülerinnen gestattet, sich in der Zeit in die Stadt zu begeben. Das war ein unerwarteter Glücksfall, denn so konnte sie versuchen, etwas von den Vorgängen im Landtag mitzubekommen, und was noch wichtiger war: Dort würde sie ganz sicher auf Paul treffen. Er und seine sozialistischen Kameraden würden vor Ort sein, um den Ministerpräsidenten auf seinem schweren Gang zu unterstützen. Er musste seine Wahlniederlage endgültig eingestehen und würde wohl zurücktreten.

Um das Parlamentsgebäude herum waren viele Passanten auf den Straßen. Je dichter die Menschenmenge wurde, desto mehr sank ihr Mut. Sie war zu spät, die Zuschauerbänke im Landtag waren wahrscheinlich schon besetzt. Und wie sollte sie Paul zwischen all den Leuten finden? Der westliche Teil der Prannerstraße war von Soldaten abgeriegelt worden. Doch sie kannte einen anderen Weg. Sie eilte die Jungfernturmstraße in Richtung Salvatorplatz entlang und bog dort nach rechts ab. Hier war weniger los. Drei Personen kamen ihr entgegen. Sie waren noch etwa zwanzig Meter von ihr entfernt. Zwei größere Männer flankierten einen etwas kleineren mit einem dichten, weißen Rauschebart, der einen relativ hohen Zylinder trug. Das war er: Kurt Eisner, der Ministerpräsident. Sie war noch nicht zu spät gekommen. Wenn sie es nun schaffte, in das Parlament zu gelangen, konnte sie vielleicht seine Ansprache hören. Eisner würde sicher mit wehenden Fahnen zurücktreten und den anwesenden Politikern noch einmal so richtig ins Gewissen reden. Und Hilde spürte, dass sie genau das nötig hatte, jemanden, der ihr Mut zusprach. Sie beschloss, ein wenig schneller zu gehen, zu den drei Männern aufzuschließen, die gerade im Begriff waren, in die Prannerstraße abzubiegen, und vielleicht im Gefolge des Ministerpräsidenten ins Parlamentsgebäude zu gelangen.

Plötzlich rempelte ein Passant sie an. Sie verlor kurz das Gleichgewicht und wäre beinahe gestürzt, doch konnte sie sich an einem Laternenmast festhalten. Sie sah auf und der Mann, der sie angestoßen hatte, eilte an ihr vorbei. Sie wollte etwas sagen, ihm nachrufen, dass er sich wenigstens hätte entschuldigen können, als sie bemerkte, dass er in die Tasche seiner Jacke griff und eine Pistole hervorzog. Ein kalter Schreck klammerte sich um ihren Hals. Sie musste etwas rufen, eine Warnung. Ihr war klar, dass der Kerl es auf Eisner abgesehen hatte. Aber die Worte steckten in ihrem Hals fest. Mit schreckgeweiteten Augen beobachtete sie, wie der Attentäter die Lücke zum Ministerpräsidenten schloss, in einer fließenden Bewegung den Arm ausstreckte und die Waffe gegen Eisners Hinterkopf richtete. Dann ertönte ein gewaltiger Knall und noch einer. Hildes Ohren begannen zu klingeln. Sie sah, wie der

Ministerpräsident zu Boden stürzte. Seine Begleiter wandten sich ihm zu, zunächst suchend. Weitere Männer stürmten heran. Sie hörte Schüsse. Der Attentäter, der unbeweglich am Ort des Geschehens festgefroren zu sein schien, die Pistole noch immer im Anschlag, zuckte zusammen. Dann noch einmal. Er fiel zu Boden.

„Hilde, was machst du denn hier?", hörte sie eine Stimme. Sie wandte sich um. Es war Hermann.

„Da hat jemand auf den Ministerpräsidenten geschossen", sagte sie. Die Worte klangen so seltsam aus ihrem Mund. Es war alles so unwirklich. Hermann packte sie am Arm und zog sie mit sich fort.

„Ja, wir müssen schnell hier weg, ehe es zu einer Schießerei kommt."

„Eine Schießerei? Ist nicht alles schon vorbei?"

„Nein, ich fürchte, das war erst der Anfang", sagte Hermann.

KAPITEL 19

München, Freitag, 21. Februar 1919

Hermann ließ sich auf das Sofa fallen und schloss die Augen. Er war zu spät gekommen. Er hatte den Attentäter erkannt, hatte noch eine Warnung gerufen, doch er war zu weit entfernt gewesen. Dann hatte er gesehen, wie der Grafen von Arco Eisner in den Hinterkopf geschossen hatte und wie er kurz darauf selbst von mehreren Kugeln getroffen zu Boden gegangen war. Was für eine sinnlose Gewalttat!

Wenigstens hatte er Hilde retten können. Immerhin ihr war nichts geschehen, außer dass sie verwirrt und verzweifelt gewesen war, als er sie nach Hause gebracht hatte. Danach war er in das Palais seines Großvaters zurückgekehrt. Und hier saß er nun. In der Ecke wartete die Klarinette darauf, bespielt zu werden. Er hatte sich einen Lehrer gesucht und obwohl es ihn viel Mühe und auch Schmerzen in den Fingern gekostet hatte, war er stolz darauf, dass er dem Instrument inzwischen Töne entlocken konnte. Vielleicht würde es ihn ein wenig ablenken, wenn er übte?

Dann fiel sein Blick auf das Kristallglas neben dem Schränkchen mit den Spirituosen. Es war frisch ausgespült. Einem Impuls folgend öffnete er das Kabinett, nahm die Weinbrandflasche und goss sich ein. Der erste Schluck schmeckte wieder bitter und brannte, doch auch das Wohlgefühl war schnell wieder da. Es half kaum dabei, den Anflug des schlechten Gewissens zu mildern, das ihn plagte, aber es entspannte ihn trotzdem ein wenig. Er setzte sich in den bequemen Ohrensessel und schwenkte die goldbraune Flüssigkeit sachte hin und her. Was würde nun geschehen? Er wusste nichts über den Grafen von Arco. Hatte dieser Verbindungen zu General von Steinbeiß? War das eine der Gegenmaßnahmen, die dieser angekündigt hatte? Hatte er in seinem Auftrag gehandelt? Wie würden die Herren darüber denken, die am Vorabend an der Gesellschaft im Hotel teilgenommen hatten? Würden sie es bejubeln, dass der verhasste Feind getötet worden war? Und was hielt Friederike davon? Die Antwort auf die letzte Frage konnte er sich wohl selbst geben. Sie hatte nichts als Verachtung für den Ministerpräsidenten übrig gehabt und es würde ihr wohl eine große Genugtuung bereiten, dass er nun keine Bedrohung mehr für sie und die Pläne ihres Vaters darstellte.

Es klopfte. Karl meldet General von Steinbeiß. Als der Offizier eintrat, erhob sich Hermann und salutierte aus alter Gewohnheit. Auf dem Gesicht des Generals prangte ein breites Grinsen.

„Sie trinken wohl einen Toast auf unseren tapferen Graf von Arco?", fragte er.

Hermann schaffte es, eine Antwort zu umgehen, indem er mit einer Gegenfrage antwortete. „Darf ich Ihnen auch ein Glas anbieten?"

Der General schüttelte den Kopf. „Ich muss nüchtern bleiben. Es ist ein großer Tag. Da muss ich alle meine Sinne zusammenhalten. Aber feiern Sie nur. Ein ganzer

Kerl dieser Arco. Da hat jemand wirklich Mut bewiesen."

„Hat er aus eigenem Antrieb gehandelt?", fragte Hermann.

Von Steinbeiß schmunzelte. „Vielleicht kann ich mich rühmen, dass ich den Samen gesät habe in diesem jungen Mann. Wachsen und gedeihen lassen hat er ihn selbst und die Ernte hat er nun auch eingefahren. Ich hoffe, er überlebt. Das Sozialistenpack hat ihm übel mitgespielt. Er hat sich mehrere Kugeln eingefangen und wurde beinahe zu Tode geprügelt. Nun ist er in der Chirurgie. Sauerbruch operierte ihn. Er ist in guten Händen."

„Und Eisner?"

„So tot wie man nur sein kann. Zwei Kugeln in den Kopf. Arco hat nicht lange gefackelt. Was für ein Prachtkerl. Aber das Beste haben Sie wahrscheinlich noch gar nicht mitbekommen, oder?"

Das war noch nicht alles gewesen? „Was meinen Sie?"

„Der Landtag ist zusammengetreten. Gerade, als man zu salbadrigen Reden ansetzen wollte, um den armen Verstorbenen zu ehren, ist ein Schlossermeister in das Plenum gestürmt und hat auf Auer geschossen. Diese Tunichtgute zerfleischen sich selbst."

„Ein Schlossermeister? Auf den Innenminister?"

„Ja, offenbar war er so erbost über die Beseitigung seines Idols Eisner, dass er Auer für dessen Tod verantwortlich gemacht hat. Das soll mir recht sein."

Hermanns Zunge klebte an seinem ausgetrockneten Gaumen. War das nun tatsächlich der Beginn der Gewalt?

„Und dann kommen Sie an einem Tag wie diesem zu mir, um mir persönlich die Nachricht zu überbringen, dass es im Landtag eine Schießerei gegeben hat?“, fragte Hermann. Irgendetwas war seltsam daran.

„Es sind entscheidende Tage“, sagte der General. „Und wir müssen zusammenstehen. Ich bin zu Ihnen gekommen, weil ich Sie auf meiner Seite wissen möchte und ich bin ganz offen zu Ihnen. Natürlich ist es wichtig, dass wir Ihre Verbindungen für unsere Sache nutzen können. Es bietet einen möglicherweise entscheidenden Vorteil, eine Bank im Rücken zu haben. Die Bekämpfung der Revolution kostet Geld. Viel Geld.“

„Wie stellen Sie sich das vor? Was erwarten Sie von mir?“, fragte Hermann, der wieder dieses Engegefühl am Hals verspürte. Das Gespräch war ihm unangenehm. Er fühlte sich in eine Ecke gedrängt und fand keinen Ausweg.

„Zunächst einmal hoffe ich, dass Sie sich für unsere Seite erklären und zwar öffentlich. Es ist natürlich mit einer gewissen Gefahr für Leib und Leben verbunden, aber ich habe Sie nie als jemanden erlebt, der Risiken gescheut hätte. Gerade an der Front. Ich kann mir nicht vorstellen, dass Sie aus Sorge um Ihre Gesundheit feige zurücktreten, wenn das Vaterland Sie ruft.“

Hermann kämpfte gegen den immer schwerer zu unterdrückenden Drang an, einen Schluck Cognac zu trinken.

„Gleichzeitig weiß ich aber auch, dass Sie vorsichtig sein müssen. Ich habe von dem Sturm auf Ihre Bank erfahren. Wir müssen im Hintergrund agieren. Es wird nicht mehr lange dauern, dann hat sich der Widerstand so weit gefestigt, dass wir gegen das Sozialistenpack vorgehen können. Aber bis dahin benötige ich wenigstens Ihre Zusicherung, dass Sie nicht auf deren Seite stehen."

„Die kann ich Ihnen geben. Sozialisten unterstütze ich nicht."

„Ich höre da noch ein *aber* heraus. Und das bereitet mir ehrlich gesagt ein wenig Kopfzerbrechen. Bislang haben vor allem Sie von unserer Verbindung profitiert. Nun wird es Zeit, dass Sie Partei für uns ergreifen. Ich werde Sie mit offenen Armen willkommen heißen. Und Friederike ebenfalls. Sie würde sich aber noch mehr darüber freuen, wenn sie Sie dauerhaft an ihrer Seite wüsste."

Hermanns Augen weiteten sich. „Friederike?"

Der General lächelte. „Ja, ich könnte mir keinen besseren Gemahl für sie vorstellen als Sie. Wie gesagt, überlegen Sie es sich."

Er nickte ihm stramm zu, wandte sich um und ging hinaus. Hermann griff nach dem Glas und leerte es in einem Zug.

****

Hildes Augen schmerzten. Sie hatte nicht viel geweint in ihrem Leben. Allein das war wahrscheinlich schon ein Privileg, das sie von anderen jungen Frauen in ihrem Alter unterschied. Sie hatte es immer gut gehabt. Selbst an die Zeit in Afrika hatte sie nur wenige schlimme Erinnerungen. Ihre Mutter hatte es meist geschafft, die Widrigkeiten der Welt von ihr abzuschirmen. Und dafür musste sie ihr wohl dankbar sein. Aber nun hatte die Wirklichkeit zurückgeschlagen und sie mit voller Härte getroffen.

Nachdem Hermann sie nach Hause gebracht hatte, hatte sie sich auf ihr Bett gelegt. Aber wenn sie die Augen geschlossen hatte, hatten sich die Bilder des Attentats auf den Ministerpräsidenten wie eine dieser Filmdarbietungen in ihrem Bewusstsein abgespielt. Wie der Mörder sie anrempelte, wie sie stürzte, wie er zu den drei Männern aufschloss, die Pistole an Eisners Hinterkopf hielt. Doch im Gegensatz zu den tonlosen Darbietungen in den Kinos, hörte sie den Knall der Schüsse und spürte die Detonationen als Erschütterungen in ihrem Körper.

Nachdem sie sich stundenlang hin und her gewälzt hatte, stand sie wieder auf und zog sich an. Es hat keinen Zweck. Sie konnte nicht zu Hause bleiben. Es gab nur einen Menschen, der ihr ein wenig Ruhe verschaffen konnte.

Sie eilte in die Stadt und zur Kaserne in der Türkenstraße. Als sie dort nach Paul fragte, erhielt sie nur zur Auskunft, dass dieser nicht vor Ort sei, wahrscheinlich sei er im Parlament. Hilde wandte sich in Richtung des Landtagsgebäudes, aber hier war alles von der Polizei abgeriegelt. Von einem Passanten erfuhr sie, dass die Gewalt sich fortgesetzt hatte, dass jemand im Sitzungssaal auf Auer geschossen hatte, den Innenminister. Hilde stockte der Atem. Was war hier nur los?

Ihre Schritte führten sie in Richtung ihrer Schule und als sie um die Ecke bog und das Gebäude beinahe erreicht hatte, sah sie eine Gestalt vor sich, deren Anblick ihr Herz schneller schlagen ließ. Paul trug seinen grauen Mantel, die verwegene Locke hing ihm über die Stirn. Aber sein Gesicht war bleich.

Sie stürmte auf ihn zu. Es war ihr gleichgültig, ob sie gesehen würden, ob Mitschülerinnen oder gar Lehrerinnen mitbekamen, dass sie einen Revolutionär liebte. Als er sie kommen sah, breitete er die Arme aus und sie warf sich hinein. Seine Nähe und seine Wärme beruhigten sie sofort. Die Tränen flossen wieder, rannen in den Wollstoff seines Mantels. Sie spürte seine Hand sanft über ihr Haar streichen.

„Es ist so schrecklich", schluchzte sie.

„Ja, das ist es", erwiderte er. Seine Stimme war nur ein Flüstern und doch hörte sie darin Traurigkeit und noch etwas anderes. Ein Beben. War das Wut? Sie konnte es ihm nicht verdenken.

„Was soll jetzt geschehen?"

Er seufzte. „Die Lage ist viel schlechter als gestern. Ich glaube, diese reaktionären Schweine wissen gar nicht, was sie getan haben. Die Revolution ist bislang so friedlich verlaufen. Im Gegensatz zum Reich gab es in Bayern kaum Tote oder Verletzte. Aber die Gegenseite hat dieses Tabu heute gebrochen. Und dadurch wurden fehlgeleitete Einzelne wie dieser Schlossermeister zum Handeln ermutigt. Das war nicht mit uns abgestimmt. Er ist in den Plenarsaal gestürmt, hat um sich geschossen und dabei Auer getroffen. Es ist eine Katastrophe."

Hilde drückte sich fester an ihn und sie spürte, wie seine kräftigen Arme sie umschlossen.

„Ich habe es gesehen", sagte sie leise. „Die Schüsse auf Eisner. Ich war dabei."

„Du hast was?", rief er. Er löste sich aus der Umarmung und sah sie mit großen Augen an. Hilde berichtete ihm von ihren Erlebnissen.

„Welch ein Glück, dass dein Bruder da war", sagte Paul. „Es war ein unbeschreiblicher Tumult, nachdem Eisner getötet wurde. Du hättest selbst verletzt werden können."

„Ja, aber im Vergleich zu dem, was dem Ministerpräsidenten zugestoßen ist, wäre das nur eine Kleinigkeit gewesen."

Ein leises Lächeln erschien auf seinen Lippen. „Das sind die Worte einer wahren Revolutionärin", sagte er.

„Das mag sein", erwiderte sie. „Ich habe eines erkannt. Ich darf nicht für selbstverständlich nehmen, dass die Rechte, die ich nun habe, bleiben. Wenn ich als Frau weiterhin das Wahlrecht genießen will, wenn ich die Freiheiten bewahren will, über die ich seit dem 7. November verfüge, muss ich dafür kämpfen. Eisner wollte eine bessere Welt für uns alle. Sie haben ihm das Leben genommen. Aber seine Ideale dürfen nicht mit ihm sterben."

Pauls Augen glänzten. Er sah sie mit einer Mischung aus Bewunderung und Stolz an. „Du willst dich unserer Sache anschließen?"

„Das habe ich doch schon längst getan. Ich bin die deine. Aber ich bin auch eine Sozialistin. Ich muss meinem Herzen folgen. Und das schlägt für die Freiheit und Gleichheit aller Menschen. Jetzt ist nicht die Zeit, sich zu verstecken oder zurückzutreten. Es ist die Zeit, für Gerechtigkeit zu kämpfen. Und das werde ich tun."

Paul sah sie mit einem seltsamen Gesichtsausdruck an.

„Was ist los?", fragte sie.

„Du bist einer der beeindruckendsten Menschen, die mir jemals begegnet sind", sagte Paul.

Hilde schüttelte den Kopf. „Ich bin nicht beeindruckend. Ich tue nur, was getan werden muss." Sie legte eine Hand in seinen Nacken und zog ihn zu sich. „Und jetzt im Augenblick muss das hier getan werden."

Sie presste ihre Lippen auf seinen Mund und küsste ihn.

KAPITEL 20

München, Samstag, 1. März 1919

Hilde nahm die Kaffeekanne vom Stövchen und schenkte zuerst Lotte, dann Isolde eine Tasse ein. Gabi, eines der Küchenmädchen, hatte das Kunststück vollbracht, echten Bohnenkaffee aufzutreiben. Der Duft zog durch den Salon und Hilde bemerkte zufrieden, dass sowohl ihre Tante als auch deren Lebensgefährtin lächelten.

„Das ist ja beinahe so etwas wie ein Stück friedliche Vergangenheit", sagte Isolde, nachdem sie den ersten Schluck getrunken hatte.

„Nein, es ist die Zukunft, meine Liebe", sagte Lotte, die ihre Tasse ebenfalls wieder abstellte. „Kaffeebohnen für jedermann, um einmal Heinrich Heine zu zitieren und ein wenig abzuwandeln."

„Ich hoffe, dass du recht behältst", sagte Hilde. „Ein neues und besseres Lied könnten wir alle gebrauchen."

„Du hast deinen Heine gelesen, Respekt", sagte Lotte. Hilde unterließ es, ihr zu antworten, dass Heinrich Heine Pauls Lieblingsschriftsteller war. Und obwohl sie früher mit Heines politischen Gedichten nicht warm geworden war, hatte sie in den vergangen Tagen sein mitreißendes Versepos *Deutschland. Ein Wintermärchen* gelesen und es sofort geliebt. Der freche, respektlose Ton und die Leidenschaft, mit der der Dichter für sein sozialistisches Programm eintrat, hatten ihr aus der Seele gesprochen.

„Ah, ihr seid schon da", sagte Elsa. Sie zog sich die Handschuhe aus und reichte sie dem Butler, der ihren Mantel hielt. Ihr Gesicht war gerötet, aber es war auch sehr kalt draußen. Elsa begrüßte die Gäste, dann nahm sie Platz. Hilde erhob sich und schenkte ihrer Mutter eine Tasse Kaffee ein. Sie nahm einen Schluck von dem dampfenden Getränk, stieß einen wohligen Laut aus und lehnte sich zurück. „Das habe ich jetzt gebraucht. Sehr gut."

„Wie laufen die Geschäfte?", fragte Isolde. Hilde biss sich auf die Unterlippe. Konnte ihre Tante nicht einfach eine unverfängliche Frage stellen? Wie das Wetter draußen war? Oder was es heute zum Abendessen gab? Doch das Kind war schon in den Brunnen gefallen und Hilde erkannte rasch, dass die gesunde Gesichtsfarbe ihrer Mutter weniger von der Kälte, sondern vielmehr von der Wut herrührte, die von ihr Besitz ergriffen hatte.

„Ich bin es so leid. Heute gab es wieder eine dieser sinnlosen Streitereien mit dem Betriebsrat. Das sind vielleicht Nervensägen. Jetzt haben wir schon den 8-Stunden-Tag eingeführt. So wie es aussieht, werden die Sozialleistungen zudem erheblich ausgebaut. Und ich habe sogar schon zwölf Tage Urlaub zugestanden. Aber die wollen immer mehr."

„Es ist ja auch vollkommen unverständlich, wie diese Leute menschenwürdige Arbeitsbedingungen verlangen können", sagte Lotte.

Hilde hielt den Atem an. Genau das hatte sie befürchtet. Es passte in das Schema der letzten Tage. Sobald jemand ein auch nur im weitesten Sinn politisch gefärbtes Gespräch begann, fielen sofort Widerworte und anstatt einer netten Unterhaltung ergaben sich schwierige Diskussionen.

Ihre Mutter blieb jedoch erstaunlich gefasst. „Das bestreite ich auch gar nicht", sagte sie. „Ich muss mich damit abfinden, dass das nun einmal die neuen Realitäten sind. Meine Aufgabe als Firmenchefin ist es, unter diesen Gegebenheiten dafür zu sorgen, dass wir genügend Gewinn machen, dass die Firma wachsen, aber gleichzeitig alle Arbeiter ernähren kann, die ich beschäftige."

„Wäre es da nicht sinnvoller, wenn die Beschäftigten einen Anteil an deiner Firma hätten? Wenn sie Miteigentümer wären, würden sie noch mehr Energie und Freude hineinlegen, um für den Erhalt des Betriebs zu kämpfen. Und sie wären vielleicht auch kompromissbereiter."

Lottes Vorschlag klang in Hildes Ohren vernünftig. Ohne groß darüber nachzudenken, fügte sie hinzu: „Ja, das ist doch keine schlechte Idee. So ist es bei diesen Aktiengesellschaften, oder? Man kann Anteile kaufen von Firmen und ist damit Eigentümer. Warum sollte das nicht für die Belegschaft möglich sein?"

Sie erkannte sofort, dass sie zu weit gegangen war. Der Mund ihrer Mutter war zusammengekniffen und sie sah sie mit einem dieser funkelnden Blicke an, die nichts Gutes verhießen.

„Du hast wohl zu viele Reden von Eisner gehört, Gott hab ihn selig", sagte sie mit schneidender Stimme. „Es

gibt einen großen Unterschied zwischen einer Aktien-
gesellschaft und einem sozialisierten Betrieb. Und dieser Unterschied liegt darin, dass Anteilseigner einer Ak-
tiengesellschaft dafür bezahlen, dass ihnen Teile des
Betriebes gehören. Ich sehe schon, worauf das mit der
Sozialisierung hinausläuft. Die Belegschaft möchte,
dass man ihr einen Teil des Betriebes schenkt. Und
dazu bin ich nicht bereit. Denn es ist immerhin noch
meine Firma."

„Die du auch geschenkt, oder besser vererbt bekommen hast", sagte Lotte.

Elsas Gesicht wurde nun beinahe dunkelrot. Sie atmete schwer. Isolde legte ihr eine Hand auf den Unterarm und warf gleichzeitig Lotte einen mahnenden
Blick zu.

„Ich weiß, wie hart du für deinen Betrieb arbeitest",
sagte Isolde zu ihrer Schwester. „Ich kann verstehen,
dass die Aussicht, dass du enteignet wirst und der Betrieb Volkseigentum wird, dich sehr empört. Ich finde
das auch nicht richtig."

„Warum fällt es euch allen so schwer, an dem zu hängen, was ihr vererbt oder geschenkt bekommen habt?
Wer braucht all das hier zum Leben? Diese Villa, diese
Bediensteten, dieses Kaffeeservice, das wahrscheinlich
so viel gekostet hat wie das Jahreseinkommen von zehn
Arbeitern? Es gibt so viel Reichtum in diesem Land.
Wenn wir den gerecht aufteilen, sodass jeder etwas davon bekommt, dann würde mehr Friede herrschen",
sagte Lotte.

Elsa schüttelte den Kopf. „Dann würde nicht mehr
Friede herrschen, sondern weniger, weil jeder immer
noch mehr haben will. Gleichheit mit der Brechstange

herzustellen, wird nicht weiterhelfen. Und du vergisst, dass nicht jeder diese Politik will. Das haben wir bei den Wahlen sehr eindrücklich gesehen."

Lotte winkte ab. „Das liegt nur daran, dass Eisner die Menschen nicht überzeugen konnte und dass die Gegenseite zu laut Zeter und Mordio geschrien hat. Wenn die Räte die Macht übernehmen, wenn die Leute demokratisch erzogen werden, dann wird Gleichheit herrschen."

„Die Räte? Ich hoffe und bete, dass dieser Tag nie eintritt. Ich will nicht erzogen werden. Ich bin erzogen. Ganz im Gegensatz zu den meisten dieser Tunichtgute, die sich als Heilsbringer aufspielen."

Es herrschte ein betretenes Schweigen. Hilde hielt die Stille sehr schwer aus, vor allem wenn sie so drückend und schneidend war wie diese. Deshalb fragte sie Isolde: „Und was gibt es heute bei euch zum Abendessen?"

***

Hermann zog sich die Krawatte zurecht. Er rückte die Schulter nach hinten und atmete tief durch. Dann drückte er die Türklingel. Der Bedienstete öffnete und bat ihn herein. Er trat durch den Flur und passierte die afrikanischen Skulpturen, die Alfred von Berlitz gesammelt hatte, der vor seiner Mutter die Villa bewohnt hatte. Elsa stand am Eingang zum Salon und lächelte ihn an. In ihrem Gesicht konnte er tiefe Falten erkennen. Waren die vor ein paar Wochen schon da gewesen? Er ging auf sie zu und sie streckte ihm die Hand entgegen, auf deren Rücken er einen Kuss hauchte.

Dann bat sie ihn in den Salon. Der Tisch war gedeckt, allerdings nur für zwei. Ein Zopf stand darauf und daneben eine dampfende Kaffeekanne.

„Wir haben leider keine Butter und keine Sahne. Aber der Zopf ist frisch gebacken und der Kaffee aus echten Bohnen aufgebrüht. Du hast deine Tante und ihre sozialistische Freundin leider verpasst. Und Hilde unternimmt einen Ausflug in die Stadt. Du musst also mit mir vorliebnehmen", sagte seine Mutter. Sie nahmen Platz und das Mädchen schenkte ihnen zuerst ein und servierte dann jedem von ihnen eine Scheibe des Gebäcks.

„Wie läuft es in der Bank?", fragte seine Mutter.

„Die Lage scheint sich einigermaßen stabilisiert zu haben. Wir hatten keinen Ansturm von verzweifelten Kunden mehr, die in Panik ihr Geld abheben wollten. Und in den letzten Wochen ist es mir gelungen, einige neue, große Kredite zu vergeben."

Seine Mutter lächelte. „Du hast Kunden geworben? Sehr gut. Das ist das Wichtigste. Es sieht zwar noch eher düster aus, aber ich glaube, dass die Wirtschaft in den nächsten Monaten wieder anspringen wird. Wir hatten in den letzten Jahren einen gewaltigen Mangel an allen möglichen Gebrauchsgütern und das müssen wir wieder aufholen. Aber dafür benötigen die Firmen Geld. Und deshalb sind Banken wie deine der Motor für die Industrie."

„Und was machen deine Geschäfte?", fragte Hermann.

„Hör mir damit auf. Der Betriebsrat stellt jeden Tag eine neue, noch verrücktere Forderung. Die USPD schürt Unfrieden. Und das kann ich gar nicht gebrauchen", sagte Elsa.

„Dann hoffen wir mal, dass die neue Regierung für Ruhe sorgt."

Er trank einen Schluck von seinem Kaffee und biss dann in den Zopf. Das Gebäck war fluffig und er schmeckte sogar eine Rosine darin. Die Süße war angenehm, aber noch viel herrlicher war der leichte Rumgeschmack, der an der Frucht hing und ihm Lust auf mehr machte. Ob seine Mutter wohl Cognac im Hause hatte?

„Wo hast du denn deine Kreditnehmer aufgetrieben?", fragte sie und riss ihn damit aus seinen Gedanken.

„Über den General von Steinbeiß. Mein ehemaliger Vorgesetzter. Er hat mich mit einigen Unternehmern bekannt gemacht, die ich als Neukunden gewinnen konnte." Er nannte mehrere Namen.

Seine Mutter runzelte die Stirn. „Entschuldige bitte meine Offenheit, aber diese Leute kenne ich vor allem als ausgesprochenen Judenfeinde. Willst du dich wirklich mit denen abgeben?"

„Ja, ich weiß, was du meinst. Vor der Unterzeichnung der Verträge musste ich mehrfach Vorträge über Rassenkunde über mich ergehen lassen. Aber um weiterhin am Markt bestehen zu können, ist meine Bank dringend auf Kunden mit guter Bonität angewiesen. Und zu General von Steinbeiß habe ich Vertrauen. Er ist ein Ehrenmann. Und ..." Er stockte. Wollte er wirklich mit seiner Mutter darüber reden? Doch er war schon zu weit gegangen. Sie sah ihn mit Interesse an.

„Und er hat mir die Hand seiner Tochter angeboten“, sagte er.

Nun wanderten Elsas Augenbrauen nach oben. „Er hat was?“

„Er hat vorgeschlagen, dass ich seine Tochter heiraten könnte.“

Die Reaktion seiner Mutter war anders, als erwartet hatte. Sie schnaubte.

„Ist das etwa ein Basar? Er hat dir seine Tochter angeboten. Und was sagt die gute Frau dazu? Wie heißt sie überhaupt?“

„Friederike heißt sie. Und sie ist einverstanden. Ich weiß, wie das klingt. Aber Friederike ist keine Duckmäuserin. Sie ist eine selbstbewusste Frau. Und sie würde sich gegen ihren Vater stellen, wenn sie nicht wollte.“

„Und willst du denn?“

„Es ist eine gute Partie. Der General ist in der Münchner Gesellschaft exzellent vernetzt. Die Bank kann viele Kunden gewinnen.“

Er sah, dass seine Mutter die Augen verdrehte. „Das ist natürlich die beste Basis für eine Ehe.“

Hermann spürte, wie Ärger in ihm hochkochte. „Was ist denn eine gute Basis für eine Ehe? Ein unehelich geborenes Kind oder eine Flucht nach Afrika?“

Das Lächeln verschwand von den Lippen seiner Mutter. Er biss sich auf die Zunge. Da war er eindeutig zu weit gegangen.

„Es tut mir leid, ich wollte nicht ...“

Elsa hob die Hand. „Es ist schon in Ordnung. Du hast recht. Ich habe mich in dieser Hinsicht nicht mit Ruhm bekleckert. Vielleicht möchte ich gerade deshalb, dass du einen anderen Weg gehen kannst. Ich will mich nicht einmischen. Aber ich bitte dich, prüfe dein Herz. Du hast mir gute Vernunftgründe für diese Ehe genannt. Das ist in Ordnung. Wenn du das möchtest, werde ich deine Entscheidung unterstützen und diese Friederike mit offenen Armen als meine Schwiegertochter empfangen. Ehen wie diese funktionieren und manche sogar besser als die, die aus Leidenschaft geschlossen werden. Aber ich möchte, dass du glücklich bist. Glücklicher als ich es war."

Ihre Augen glänzten feucht. Hermann schluckte. „Danke, Mutter", flüsterte er. „Ich werde noch einmal in mich gehen, ehe ich eine Entscheidung treffe."

Kapitel 21

Hilde war von einem Meer aus roten Fahnen umgeben. Die Menge wartete dicht gedrängt auf dem Odeonsplatz. Unter den Arkaden standen mehrere Funktionäre bereit, die Reden vorbereitet hatten. Es war ein kalter Wintertag, aber die Leute um sie herum strahlten so viel Wärme aus, dass sie nicht fror. Sie war aufgeregt. Es war die größte Demonstration, an der sie bislang teilgenommen hatte. Sie hatte sogar die Schule deswegen geschwänzt. Die beiden Stunden Religion, die dafür ins Wasser gefallen waren, waren ihr nicht sonderlich wichtig. Entscheidend war dagegen, dass sie hier Flagge zeigte. Dass sie den Willen des Volkes bekannte. Und der war recht eindeutig. Die vielen Menschen hier wollten die Regierung nicht. Sie wollten stattdessen ein System von Räten, in dem vor Ort in jeder Gemeinde entschieden wurde, wie Produktionsgüter eingesetzt und wie die gemeinschaftlichen Finanzmittel verwendet werden sollten.

Die Menge skandierte Rufe. „Hoffmann raus!", richtete sich gegen den neuen Ministerpräsidenten von der MSPD, der inzwischen die Regierung übernommen hatte. „Räterepublik!", drückte hingegen die Sehnsucht der meisten Menschen hier aus. Sie lehnten ein Parlament ab, in dem wieder nur Politiker saßen, die sich nicht um ihre Anliegen kümmerten. Sie wollten selbst herrschen, selbst bestimmen.

Auf den Stufen der Feldherrnhalle erschien eine Gestalt. Sie trug einen zu weiten Anzug. Unter dem schief sitzenden Zylinder wallten graue Haare hervor und die untere Hälfte des von Fältchen durchzogenen Gesichts wurde von einem eindrucksvollen Bart verdeckt. Der Mann sah aus wie eine etwas größere und ein wenig ungepflegtere Version von Kurt Eisner.

„Wer ist das?", fragte sie Paul, der neben ihr stand. Ihre Körper waren dicht aneinandergeschmiegt und jede seiner Berührungen jagte ihr aufs Neue eine Gänsehaut über den Rücken.

„Das ist Gustav Landauer", sagte Paul. „Er ist einer dieser Idealisten, der von einer anarchistischen Republik träumt."

„Anarchistische Republik? Was soll das heißen?"

„Hören wir doch mal zu", schlug Paul vor.

Landauers Stimme war leise, aber die Menge schwieg. Wenn ein Redner sprach, hielten die Leute sich zurück, um verstehen zu können, was er mitzuteilen hatte. Das war eine Art des Respekts, die Hilde bemerkenswert fand. Sie kannte das aus der Schule, aber da wurde die Ruhe im Klassenraum oft damit erkauft, dass die Lehrerinnen den Rohrstock einsetzten. Hier funktionierte das ganz ohne Gewalt.

Landauer ging nicht auf die politische Situation ein und sprach auch nicht über die Regierung Hoffmann. Stattdessen skizzierte er den Traum eines idealen Staates. Einer Republik, in der alle gleich waren, in der jeder Mensch unveräußerliche Rechte besaß, in der allen alles gehörte, in der alles von allen entschieden wurde. Er wählte poetische Worte dafür und es war zu spüren, dass es ihm eine Herzensangelegenheit war, die Anwesenden davon zu überzeugen, dass sie gemeinsam an dieser Vision einer gerechten Zukunft arbeiten sollten. Als er seine Rede beendete, war der Applaus relativ verhalten.

„Warum klatschen die Leute nicht lauter?", fragte Hilde. „Ich fand seine Worte sehr bewegend. Eine Gesellschaft wie die, die er beschrieben hat, erscheint mir erstrebenswert."

Paul verzog das Gesicht. „Eine derartige Gesellschaft wird immer eine Utopie bleiben. Landauer geht davon aus, dass er einfach nur die Räterepublik ausrufen und den Leuten die Gleichheit predigen muss, damit sie von selbst eine bessere Welt schaffen. Dabei lässt er die Realität vollkommen außer acht. Viele Menschen klammern sich so fest an ihre alten Werte, dass es nicht ausreichen wird, sie mit Argumenten zu überzeugen. Wir müssen sie zwingen. Eine echte Revolution wird nicht ohne Gewalt ablaufen können. Das ist leider so."

Das erschien Hilde nun gar nicht mehr erstrebenswert. Ein neuer Redner trat ans Pult. Er war etwas kleiner als Landauer, aber seine dichten, langen schwarzen Haare und seine laute, markante Stimme ließen ihn deutlich energischer wirken als seinen Vorredner.

„Wer ist das?", fragte sie.

„Das ist Max Levien", sagte Paul. „Er stammt aus Russland und hat dort schon die Revolution von 1905 erlebt. Oder besser deren brutale Niederschlagung, nach der er einige Zeit im Gefängnis verbracht hat. Nach seiner Freilassung ist er nach Deutschland ausgewandert und wartet auf den Tag, an dem er uns die Segnungen des

Sozialismus näherbringen kann. Er ist ein ausgezeichneter Redner. Hör dir an, was er zu sagen hat."

Levien besaß tatsächlich das Talent, die Menge mit seinen Worten zu fesseln. Er begann damit, die Schwächen des parlamentarischen Systems aufzuzählen. Die Volksvertretungen seien nichts als eine Fortsetzung der Unterdrückung mit anderen Mitteln. Schon allein, dass in einem Wahlkreis nur die Stimmen zählten, nach denen die Mehrheit entschieden hatte und alle anderen verfielen, war ihm Beweis dafür, wie undemokratisch dieses Wahlsystem war. Auch das Bestehen vieler kleiner Parteien war ihm ein Dorn im Auge. Das führte zu Koalitionen. Und Koalitionen lebten von Kompromissen. Doch für Kompromisse konnte kein Platz sein in einem System, in dem radikale Gleichheit herrschen sollte. In dem es keine Klassen mehr geben sollte. Karl Marx habe dies alles klar beschrieben. Es sei vorherbestimmt, wie die Geschichte ablaufen werde, dass die Arbeiterklasse die Macht übernehmen und dafür sorgen sollte, dass der Sozialismus den Siegeszug antrete. Das werde automatisch geschehen, dafür brauche man kein Parlament. Was man aber brauche, seien Räte. Und die seien von der neuen Verfassung überhaupt nicht mehr vorgesehen. Das Ganze sei Schund. Man müsse es schnell abschaffen. Der Bolschewismus in Russland habe vorgemacht, wie das zu funktionieren habe. Die Menschen in Russland seien glücklich. Ebenso wie die Ungarn, die ebenfalls eine Räterepublik ausgerufen hätten. Nun schaue die Welt auf Deutschland, den größten und wichtigsten Staat in Mitteleuropa. Wenn es gelinge, auch dort ein bolschewistisches

Rätesystem einzuführen, sei der Siegeszug der internationalen Revolution nicht mehr aufzuhalten. Man dürfe nun keine Kompromisse mehr eingehen. Man dürfe den Sozialismus nicht verwässern. Nur ein Sozialismus sowjetischer Prägung habe eine Chance, sich durchzusetzen.

Seine Worte wurden mit wesentlich mehr Applaus aufgenommen als die seines Vorgängers. Hilde kniff die Lippen zusammen. Vieles von dem, dass er gesagt hatte, klang vernünftig. Aber einiges widerstrebte ihr. Warum durfte man keine anderen Meinungen zulassen? Warum waren Kompromisse etwas Schlechtes? Und warum war der Lauf der Revolution vorherbestimmt?

„Und, was sagst du? Er ist großartig, findest du nicht?", fragte Paul. Er hatte nach dem Ende der Rede nicht nur laut geklatscht, sondern zwei Finger in den Mund gesteckt und einen gellenden Pfiff ausgestoßen, dann hatte er seine Mütze hochgeworfen und gejubelt.

„Ich glaube, ich muss noch ein wenig über seine Worte nachdenken", sagte Hilde. Sie wusste nicht, ob sie ihren Freund darum beneiden sollte, dass dieser von Leviens Worten so tief bewegt worden war, oder ob sie sich eher Sorgen um sein Urteilsvermögen machen sollte.

„Denk nicht zu lange darüber nach", sagte er. „Die Zeit des Denkens ist vorbei. Jetzt müssen wir handeln. Die Revolution steht kurz bevor. Nicht diese halbseidene Revolution, die wir im November hatten. Jetzt geht es ums große Ganze."

***

Hermann zog an der Klingelschnur. Er hörte das Geräusch der Glocke im Inneren. Kurz darauf wurde die Haustür geöffnet. Zu seinem Erstaunen sah er, dass es Friederike war, die ihn begrüßte. Er hatte einen Bediensteten oder wenigstens ein Hausmädchen erwartet.

„Aha, schön, dass Sie da sind", sagte sie. Sie führte ihn hinein. Der General hatte eine Wohnung in einem kleinen Haus in Schwabing bezogen. Es war eines jener Gebäude, das noch aus der Zeit übrig geblieben war, als Schwabing keine Vorstadt, sondern ein ländliches Dorf gewesen war. Vielleicht war es ursprünglich einmal die Scheune eines Bauernhofs gewesen. Die Zimmer waren sehr einfach und es roch nach Ruß. Der General war gerade dabei, ein Holzscheit in einen enormen Kohlenofen zu schieben.

„Ich begrüße Sie in meinem bescheidenen Heim", sagte er. „Das ist leider keine Übertreibung. Nach meiner Entlassung aus dem Heer musste ich mich zunächst einmal etwas spartanischer einrichten. Ich stecke jede Mark in den Widerstand gegen diese Regierung."

Von Steinbeiß bot ihm einen Platz an dem grob gezimmerten Tisch an und Hermann unterdrückte ein erleichtertes Seufzen, als der General ihm ein Glas Wein einschenkte.

„Ich muss mich entschuldigen", sagte der Offizier. „Die Pflicht ruft, Briefe müssen geschrieben werden." Er erhob sich und ging aus dem Zimmer. Hermann sah Friederike an. Ihren Mund umspielte ein maliziöses Lächeln.

„Das ist ein wenig wie in einem dieser Romane, die ich früher gerne gelesen habe. Kennen Sie Jane Austen?"

Hermann schüttelte den Kopf. „Hat die auch über Revolutionen geschrieben?"

Friederike lachte. „Nein, damit hatte sie nichts am Hut. Aber sie hat sich sehr ausführlich darüber ausgelassen, wie Männlein und Weiblein zusammenfinden. Ihr Werk ist ein Spiegel der damaligen gesellschaftlichen Gepflogenheiten."

Hermann spürte, dass sein Herz schneller schlug. Nun waren sie also schon beim Thema. „Sie wissen, warum ich heute gekommen bin?", fragte er.

„Sie werden mich fragen, ob ich Ihre Frau werden will. Ist es nicht so?"

Hermann hatte nicht erwartet, dass sie so offen und unverblümt sprechen würde. Das hatte ihn aus dem Konzept gebracht. Er war sich ja noch nicht einmal klar darüber, ob er sie wirklich um ihre Hand bitten wollte.

„Und wenn ich Ihnen diese Frage stelle? Wie würden Sie antworten?"

„Ich werde Ihnen zwei Antworten geben. Und ich bitte Sie, meine Offenheit in dieser Sache zu würdigen."

„Natürlich", sagte er.

„Sie sind eine exzellente Partie. Jede Frau in München kann sich glücklich schätzen, Sie zu ehelichen. Mich natürlich eingeschlossen. Als Tochter meines Vaters ist es meine Pflicht, dass ich mich seinem Willen beuge und da sein Wunsch ist, dass ich mich mit Ihnen vermähle und gleichzeitig die Aussicht, Ihre Gemahlin zu werden, in gesellschaftlicher Hinsicht äußerst verlockend ist, werde ich natürlich zustimmen."

Hermann fühlte sich, als ob ihm jemand einen Eimer kaltes Wasser über den Kopf gegossen hätte. „Das ist eine ungewöhnliche Antwort", sagte er.

Sie hob die Hand. „Lassen Sie mich ausreden. Ich habe gesagt, dass ich Ihnen zwei Antworten geben will. In den Romanen wie denen von Jane Austen geht es oft auch darum, dass zukünftige Ehepartner unterschiedliche Erwartungen haben. Wenn Sie von mir Liebe erwarten, kann ich Ihnen das nicht versprechen. Wir kennen uns kaum. Ob so etwas wie Vertrautheit zwischen uns einmal entstehen kann, weiß ich nicht. Es ist nicht unmöglich, aber ich würde es Ihnen nie garantieren können. Das muss Ihnen klar sein."

Hermann legte den Kopf schief. Ihre Worte hatten etwas in ihm in Bewegung versetzt. Seine Mutter hatte ihn gebeten, sein Herz zu prüfen, ehe er eine Entscheidung traf. Doch Friederikes Offenheit und ihre klaren Aussagen ließen ihn daran zweifeln, ob das wirklich notwendig war. War so etwas wie Liebe denn tatsächlich eine unverzichtbare Voraussetzung für eine funktionierende Ehe?

„Das verlange ich auch nicht von Ihnen. Mir ist durchaus bewusst, dass eine mögliche Ehe zwischen uns ein Vernunftgebilde ist. Und Sie haben schon recht. Wahrscheinlich stellt sich jeder Mann den Moment, wenn er um die Hand einer Frau anhält, als etwas vor, was mit viel Romantik und diesem ganzen Brimborium aufgeladen ist. Aber letztendlich treffen wir eine Abmachung, ist es nicht so?"

Nun lächelte sie. „Sie haben verstanden, worauf ich hinaus will. Das sagt mir, dass ich einen intelligenten Mann heiraten werde. Wir wissen nicht, ob das, was uns verbindet, irgendwann einmal dazu führen wird, dass wir uns lieben. Aber das ist auch zweitrangig. Unsere Verbindung ist wichtig. Für Sie, weil Sie auf das Netzwerk meines Vaters zurückgreifen können und zahlungskräftige Kunden gewinnen. Für uns, weil Sie uns finanzieren können. Handeln wir wie die Habsburger: *Kriege mögen andere führen, du glückliches Österreich heirate.*"

Gegen seinen Willen musste Hermann grinsen. „Dann hoffe ich einmal, dass ich nicht Ludwig XVI bin und Sie nicht Marie Antoinette."

Sie schmunzelte. „Ich sehe mich eher als Maria Theresia und Sie als Franz Stephan. Nur das mit den 16 Kindern und dem frühen Tod des Prinzgemahls überlegen wir uns noch einmal."

Sie lachten nun beide. „Es wäre es wohl an der Zeit, dass Sie mir die Frage stellen", sagte sie.

Er ergriff ihre Hand. Sie lag kühl in seiner. „Fräulein von Steinbeiß. Würden Sie mir die Ehre geben, meine Frau zu werden?"

Sie nickte. „Es ist mir eine Freude. Sehr gerne."

KAPITEL 22

München, Montag, 7. April 1919

Hilde saß im Deutschunterricht. Natürlich wurde Schiller gelesen. Sie hatte nichts gegen den Weimarer Klassiker, seine Sprache war glänzend und gerade in seinen geschichtsphilosophischen Werken hatte er bemerkenswerte Gedanken formuliert. Aber die behandelte man nicht im Unterricht. Stattdessen wurden die Dramen gelesen, die als patriotisch gelten konnten. Heute arbeiteten sie sich an *Wilhelm Tell* ab. Ob den Lehrerinnen der Widerspruch überhaupt bewusst war, dass Tell einerseits dafür gefeiert wurde, weil er sich gegen die Fremdherrschaft wehrte, und andererseits der Tatsache, dass die meisten Konservativen, zu denen auch der Lehrkörper gehörte, sich einen Souverän wie den Kaiser herbeisehnten, der seine Macht dazu missbrauchte, jeden Widerstand zu unterdrücken?

Sie lasen gerade die Stelle, an der es zu dem berühmten Schuss kommen sollte, als von der Straße her laute Rufe zu hören waren. Die Lehrerin erbleichte. Hilde konnte es ihr nicht verdenken. Zuletzt war es immer wieder zu Übergriffen gekommen. Insbesondere die Fabriken, aber auch teilweise Wohnhäuser reicher Münchner waren von den Stoßtrupps der Sozialisten überfallen worden. Die Schulen waren bislang verschont geblieben, aber was nicht war, konnte ja noch werden.

„Es lebe die Räterepublik!", hörte sie von der Straße her skandieren.

„O nein, haben Sie jetzt also doch eine Räteherrschaft ausgerufen?", flüsterte Edith ihr zu. Hilde spürte, wie ihr Mund austrocknete. Noch vor kurzem war der Vorschlag, eine Räterepublik einzuführen, im Parlament abgelehnt worden. Was war geschehen?

„Der Unterricht ist hiermit beendet", sagte die Oberlehrerin. Sie packte rasch ihre Tasche zusammen und eilte hinaus. Die Schülerinnen sahen sich an. Was war das denn gewesen?

„Wahrscheinlich will sie ihr Hab und Gut in Sicherheit bringen. Als Oberlehrerin kommt man nur schwer damit zurecht, wenn die Rangordnungen in einer Gesellschaft abgeschafft werden", sagte Hilde.

Sie erntete finstere Blicke. Aber das war sie inzwischen gewohnt. Sie war die Einzige in der Klasse, die sich positiv über die Revolution äußerte, und geriet immer wieder in Streit mit anderen Mädchen, die die konservativen Positionen wiederkäuten, die ihre Väter am Mittagstisch von sich gaben. Sie packte ihre Tasche zusammen und verließ das Klassenzimmer. Einem Impuls folgend ging sie nicht nach Hause, sondern wandte sich in Richtung der Türkenkaserne. Sie rechnete zwar nicht damit, dass sie Paul dort antreffen würde, aber vielleicht konnte sie erfahren, wo er sich aufhielt. An einem Tag wie diesem war er sicher mitten im Getümmel. Schließlich hatte er sich eine Räterepublik herbeigesehnt.

Aber sie traf ihn in der Kaserne an. Er saß alleine an einem Tisch im Speisesaal und rührte lustlos in einer Schüssel herum, in der sich ein eine graue, kalte Masse befand.

„Was ist los?", fragte sie. „Ich hätte dich auf dem Odeonsplatz eine rote Fahne schwenkend erwartet. Die Räterepublik wurde ausgerufen. Das wolltest du doch immer."

Er stocherte weiter in dem Haferschleim herum. „Aber nicht diese Räterepublik."

Sie ahnte, worauf das hinauslief. „Wer hat die Initiative ergriffen?", fragte sie.

„Mühsam, Toller und Landauer. Die Anarchisten. Levien hat gestern unsere Mitwirkung an dieser Farce abgelehnt. Die Regierung ist zwar geflohen, aber es wird nicht lange halten. Das war unüberlegt, kurzsichtig und wird zu unser aller Untergang führen."

„Die Regierung ist geflohen?"

„Ja. In den Norden oder sonst wohin. Es ist wie im Mittelalter, als es Päpste und Gegenpäpste gab. Nur, dass wir nun eine Räteregierung und eine parlamentarische Gegenregierung unter Hoffmann haben. Diese Stümper. Nun wird es wirklich zum Bürgerkrieg kommen." Er schob den Teller von sich weg und stützte den Kopf in die Hände.

Hilde trat auf ihn zu und legte ihm einen Arm um die Schulter. Sie drückte ihn fest an sich.

„Dann müssen wir dafür kämpfen, dass die Räteregierung ein Erfolg wird. Du wirst doch jetzt nicht den Mut sinken lassen. Ein stolzer Revolutionär wie du."

Er hob den Blick und sah sie an. In seinen Augen lag Überraschung. Aber auch etwas anderes. Er legte ihr die Hand in den Nacken und küsste sie. Der Kuss war voller Leidenschaft. Sie öffnete leicht ihre Lippen und ließ es zu, dass er mit seiner Zunge nach der ihren suchte. Sie umspielten einander, dann spürte sie seine Hände auf ihrem Körper. Sie fuhren langsam ihren Rücken hinab. Eine Gänsehaut folgte seinen Berührungen. An ihrem Gesäß hielt er inne, und zog sie zu sich heran, bis sie auf seinem Schoß zu sitzen kam. Sie öffnete den obersten Knopf seines Hemdes und strich mit der Fingerspitze über die feste Muskulatur in seinem Brustkorb. Er stöhnte leise auf.

„Lass uns lieber in meine Kammer gehen", sagte er mit kratziger Stimme.

***

„Sie können die Scheinwerfer jetzt wieder anschalten", sagte der General. Hermanns Chauffeur tat, wie ihm geheißen wurde. Die Lichter flammten auf und zeigten eine verlassene Landstraße, die einen Hügel hinunter führte. In der Ferne war ein einzelnes Gebäude zu erkennen. Die Fenster im Erdgeschoss waren erleuchtet. Hermann gähnte. Er war müde und fröstelte. Sein zukünftiger Schwiegervater hatte ihn in aller Herrgottsfrüh aus dem Schlaf geklingelt und ihn aufgefordert, ihn auf eine geheime Mission zu begleiten.

„Ist es das?", fragte Hermann.

„Ja, das ist der Treffpunkt", erwiderte der General.

Fünf Minuten später hatten sie das Haus erreicht. Es handelte sich um das Wohngebäude eines Bauernhofs etwa dreißig Kilometer nördlich von München am

Rande der Hallertau, eines großen Hopfenanbaugebietes. Der Ort war vorausschauend gewählt worden, denn er war von Hopfenfeldern umgeben. Da diese Pflanze an hohen Stangen wuchs, bildeten diese eine natürliche Mauer, die das Gebäude nach allen Seiten umgab und es gegen neugierige Blicke abschirmte. Der Chauffeur bog in die Zufahrt zu dem Gehöft ein. Vor dem Wohngebäude hielt er an, Hermann ließ General von Steinbeiß den Vortritt und stieg dann selbst aus. Aus dem Haus traten zwei Männer auf sie zu. Sie trugen Anzüge und waren offenbar keine Militärs.

„Herr General", sagte der eine der Männer, in dessen kreisrunden Brillengläsern sich Herrmanns Gesicht spiegelte. „Schön, dass Sie es einrichten konnten."

„Aber natürlich, Herr Minister Schneppenhorst. Es ist meine Pflicht als Bürger dieses Landes, meine gewählte Regierung zu verteidigen."

Hermann unterdrückte ein Grunzen. Er wusste gut genug, dass der General für die gewählte Regierung wenig Sympathien hegte. Aber diese war vor nicht einmal 24 Stunden von einer Räterepublik vertrieben worden und den Bolschewismus verachtete von Steinbeiß noch viel heftiger als eine parlamentarische Demokratie. Der General stellte Hermann dem Verteidigungsminister und seinem Staatssekretär vor.

„Lassen Sie uns hineingehen!", sagte Schneppenhorst. Er führte sie in eine sehr rustikal eingerichtete Bauernstube. Ein großer Kachelofen spendete Wärme. Sie nahmen an einer Eckbank Platz, die um einen Herrgottswinkel gruppiert war.

„Also, was kann ich für Sie tun", fragte der General.

„Der Ministerpräsident hat beschlossen, den Regierungssitz zunächst einmal aus der Hauptstadt zu verlegen, nachdem es dort wegen dieser der sogenannten Räterepublik zu Unruhen gekommen war und die Sicherheit nicht mehr gewährleistet werden konnte“, sagte der Minister. „Das bedeutet aber nicht, dass die Regierung der Gewalt gewichen wäre oder dass sie daran denkt, diese Räterepublik anzuerkennen. Ganz im Gegenteil. Uns geht es darum, Kräfte zu sammeln, um die Bolschewisten ein für alle Mal zu vertreiben.“

„Und einen Teil dieser Kräfte sollen wir beisteuern?“, fragte von Steinbeiß.

Der Staatssekretär nickte. „Sie sind gut vernetzt in der Stadt. Wir brauchen jemanden, der dort den Widerstand koordiniert. Die Räterepublik darf kein Erfolg werden. Die Münchener sollen sich keinesfalls daran gewöhnen.“

„Sie erwarten von uns, dass wir die Räte bei der Ausübung ihrer Regierungsgeschäfte stören?“, fragte Hermann.

„Wie weit Sie gehen, liegt in Ihrem Ermessen“, sagte Schneppenhorst. „Sie müssen natürlich vorsichtig sein. Es ist ein heikles Geschäft. Die Stimmung sollte sich eindeutig gegen die Räterepublik wenden und immer mehr zu unseren Gunsten kippen. Aber wenn Sie das zu sehr forcieren, könnten die Bolschewisten es so darstellen, dass wir versuchen, sie zu sabotieren. Das könnte das Gegenteil von dem bewirken, was wir erreichen wollen.“

„Ich möchte Ihnen einen anderen Vorschlag unterbreiten“, sagte der General. „Was halten Sie davon, wenn wir versuchen, die Bolschewisten zu infiltrieren?

Dieser Landauer scheint mir sehr naiv zu sein. Er hat sogenannte Experten in sein Kabinett berufen, die abenteuerliche Vorstellungen davon haben, wie man ein Land regieren soll. Aber genau diese Naivität bietet uns die Chance, dass wir unsere Leute in entscheidende Positionen setzen und die Räterepublik von innen heraus zum Einsturz bringen können."

„Heißt das, dass Sie die Regierungstätigkeit sabotieren wollen?", fragte der Minister.

„Und wir werden jeden Schritt der Räteregierung im Voraus kennen. Diese Informationen werden wir an Sie weitergeben. Sie haben schon recht. Es ist ein gewagtes Spiel und das Risiko besteht, dass die Stimmung zu unseren Ungunsten kippt, wenn wir das zu sehr forcieren. Deshalb müssen wir die Räte unpopulär machen und dann im richtigen Moment zuschlagen. Ich kann Ihnen anbieten, Sie über die Pläne und Vorhaben der Bolschewisten auf dem Laufenden zu halten und gleichzeitig deren wahrscheinlich ohnehin stümperhafte Regierungsversuche zu sabotieren."

Die beiden Politiker sahen sich an. Dann nickte der Verteidigungsminister. Er streckte von Steinbeiß die Hand entgegen. Dieser schüttelte sie.

„Dann ist es abgemacht. Sie koordinieren den Widerstand in München und halten uns auf dem Laufenden."

Als sie draußen im Auto saßen, atmete Hermann tief durch. In was hatte ihn sein zukünftiger Schwiegervater da nur hineingezogen?

„Das ist doch besser gelaufen, als ich erhofft hätte", sagte der General.

„Sie gehen ein hohes Risiko ein“, erwiderte Hermann. „Ich glaube kaum, dass diese Räte mit Spionen und Saboteuren glimpflich umgehen werden.“

Der General zuckte mit den Achseln. „Wer nicht wagt, der nicht gewinnt.“

KAPITEL 23

München, Mittwoch, 9. April 1919

Hilde war aufgeregt. Heute war ein großer Tag. Aber wahrscheinlich war sie die Einzige in ihrer Klasse, die das so sah. Ihre Mitschülerinnen wirkten eher genervt, es gab sogar ein paar, die sich hatten entschuldigen lassen. Doch sie hatte sich sehr gefreut, als sie erfahren hatte, dass heute der neue bayerische Kultusminister, Gustav Landauer, der Redner, den sie damals auf dem Odeonsplatz gehört hatte, ihre Schule besuchen würde. Die Räterepublik war erst drei Tage alt, aber bereits jetzt war klar, dass die Regierung große Pläne verfolgte. Und ein Schwerpunkt sollte die Bildungspolitik sein, etwas, was Landauer sehr am Herzen lag.

Die Schulleitung hatte eine erstaunliche Flexibilität bewiesen. Noch vor einem halben Jahr hatte der Unterricht jeden Morgen mit einem Gebet für das Wohlergehen des Königs und der bayerischen Soldaten im Felde begonnen. Dieses war bereits am Tag nach der Revolution abgeschafft worden und seitdem hatte die Schulleiterin versucht, sich mit den sich rasch veränderten Umständen zu arrangieren.

Nun waren sie alle in der Aula versammelt. Die Lehrerinnen und Lehrer standen in der ersten Reihe, die Schülerinnen hatten dahinter Aufstellung genommen. Als Landauer und sein Gefolge eintrafen, stimmte der

Schulchor das *Heidenröslein* von Goethe an. Hilde schien der Text des Liedes seltsam unpassend. Es ging um einen Jüngling, der ein Mädchen verführte. Zumindest, wenn man die tiefere Bedeutung der Worte verstand, was sie den wenigsten ihrer Mitschülerinnen, aber auch den meisten Lehrerinnen nicht zutraute. Als das Lied zu Ende war, klatschten Landauer und die beiden befrackten Staatssekretäre sowie die fünf Soldaten, die sich in seiner Begleitung befanden.

„Vielen lieben Dank", sagte er. „Ich grüße Sie alle und freue mich, dass Sie Goethe ausgewählt haben, um mich willkommen zu heißen. Es ist schön, an einem Ort zu verweilen, der sich der Vermittlung von Wissen an Mädchen verschrieben hat. Viel zu lange war die Bildung ein Privileg der Männer. Doch warum sollte sie das sein? Was macht einen Mann wertvoller als eine Frau? Was macht ihn intelligenter? Nichts. Wir alle sind gleich. Wir werden geboren, wir leben, wir eignen uns Wissen an. Und irgendwann sterben wir. Manchen wird Reichtum in die Wiege gelegt. Die haben es einfacher. Und diejenigen, die in ärmeren Verhältnissen aufgewachsen sind, die müssen sich strecken und anstrengen, damit sie durch den Erwerb von Wissen ausgleichen, was ihre Herkunft ihnen als Steine in den Weg gelegt hat. Und aus diesem Grund ist es wichtig, dass wir Bildung fördern. Bildung für jedermann und für jede Frau. Das habe ich mir auf die Fahnen geschrieben und dafür trete ich ein."

Eine kurze Pause entstand, ehe die Anwesenden begriffen, dass die Rede zu Ende war. Die Schulleiterin applaudierte und Kollegium und Schülerinnen schlossen sich an. Hilde klatschte besonders stark. Landauers

Worte hatten sie beeindruckt. Sie waren schmucklos und einfach gewählt, aber die Botschaft hatte ihr aus dem Herzen gesprochen. Diese Revolution war es, wofür es sich zu kämpfen lohnte. Und noch etwas hatte die Rede ausgezeichnet. Ihr optimistischer Grundton, der Hildes Zukunftssorgen linderte wie wohltuender Balsam.

Landauer unterhielt sich eine Weile mit der Schulleiterin, dann winkte er den Schülerinnen zu und war wieder verschwunden.

„Offenbar fehlt der Regierung das Geld, dass sie sich Seife kaufen können", sagte Antonie. „Ich bin froh, dass ich nicht neben dem Mann stehen musste. Der hat sicher furchtbar gestunken."

Ihre Mitschülerinnen kicherten. Hilde spürte, wie der Zorn in ihr wuchs.

„Du hättest ihm vielleicht einmal zuhören sollen, dann würdest du so etwas nicht sagen", sagte sie.

Antonie lachte. „Ach so? Warum denn? Es reicht doch, ihn anzuschauen. Es sieht aus wie ein obdachloser Landstreicher."

„Er hat davon gesprochen, dass wir alle gleiche Chancen haben sollen. Hast überhaupt verstanden, was er damit gemeint hat? Das Aussehen ist unwichtig. Es geht um die inneren Werte."

Antonie schmunzelte. „Ich glaube nicht, dass dir das Aussehen so gleichgültig ist. Triffst du dich nicht heimlich mit einem schicken Soldaten?"

Hilde spürte, wie ihr die Farbe ins Gesicht schoss. Woher wusste sie das?

Nach der Schule eilte sie sofort zur Kaserne. Sie traf Paul in seinem Zimmer an. Nachdem sie sich geliebt hatten, lagen sie nebeneinander im Bett. Sie berichtete ihm von Landauers Besuch in der Schule.

Er schnaubte. „Diese verdammten Idealisten", sagte er. „Landauer glaubt, mit Bildung allein könne sich alles zum Guten wenden. Wenn es nach ihm ginge, würden wir auch auf eine Armee verzichten."

„Wäre das der Schlechteste?", fragte Hilde. „Eine Welt ohne Krieg. Immerwährender Frieden. Freiheit, Gleichheit für alle."

Paul lachte bitter. „Wenn alle das wollen würden, dann wäre das machbar. Aber es reicht schon, wenn sich einer dagegen stellt und sich mehr nimmt, weil er glaubt, dass es ihm zusteht. Deshalb wird das so nicht funktionieren. Es muss ein System geschaffen werden, das Gleichheit voraussetzt. Und das kann nur der Bolschewismus."

Hilde schluckte. Landauers Vision hatte sie sehr beeindruckt. Dass Paul sie nun so einfach vom Tisch wischte, machte sie traurig. Sie schmiegte sich an ihn und er legte den Arm um sie.

„Ich wünschte, es könnte immer so sein", sagte sie. „Ich und du. Du und ich zusammen in dieser stillen Kammer. Und alles, was draußen geschieht, zieht an uns vorüber."

Er lachte leise. „Ich bin niemand, den man in einem Zimmer einsperren kann. Freiheit. Das ist das Wichtigste."

So hatte sie das nicht gemeint. Hatte er sie falsch verstanden? Ein Kloß bildete sich in ihrem Hals. Sie kuschelte sich noch enger an Paul und er küsste sie auf die Stirn.

***

Hermann rieb sich die Hände. Sie waren feucht und seine Rechte zitterte ein wenig. Sein Mund war trocken. Er wünschte sich nichts mehr, als einen Cognac.

„Wie steht Ihre Mutter zu unserer Verbindung?“, fragte Friederike. Sie saß im Fond des Wagens neben ihm. Das Gefährt ratterte über das Kopfsteinpflaster. Es war nicht mehr weit. Bald würden sie vor der Villa Halt machen.

„Meine Mutter ist ein praktisch veranlagter Mensch. Sie sieht den Vorteil, den unsere Verbindung bietet.“

„Dann scheint sie dazugelernt zu haben“, sagte Friederike. „Wie man hört, war sie in ihrer Jugend weit weniger rational.“

Hermann spürte, wie der Ärger wieder in ihm aufwallte. Warum redete sie so über seine Mutter? Andererseits hatte sie ja nicht unrecht. Ehe er etwas erwidern konnte, hielt der Wagen. Der Chauffeur öffnete die Tür. Hermann stieg aus und half dann Friederike. Diese sah an der Villa empor und stieß einen leisen Pfiff aus. „Schön hat sie es hier.“

Er reichte ihr den Arm und sie hakte sich ein. Gemeinsam schritten sie durch den Vorgarten. Die Tür stand bereits offen und als sie eintraten, sah er seine Mutter in der Mitte des Flurs neben den afrikanischen Skulpturen stehen.

„Fräulein von Steinbeiß“, sagte sie, trat auf sie zu und streckte Friederike beide Hände entgegen. Diese zögerte kurz, dann schlug sie ein und die beiden schüttelten sich auf etwas umständliche Weise alle vier Hände.

„Schön, Sie in meinem Haus begrüßen zu können", sagte Elsa. Der Bedienstete half ihnen dabei, die Mäntel abzulegen, dann folgten sie Hermanns Mutter in den Salon. Dieses Mal hatte sie an nichts gespart. Der Tisch war reich gedeckt. Nachdem Friederike auch seine Schwester begrüßt hatte, nahmen sie Platz.

„Ich hoffe, Karpfen ist in Ordnung", sagte Elsa. „Es war mal wieder unmöglich, einen Braten aufzutreiben."

„Wo hast du denn den Fisch her?", fragte Hermann.

Elsa schmunzelte. „Ich habe meine Quellen."

„Und was für eine Quelle", sagte Hilde. „Johann von Linden. Der Mann könnte einen Feinkostladen betreiben."

Sie lachten. Friederike schloss sich ihnen nicht an. Hermann konnte es ihr nicht verübeln. Wahrscheinlich hatte sie nicht verstanden, dass es sich hierbei um einen kleinen Scherz handelte. „Johann von Linden kennt alles und jeden", erklärte Hermann. „Er hat meiner Mutter und meiner Tante in den Kriegszeiten oft aushelfen können."

„Ich habe den Namen schon gehört", sagte Friederike kühl. „Aber Herr von Linden und ich verkehren nicht in denselben Kreisen."

Die Atmosphäre bei Tisch war mit einem Mal getrübt. Elsa klatschte in die Hände und die Bediensteten trugen einen erstaunlich großen Karpfen auf, zusammen mit Kartoffeln und Salat. Sie aßen schweigend.

Als sie fertig waren, fragte Elsa: „Ihr Vater ist eine der engagiertesten Stimmen für die Belange des Heeres, nicht wahr?"

Friederike musterte sie einen Moment. Hermann hielt den Atem an. Er kannte seine Verlobte inzwischen. Sie war scharfzüngig. Und das konnte manchmal verletzend sein.

„Ja. Wie man hört, planen die Alliierten unsere Armee drastisch zu reduzieren. Aber mein Vater denkt nicht daran, aufzugeben. Der Kampf ist noch nicht vorbei.“

„Fürs Erste haben wir einen Waffenstillstand. Und wie diese Friedensverhandlungen enden werden, wird sich zeigen“, sagte Elsa. Friederike wollte etwas erwidern, aber Elsa hob rasch das Glas. „Nun freue ich mich erst einmal, Sie in meinem Haus begrüßen zu dürfen. Wie ich höre, hat Ihnen mein Sohn eine wichtige Frage gestellt und Sie haben in seinem Sinn geantwortet“, sagte sie schmunzelnd.

Von dieser unerwarteten Charmeoffensive war seine Verlobte ganz offenbar überrumpelt.

„Ja, wir haben uns verlobt.“ Sie sah Hermann an. Dann fuhr sie fort: „Und ich bin sehr froh, einen so eindrucksvollen und stattlichen Mann gefunden zu haben, der sein Leben mit mir verbringen will.“

Es war nicht der Inhalt der Worte, der Hermann durch Mark und Bein ging. Es war die Kälte, in der sie gesprochen waren. Hatte seine Mutter vielleicht doch recht gehabt. Da war keine Liebe, da war nichts Positives zwischen ihnen. Es war eine reine Zweckbeziehung. Konnte das wirklich funktionieren? Oder hatte er sich selbst in eine Gefängniszelle gesperrt und war nun dabei, den Schlüssel wegzuwerfen?

„Sie haben das Abitur abgelegt?“, fragte Hilde.

„Mein Vater erachtete es als wichtig, dass ich eine klassische Bildung erhalten sollte. An der Seite meines

Mannes werde ich repräsentieren. Gerade wenn ich einen Bankier heirate, muss ich in der Lage sein, Gesprächen auf hohem Niveau folgen zu können. Da schien es mir wichtig, das Abitur zu machen. Auch wenn das für eine Frau im Grunde genommen unnötig ist."

Hermann sah, dass Hilde und Elsa einen Blick wechselten.

„Auch wenn es nicht nötig ist, werde ich dieses Jahr mein Abitur machen. Aber ich weiß noch nicht, was ich damit anfangen werde. Vielleicht finde ich auch einen Mann, dem es nützt. Aber viel lieber mache ich selbst etwas aus mir."

Auf dem Gesicht seiner Mutter erschien ein verschmitztes Lächeln. Friederike ignorierte die kleine Spitze.

„Dann wünsche ich Ihnen, dass Ihnen noch der richtige Mann begegnet, an dem Sie Ihre Talente nicht verschwenden", sagte sie. Die Temperatur am Tisch sank wieder. Und einmal mehr war es Elsa, die die Situation rettete. Sie klatschte in die Hände und die Bediensteten trugen Schüsseln auf.

„Eine Überraschung habe ich noch", sagte sie. „Dank Herrn von Linden haben wir zum Nachtisch richtiges Speiseeis."

Kapitel 24

München, Montag, 14. April 1919

Hilde hatte das Gefühl, in einer sich wiederholenden Zeitschleife gefangen zu sein. Sie saßen im Deutschunterricht. Es war nur eine Woche her, dass sie über *Wilhelm Tell* hatten sprechen wollen, ehe sie durch den Mob draußen vor den Fenstern von der Ausrufung der Räterepublik erfahren hatten. Nun behandelten sie die *Jungfrau von Orléans*. Und wieder dröhnte der Lärm von der Straße herein. Die Frau Oberlehrerin verzog das Gesicht.

„Wollen Sie bitte das Fenster schließen", sagte sie an Edith gewandt. „Es scheint langsam zur Gewohnheit zu werden, dass die Herren Revolutionäre unseren Unterricht stören."

Doch die Rufe fanden auch bei geschlossenen Scheiben ihren Weg in das Klassenzimmer: „Das bolschewistische Bayern hat gesiegt!"

Hilde erstarrte. Sie wusste, was das zu bedeuten hatte. Ihre Mitschülerinnen schienen wenig beeindruckt. Warum auch? Für sie änderte sich wahrscheinlich nichts. Sie lehnten die Räterepublik ab, egal ob sie von Anarchisten oder den Kommunisten geführt wurde. Aber die Parole deutete an, dass es wieder einen Machtwechsel gegeben hatte. Und diese Entwicklung bereitete Hilde große Sorgen.

Sie meldete sich. „Entschuldigung, Frau Oberlehrerin", sagte sie.

Die Lehrerin sah sie mit zusammengekniffenen Augen an. „Ich gehe einmal davon aus, dass du nichts Sinnvolles zur *Jungfrau von Orléans* beitragen willst?"

Hilde schüttelte den Kopf. „Ich habe sehr stark meine Menses. Nun sind mir die Binden ausgegangen. Dürfte ich wohl nach Hause gehen. Ich habe zudem starke Krämpfe."

„Die Jugend von heute", sagte die Frau Oberlehrerin. „Du hast deine Menses jeden Monat, deshalb heißen sie so. Daran solltest du dich inzwischen gewöhnt haben. Aber gut, ich will ja nicht so sein. Ab mit dir."

Hilde eilte aus dem Zimmer. In einem Punkt hatte sie nicht gelogen. Ihr Bauch hatte sich zusammengekrampft. Sie musste erfahren, was geschehen war und eilte aus dem Schulhaus und in Richtung der Kaserne. Doch Paul war nicht da. Vom Wachhabenden erfuhr sie, dass er sich zum Hauptbahnhof begeben hatte, wo ein reaktionärer Umsturzversuch vereitelt worden war. Hilde rannte durch die halbe Stadt. Überall kamen ihr Menschengruppen entgegen. Es waren vor allem Männer, Arbeiter und Soldaten, die rote Fahnen schwenkten. Am Stachus hielt sie einen der Passanten an und fragte, was denn geschehen sei.

„Die Kommunisten haben gestern die Macht übernommen und die Anarchisten in die Wüste gejagt. Levien hat die bolschewistische Räterepublik ausgerufen. Die Diktatur des Proletariats hat begonnen."

Er schwenkte die rote Fahne, die er mit sich trug, wild hin und her und ging weiter. Hilde sah sich in ihren schlimmsten Befürchtungen bestätigt. Die Diktatur des

Proletariats. Der Begriff war lange nur etwas Theoretisches gewesen. Etwas, das Marx in seinen Schriften gefordert hatte, eine Redewendung, eine Phrase, die sozialistische Politiker seit vielen Jahren verwendet hatten, stets belächelt von ihren Gegnern, die sich sicher waren, dass es nie dazu kommen würde. Aber im vergangenen Jahr hatte es in Russland eine Revolution gegeben und danach war das Proletariat zum Diktator aufgestiegen mit schrecklichen Folgen. Nun war das wohl auch in München der Fall. Sie erreichte den Bahnhofsvorplatz. Paul stand mitten auf der Straße und unterhielt sich angeregt mit zwei Soldaten. Als er sie kommen sah, winkte er ihr zu. Sein Gesicht strahlte vor Freude. Er sah so strahlend aus, so jung.

„Schön, dass du da bist!", rief er. Er trat auf sie zu, umarmte sie und küsste sie in aller Öffentlichkeit. Sie erwiderte den Kuss und doch war es mehr Traurigkeit als Liebe, die sie in diesem Augenblick durchströmte.

„Du hast es schon gehört, oder? Wir haben die Putschisten im Hauptbahnhof zurückgeschlagen und die Revolution hat begonnen. Die Diktatur des Proletariats ist da. Bayern ist nun der dritte bolschewistische Staat. Wir tragen die Fackel der Freiheit weiter. Bald werden die anderen Länder kippen. Und von Deutschland aus wird sich die Internationale in die ganze Welt verbreiten. Der Kommunismus wird siegen. Und wir werden endlich alle gleich und frei sein."

„Was ist mit der alten Regierung?", fragte sie.

Paul winkte ab. „Diese Suppenkasper um Landauer? Die sind abgesetzt und werden nie wieder ein öffentliches Amt bekleiden. Diese Stümper hätten beinahe alles verdorben."

„Und was geschieht jetzt?", fragte Hilde.

„Jetzt werden wir dieses Land umformen. Die Partei hat bereits Instruktionen an alle Räte in Bayern verteilt. Wir werden die Sozialisierung umsetzen, damit die Leute sehen, dass wir es ernst meinen. Wir werden Wohnraum und Fabriken beschlagnahmen. Alles wird Gemeinschaftseigentum. Und wir werden eine schlagkräftige Rote Armee aufstellen, um die Reaktionäre abzuwehren, die ganz sicher versuchen werden, uns zu stürzen."

„Das wird einen Bürgerkrieg geben", sagte Hilde. Sie schlug sich eine Hand vor den Mund.

„Ja, das ist wahrscheinlich", erwiderte Paul ungerührt. „Und es ist notwendig. Wir müssen die Reaktionäre besiegen. Wenn wir sie mit Worten hätten überzeugen können, dann hätten wir keine Revolution gebraucht. Dann hätten wir schon lange vor dem Krieg den Kaiser in die Wüste gejagt. Es hat den großen Krieg gebraucht, bis die Gesellschaft erkannt hat, dass es so nicht weitergehen kann. Nun wird es wohl eines Bürgerkriegs bedürfen, bis alle erkennen, dass der Kommunismus der einzige Weg ist, den wir gehen können."

„Das ist falsch!", rief Hilde. „Krieg ist immer falsch!"

„Dieser Krieg nicht. Du wirst sehen, wir werden siegreich daraus hervorgehen. Und die Welt wird eine andere, eine bessere sein." Paul breitete die Arme aus. Doch sie schüttelte den Kopf.

„Die Welt wird keine bessere sein. Sie wird nur immer schlimmer werden. Tod und Leid. Wo soll das nur hinführen?" Sie wandte sich um und ging davon. Sie hörte, dass Paul ihr etwas nachrief, aber sie beschleunigte nur ihre Schritte.

Hermann sah in den Spiegel. Der Frack stand ihm ausgezeichnet. Aber es wäre ihm lieber gewesen, wenn er seinen Hausrock hätte tragen und es sich mit einem Glas Cognac oder seiner Klarinette im Salon gemütlich hätte machen können. Der Chauffeur wartete draußen. Hermann nannte ihm die Adresse und eine Viertelstunde später parkten sie vor dem Haus des Generals. Auf dem Weg waren sie noch an einigen an grölenden und Fahnen schwenkenden Arbeitern vorbeigefahren, aber die Siegesfeiern der Bolschewisten schienen sich mehr und mehr in die Bierkeller zu verlagern. Er klopfte und Friederike trat aus der Tür. Sie trug wieder das dunkelblaue Kleid, das so gut zu ihren Augen passte. Er küsst ihr die Hand und sie lächelte ihm zu.

„Sind Sie auch schon so aufgeregt?", fragte sie. „Einen Redner von diesem Kaliber werden Sie nicht alle Tage hören können."

Hermann strengte sich an, das Lächeln zu erwidern. „Ich muss gestehen, dass ich mich mit der Thematik nicht sonderlich auskenne und deshalb auch nicht beurteilen kann, ob der Redner nun ein ausgemachter Experte in dem Feld ist oder nicht. Aber ich bin gerne bereit, mich überraschen zu lassen."

„Sie werden wirklich einmal einen guten Ehemann abgeben", sagte Friederike. „Sie wissen, was Sie in Situationen antworten müssen, in denen Sie lieber woanders wären. Ich rechne es Ihnen hoch an, dass Sie mich heute Abend begleiten. Und dass Sie sich in der Öffentlichkeit mit mir zeigen."

„Wir sind verlobt. Das darf auch jeder erfahren." Er führte sie zum Automobil.

„Was halten Sie denn von den aktuellen Entwicklungen in der Stadt?", fragte er, als der Wagen sich in Bewegung setzte.

„Landauer und seine Anarchisten wären mir als Gegner lieber gewesen. In ihrer Naivität waren sie berechenbar. Die Bolschewisten sind gerissener. Und skrupelloser. Es wird nun wohl nicht mehr ohne Blutvergießen enden können. Aber dann soll es eben so sein."

Hermann spürte, wie angesichts dieser ohne jedes Mitgefühl für die zu erwartenden Opfer dahingesagten Worte ein eiskalter Schauer seinen Rücken hinab lief.

Sie hatten das Hotel *Vier Jahreszeiten* erreicht. Der Chauffeur öffnete die Tür. Hermann stieg aus und bot Friederike den Arm an. Gemeinsam traten sie ins Foyer. Der Vortrag fand in dem altbekannten Raum statt, in dem General von Steinbeiß seine Soireen abhielt. Heute war bestuhlt worden und auf der kleinen Bühne stand ein Podium.

„Sehen Sie, dort ist er, Dr. Plötz, der Gründer der Deutschen Gesellschaft für Rassenhygiene."

Friederike deutete auf einen weißbärtigen Mann. Er unterhielt sich angeregt mit zwei Unternehmern, die Hermann erst kürzlich als Neukunden für seine Bank geworben hatte. Ein Gong ertönte. Rudolf von Sebottendorf, der Vorsitzende der Thulegesellschaft, einer Organisation, der sowohl der General als auch seine Tochter nahestanden und die diese Veranstaltung organisiert hatte, erhob sich.

„Es freut mich sehr, Sie alle zu diesem Vortragsabend begrüßen zu können", sagte von Sebottendorf. „Wir sind geehrt, dass wir heute Herrn Dr. Plötz begrüßen können. Einen ausgewiesenen Experten auf dem Gebiet der Rassenkunde."

Hermann sah Friederike an. Ihr Blick war auf den Gelehrten gerichtet. Ihre Augen glänzten. Was war an diesem Mann, das sie so in seinen Bann schlug? Plötz begann mit leiser Stimme seinen Vortrag.

„Im Laufe meines langen Forscherlebens habe ich mich intensiv mit dem Ursprung der arischen Rasse beschäftigt. Wie Sie wissen, stammt diese ursprünglich aus Indien, wurde aber vor Jahrtausenden von dort vertrieben. In den waldreichen Ländern des späteren Germanien fanden unsere Vorfahren Unterschlupf, Nahrung und Rohstoffe. Jahrhunderte vergingen ..."

Hermann kämpfte mit Macht darum, ein Gähnen zu unterdrücken. Der Vortragsstil des Redners war alles andere als begeisternd. Er nuschelte und schaffte es nicht, seine Zuhörer mitzureißen. Was Hermann jedoch am meisten missfiel, war seine Argumentation. Letztendlich lief es darauf hinaus, dass die arische Rasse allen anderen überlegen war. Schon die romanische Rasse, worunter von Plötz die Italiener, die Franzosen und die Spanier zählte, seien ein Rückschritt in der Entwicklung gewesen. Die Engländer hätten sich so früh von den kontinentaleuropäischen Germanen abgespalten, dass auch sie durch den verderblichen Einfluss der Franzosen verwässert worden seien. So blieb es die Aufgabe der Deutschen, der Norwegern, der Schweden und der Finnen, das nordisch-germanische Blut reinzuhalten.

Nun kam Plötz auf den Kern seiner Botschaft zu sprechen. Er redete über die Juden. Diese seien an allen

Übeln der letzten Jahrhunderte schuld. Sie hätten die Brunnen vergiftet, die Pest verbreitet, die Französische Revolution verschuldet und seien auch für die Niederlage des Heeres und die bolschewistischen Umsturzversuche verantwortlich. Sie würden versuchen, das reine, nordisch-germanische Blut zu verwässern. Die jüdische Rasse bestehe aus Krämern. Es gehe ihnen nur um den Profit. Sie seien die Gründer des Bankenwesens, die Verderber des Westens. Sie müssten ausgelöscht werden.

Hermann wurde zunehmend unbehaglich zumute. Zum einen war er selbst Bankier. Auch er nahm Zinsen, auch er war auf Profit aus. Warum war er dann kein Verderber des Westens? Warum sollte man ihn dann nicht ebenso auslöschen? Zum anderen hatten in seiner Kompanie viele jüdische Soldaten gedient, die sich mit großem Einsatz und Mut an der Front ausgezeichnet hatten, und ebenso gestorben oder verletzt worden waren wie ihre nichtjüdischen Kameraden. Diesen Menschen die Schuld an Deutschlands Niederlage zuzuschieben, war absurd.

Als der Vortrag endete, brandete begeisterter Applaus auf. Hermann und Friederike erhoben sich und gingen zu den Stehtischchen, auf denen Sektgläser bereitstanden. Friederikes Wangen glühten.

„Das war doch großartig, oder?", fragte sie, ein wenig außer Atem. Hermann kniff die Augen zusammen. Er hatte noch nie erlebt, dass sie wirklich von etwas begeistert gewesen wäre. Er hatte geglaubt, dass ihr Herz zu kalt für starke Gefühle war, aber nun schien sie Feuer gefangen zu haben.

„Ich weiß nicht, aber ich finde es ein wenig einfach, den Juden die Schuld für alles zu geben“, sagte er.

Friederike runzelte die Stirn. „Sie hatten wohl noch nie mit Juden zu tun?“

Er schüttelte den Kopf. „Ganz im Gegenteil. In meiner Kompanie haben viele Juden gedient und sie gehörten zu den tapfersten Soldaten im Felde.“ Auf Friederikes Lippen erschien ein höhnisches Lächeln. „Da sind Sie den Juden und ihren Lügen ja ganz schön auf den Leim gegangen. Aber Sie werden schon noch erkennen, welche Gefahr von diesen Untermenschen ausgeht. Dafür werde ich sorgen, wenn wir erst Mann und Frau sind.“

KAPITEL 25

Hermann saß in seinem Büro in der Bank und las die Zeitung. Es war schon eine verrückte Welt. Noch immer schwebte das Gespenst der Sozialisierung über den Köpfen der Münchener. Wenn die Räterepublik weiter bestand, würde er damit rechnen müssen, dass seine Bank enteignet wurde. Doch das wäre wohl nur der erste Schritt. Da nach der Rückkehr Tausender Soldaten der Wohnraum knapp war, hatten die Bolschewisten erwogen, dass Häuser und Wohnungen beschlagnahmt werden konnten. Als erste würde es die Adligen in ihren Palästen treffen. Ob man Dutzend Familien im Lampeck'schen Palais einquartieren würde? Platz hatte er wohl.

Es klopfte an die Tür. Der Sekretär trat ein.

„Jemand möchte Sie sprechen. Ein General von Steinbeiß."

Hermann legte die Zeitung beiseite. Was wollte sein Schwiegervater in spe von ihm?

„Führen Sie ihn herein", sagte er.

Schon als der General eintrat, sah Hermann, dass etwas nicht in Ordnung war. Der Offizier hatte die Lippen fest aufeinander gekniffen. Die Falten in seinem Gesicht waren noch tiefer als sonst. Und auf seiner Stirn standen kleine Schweißtröpfchen.

„Sie haben Friederike festgenommen“, sagte er.

„Friederike? Was hat sie getan? Und wer hat sie festgenommen?“

„Die verdammten Bolschewisten natürlich!“, schrie der General. Er schlug mit der Faust so kräftig auf Hermanns Schreibtisch, dass der Brieföffner zur Seite fiel und auf den Boden knallte.

„Die Bolschewisten? Aber warum? Was hat sie getan?“

„Sie hat sich für unsere Sache eingesetzt. Aber leider war sie wohl zu unvorsichtig“, sagte der General. „Sie hatte sich in ein Parteibüro der USPD geschlichen und dort zwei Stempel mitgehen lassen, mit denen wir offizielle Verlautbarungen hätten fälschen können. Doch offenbar wurde sie ertappt und jetzt sitzt sie im Gefängnis.“

Das waren furchtbare Nachrichten. „Ich kenne jemanden bei den Sozialisten. Ein Gefreiter meiner früheren Kompanie. Ich werde ihn aufsuchen. Vielleicht kann er helfen.“

Zehn Minuten später war er auf dem Weg zur Türkenkaserne. Als sein Wagen um die Ecke bog, war ihm, als ob er Hilde gesehen hätte. Er wandte sich um, aber die junge Frau war bereits in der nächsten Straße verschwunden. Der Anblick versetzte ihm einen Stich ins Herz. Traf sie sich etwa noch immer mit Paul? Der Chauffeur hielt vor dem Tor der Kaserne. Ein Wachtposten stand in lässiger Haltung am Eingang. Er musterte Hermann mit einem verschmitzten Grinsen.

„Ohne die Uniform sehen Sie weit weniger ehrfurchtgebietend aus“, sagte der Mann.

Hermann sah ihn sich genauer an. Er kannte das Gesicht. Wahrscheinlich hatte der Kerl einmal unter ihm gedient. „Ich muss mit Paul Ludwig sprechen", sagte er.

„Es ist in seinem Quartier. Erster Stock, drittes Zimmer rechts. Sie haben Glück, Damenbesuch hat er heute keinen."

Hermann ging die Treppe hinauf in den ersten Stock und fand die dritte Tür offen stehend. Der Raum war klein, in der Ecke stand ein Bett. Darauf lag ein blauer Schal, so einen hatte er schon einmal bei Hilde gesehen. Wieder spürte er einen Stich im Herzen, doch er schob ihn beiseite. Paul saß auf einem Schemel an einem Schreibtisch. Er sah seinen Besucher fragend an.

„Herr von Lampeck", sagte Paul. „Was verschafft mir die Ehre?" Er erhob sich, trat auf Hermann zu und streckte ihm die Hand entgegen. Er schüttelte sie.

„Eine unerfreuliche Geschichte", sagte Hermann. „Es geht um meine Verlobte. Sie wurde heute festgenommen. Man wirft ihr vor, zwei Stempel aus der Zentrale der USPD gestohlen zu haben."

Paul legte den Kopf schief. Eine einzelne Locke hing ihm über die Stirn. Hermann schluckte. Es war ein atemberaubender Anblick. Der Gefreite sah wie eine der griechischen Götterskulpturen in der Glyptothek aus. Er schob den Gedanken beiseite.

„Warum sollte Ihre Verlobte zwei Stempel aus der Zentrale der USPD stehlen?", fragte er.

„Das habe ich mich auch gefragt", sagte Hermann. „Ich habe mit einer ihrer Freundinnen gesprochen", fügte er hinzu, in der Hoffnung, dass er die Geschichte, die er sich zusammen mit Friederikes Vater ausgedacht hatte, glaubhaft vermitteln konnte. „Die hat mir gesagt, dass es sich wohl um eine Art Mutprobe gehandelt haben soll. Sie wissen ja, wie Frauen sind. Die langweilen sich schnell, wenn sie nichts zu tun haben. Auf jeden Fall ist diese Mutprobe wohl ziemlich missglückt."

Wieder legte Paul den Kopf schief, eine Geste, die ihm fabelhaft stand.

„Eine Mutprobe? So etwas ist gefährlich in diesen Tagen. Es steht mir nicht an, über Ihre Verlobte zu urteilen, da ich sie nicht kenne. Aber Sie habe ich als einen Ehrenmann kennengelernt und deshalb werde ich versuchen, Ihnen zu helfen."

Er zog seine Jacke über und gemeinsam verließen sie die Kaserne. Auf dem gut halbstündigen Fußweg zum Luitpold-Gymnasium in der Müllerstraße sprachen sie kein Wort miteinander. Hermann fühlte sich seltsam befangen. Er suchte verzweifelt nach einer Möglichkeit, ein Gespräch zu beginnen, fand aber kein Thema, über das er sich mit dem Gefreiten austauschen konnte, ohne, dass es wieder in einer Meinungsverschiedenheit zu enden drohte.

Als sie das Gymnasium erreicht hatten, bat Paul, Hermann vor der Tür zu warten. Er selbst betrat das Gebäude durch den Haupteingang. Hermann begab sich auf die gegenüberliegende Straßenseite und ging hin und her wie ein Panther in seinem Käfig. Nach einer halben Stunde öffneten sich die Türflügel des Gefängnisses und Ludwig trat heraus, gefolgt von Friederike. Hermann atmete tief durch.

„Ich bringe Ihnen Ihre Verlobte", sagte Paul. „Ich habe ihr geraten, in Zukunft auf Mutproben zu verzichten, ich weiß allerdings nicht, ob sie meinem Rat folgt, sie scheint einen sehr starken Willen zu haben", sagte er und verabschiedete sich. Hermann hatte einen Kloß im Hals, als er ihm nachsah.

Friederike macht ein sauertöpfisches Gesicht.

„Sie sind frei, was für ein Glück!"

Sie schnaubte. „Das ist kein Glück. Es hätte nie passieren dürfen. Ich habe mich zu blöd angestellt. Das ist unverzeihlich."

„Gut, dass Sie das selbst so sehen", sagte Hermann. „Ich hoffe, das ist Ihnen eine Lehre. Ich weiß nicht, ob ich Sie noch einmal befreien kann."

Sie kniff ihre Augen zusammen. „Ich glaube, Sie verstehen etwas falsch. Natürlich werde ich eine Lehre aus dem Ganzen ziehen. Beim nächsten Mal muss ich vorsichtiger sein und mich geschickter anstellen. Aber zurückhalten werde ich mich nicht. Ich werde fortfahren, bis die Sozialisten besiegt sind. Der Kampf hat gerade erst begonnen."

***

Hilde hatte unruhig geschlafen und war aus einem wirren Traum erwacht, in dem Paul die Hauptrolle gespielt hatte. Aus irgendeinem Grund hatte er im Gefängnis gesessen. Sie hatte ihn besucht und ihm die letzte Mahlzeit vor seiner Hinrichtung gebracht. Dabei hatte sie aber die Uniform einer Gefängniswärterin getragen. Sie hatte Paul angeboten, ihn zu befreien, aber er hatte lächelnd abgelehnt und gesagt, dass er nichts lieber tun würde, als für die Revolution zu sterben. Dann hatte es an die Tür geklopft und draußen hatte der Henker gewartet, der ihn mitnehmen wollte.

Von dem Klopfen war sie erwacht. Sie schlug die Augen auf, um sie herum war es dunkel. Zunächst wusste sie nicht genau, wo sie war, sie hing noch zu sehr in ihrem Traum fest und tastete nach Paul, doch er war nicht da. Dann erkannte sie, dass sie in ihrem Bett lag und dass sie nicht alles geträumt hatte. Das Klopfen hielt an. Sie stand auf und zog sich den Morgenmantel über. Dann trat sie hinaus in den Flur. Das Licht brannte. Ihre Mutter hatte sich ebenfalls in den Morgenmantel gehüllt und ging nun die Treppe hinunter. Sie hörte Stimmen von der Haustür her und erkannte den Butler, dessen Stimmlage deutlich höher klang als sonst.

„Was ist hier los?", fragte Elsa. Hilde war hinter sie getreten und sie sah, dass ein halbes Dutzend Männer sich an dem Butler vorbei in den Flur drängten. Einer von ihnen trug eine Laterne, mit der er ihrer Mutter mitten ins Gesicht leuchtete. Sie hob die Hand, um sich dagegen abzuschirmen.

„Euer Haus ist beschlagnahmt", sagte der Mann.

„Wer hat das angeordnet?", fragte Elsa. Hilde bewunderte ihre Mutter für ihren Mut. Sie ließ sich von den Eindringlingen nicht aus dem Konzept bringen und trat mit einer Autorität auf, die dazu führte, dass ihre Gegenüber plötzlich nicht mehr ganz so sicher wirkten.

„Der revolutionäre Rat. Wer sonst?", sagte der Mann, der neben dem Laternenträger stand.

„Woher hat der revolutionäre Rat das Recht, mich zu enteignen?", fragte ihre Mutter.

„Der revolutionäre Rat hat jedes Recht dazu. Ihr seid die Blutsauger, die auf unsere Kosten im Luxus leben. Doch damit ist es jetzt vorbei."

„Und diese Enteignung muss natürlich mitten in der Nacht geschehen", sagte Elsa. Nun war da das leichte Beben in ihrer Stimme, das Hilde ebenfalls so gut kannte. Sie hatte Mühe, ihre Wut im Zaum zu halten.

„Wir brauchen Wohnraum. Und zwar sofort. Da ist es egal, ob wir die Enteignung tagsüber oder nachts durchführen", sagte der Anführer des Trupps. „Aber wir wollen nicht so sein. Sie haben eine Stunde Zeit, Ihre Sachen zusammenzupacken, dann müssen Sie das Haus verlassen."

Die Männer drängten an Hilde und ihrer Mutter vorbei in Richtung Salon und ließen ihre erstaunten, teilweise aber auch gierigen Blicke über die Inneneinrichtung gleiten.

„Was machen wir jetzt?", fragte Hilde.

„Ich fürchte, wir werden nicht viel bewirken können. Zieh dich an, nimm dir ein paar Sachen. Dann versuchen wir, bei Tante Isolde unterzukommen."

Hilde war erstaunt. „Willst du dich nicht zur Wehr setzen?"

„Wozu? Die wollen uns nur demütigen. Sie werden das Haus plündern, das ist mir schon bewusst. Aber irgendwann wird dieser Spuk vorbei sein. Irgendwann werden Recht und Ordnung wieder herrschen. Und dann kehren wir zurück und bauen alles wieder auf. Es wäre nicht das erste Mal in meinem Leben."

Hilde kannte diese Seiten ihrer Mutter und sie bewunderte sie dafür, dass sie im Angesicht der Gefahr ruhig blieb. Natürlich wusste sie, dass Sozialisierungen geplant waren. Und dass die Häuser der Reichen beschlagnahmt wurden. Im Grunde genommen war das wohl sogar gerecht. Doch in diesem Augenblick fühlte es sich grausam an.

„Das lasse ich nicht zu“, sagte sie. Sie wandte sich um und rief: „He da!“

Sie fühlte eine Berührung an ihrem Unterarm. Ihre Mutter hielt sie fest und schüttelte den Kopf. Der Anführer des Trupps richtete seine Laterne auf sie.

„Ja? Was?“

„Auf Befehl welchen Rates handeln Sie?“, fragte Hilde.

„Was geht dich das an?“

„Weil ich selbst Sozialistin bin. Und weil es der Revolution schadet, wenn ihr willkürlich in Häuser eindringt, Menschen aus dem Schlaf reißt und sie auf die Straße werft.“

Auf den Lippen des Mannes erschien ein höhnisches Grinsen. „Du willst Sozialistin sein?“

Hilde funkelte ihn wütend an. „Ja, die bin ich. Ich war dabei, als Eisner die Republik ausgerufen hat. Ich habe gesehen, wie er ermordet wurde. Und ich glaube, dass wir in seinem Sinn für eine gerechte Sache kämpfen. Aber nicht auf diese Weise. Und wenn ihr nicht schnurstracks verschwindet, dann gehe ich persönlich zu Paul Ludwig und beschwere mich.“

Der Name machte offenbar Eindruck, denn die Augen des Mannes weiteten sich kurz. Dann erschien aber wieder dieses Grinsen. „So? Woher kennst du denn Paul Ludwig?“

„Er ist ein guter Freund meines Bruders, mit dem zusammen er gedient hat. Und er wird nicht erfreut sein, wenn er hört, wie du mit mir und meiner Mutter umgegangen bist. Willst du es wirklich drauf ankommen lassen?“

Der Mann leckte sich mit der Zunge über die Oberlippe. Er wirkte unsicher. Doch noch hatte sie ihn nicht vollständig überzeugt. Sie wandte sich zu ihrer Mutter um. „Ich ziehe mich an und gehe zu Paul. Er hat seine Unterkunft in der Türkenkaserne.“

Sie drängte sich an dem Eindringling vorbei und stieg die Treppe hinauf. Dabei wandte sie sich nicht um. Als sie beinahe den oberen Absatz erreicht hatte, hörte sie ihn rufen: „Männer! Sammeln! Wir kommen morgen wieder.“

Schritte hallten durch den Flur und die Tür fiel ins Schloss. Sie atmete tief durch. Nun drehte sie sich um. Ihre Mutter sah sie entgeistert an.

„Ist das gerade wirklich geschehen?“, fragte sie.

Hilde zwinkerte ihr zu. „Manchmal muss man etwas wagen, um zu gewinnen.“

KAPITEL 26

München, Donnerstag, 17. April 1919

Der Wachposten am Eingang der Türkenkaserne nickte Hilde freundlich zu, doch sah er müde aus. Wahrscheinlich hatte er wenig geschlafen. Es wirkte jedenfalls nicht so wie ein Revolutionär, der sich im Siegesrausch befand. Aber das war auch nicht zu erwarten. Gewonnen hatten die Räte noch lange nicht. Sie stieg die Treppe hinauf und klopfte an Pauls Tür. Da sie keine Aufforderung hörte, einzutreten, drückte sie die Klinke hinunter. Als sie die Tür aufschob, sah sie, dass Paul an seinem Schreibtisch saß. Er hatte die Ellenbogen aufgestützt und hielt das Gesicht in beiden Händen.

„Was ist los?", fragte Hilde.

Er hob den Blick und wandte sich ihr zu. Seine Züge waren bleich, die Augen gerötet.

„Hilde, was machst du denn hier?"

„Ich muss mit dir reden", sagte sie. „Und ich wollte dich sehen."

„Das ist schön", flüsterte er.

„Du hast aber immer noch nicht gesagt, was los ist. Du siehst aus wie der lebende Tod."

Ein schwaches Lächeln erschien auf seinem Gesicht. „Das liegt nur daran, dass ich wenig geschlafen habe. Oder besser gesagt, gar nicht. Seitdem wir die Kontrolle über die Stadt übernommen haben, war ich überall unterwegs. Es gibt viel zu tun, viel zu organisieren. Wir müssen uns für den Gegenschlag der Reaktionäre wappnen.“

„Gehört zu deinen Aufgaben auch, Plünderer und Diebe in ihre Schranken zu weisen?“

Er sah sie irritiert an „Bist du bestohlen worden?“

„Nein, aber es hätte nicht viel gefehlt, dass uns eine Gruppe von Soldaten aus unserem Haus geworfen hätte. Mitten in der Nacht.“

„Mitten in der Nacht? Das ist ungehörig. Das hätte nicht geschehen dürfen.“

Sie kniff die Augen zusammen. „Sehe ich das richtig, die Tatsache, dass uns diese Menschen aus dem Haus werfen wollten, stört dich nicht? Aber, dass es mitten in der Nacht geschah, dagegen hast du etwas?“

Er seufzte. „Hilde, verstehe doch. Ich weiß, dass du an dem Haus hängst, in dem du aufgewachsen bist. Das ist verständlich. Du kennst nichts anderes. Aber wir haben eine riesige Wohnungsnot. Die Arbeiter und ihre Familien ersticken in ihren Elendsquartieren. Und dabei ist so viel Wohnraum vorhanden. Wie viel Zimmer hat eure Villa? Braucht ihr die wirklich alle?“

„Noch einmal. Du findest es in Ordnung, dass diese Leute in unser Haus einbrechen und uns vertreiben wollen?“

„Und was, wenn es nicht mehr euer Haus wäre? Wenn wir die Sozialisierung durchziehen, dann gehört alles allen und dann wird der Wohnraum nach Bedarf belegt. Wir können da keine Ausnahme machen. Es tut mir leid, dass ihr aus dem Schlaf gerissen wurdet. Aber wenn euer Haus beschlagnahmt wird, werde ich mich nicht dagegen sperren. Es dient dem Gemeinwohl."

Hilde atmete tief durch. „Ich verstehe, was du meinst. Und ich sehe auch einen Sinn darin, das Gemeinwohl zu stärken. Aber ich glaube nicht, dass das auf diese Weise gelingen wird. Man kann nicht mit Gewalt alle gleich machen. Daran ist die Revolution in Frankreich gescheitert. Und hier wird es genauso wenig gelingen."

Er schüttelte den Kopf. „Die Französische Revolution ist nur daran gescheitert, dass sich korrupte Individuen zu Diktatoren aufgeworfen haben. Das wird bei uns nicht geschehen. Die Räte werden die Macht übernehmen. Aber wo gehobelt wird, fallen Späne. Wir müssen kämpfen, um die Revolution durchzusetzen. Und es wird eine neue Welt, eine bessere Welt geben, wenn wir einmal fertig sind."

„Ich weiß, dass du für die Revolution brennst. Aber ich habe Angst, dass du verbrennst. Und dass alle in deinem Dunstkreis ebenso verglühen und verlöschen."

Er sah sie an und da war es wieder, dieses unwiderstehliche Lächeln, dieses Funkeln in seinen müden, leicht geröteten Augen. „Dann habe ich wenigstens gebrannt. Und selbst wenn ich erlösche, habe ich doch mein Leben sinnvoll eingesetzt."

Sie trat auf ihn zu und nahm seine Hand. „Ich will aber nicht, dass du stirbst. Ich will mit dir glücklich sein."

Er schüttelte den Kopf. „Glücklich sein können wir erst, wenn die Revolution gesiegt hat."

Ein bitterer Geschmack machte sich in Hildes Mund breit. Sie zog ihre Hand zurück. „Und wenn die Revolution nicht siegt?"

Er sah sie traurig an. „Zweifel sind die Nahrung der Niederlage."

***

Hermann entkorkte eine frische Flasche Cognac und goss eine Daumenbreite der goldbraunen Flüssigkeit in das Kristallglas. Inzwischen brannte der Schnaps nicht mehr, sondern er genoss den Geschmack und vor allem das kurz darauf einsetzende Hochgefühl, wenn alle Sorgen und alle Nöte ein wenig in den Hintergrund traten. Er musste sich wappnen, denn heute hatte er einen weiteren Abend vor sich, vor dem ihm graute. Er würde seinen Schwiegervater in spe und seine Verlobte zu einer Soirée in den Räumen der Thulegesellschaft begleiten. Hermann trank das Glas aus und begab sich in sein Zimmer, um sich umzukleiden. Dann ging er in Richtung Treppenhaus, da der Chauffeur bereits mit dem Wagen vor der Haustür wartete. In letzter Sekunde entschied er sich jedoch um, machte einen Schwenk in den Salon und leerte noch ein Glas Cognac. Der Alkohol tat seine Wirkung und er schwankte ein wenig, als er die Treppe hinabging.

„Hier riecht es ja wie in einem Herrenclub", sagte Friederike, als sie zu Hermann ins Auto stieg. Er spürte, wie ihm die Schamesröte ins Gesicht kroch. Roch er etwa nach Alkohol?

„Ich hatte heute ein geschäftliches Treffen, da wurde Cognac gereicht", sagte er.

„Cognac?", fragte der General. „Warum nicht Weinbrand. Es gibt ausgezeichnete Spirituosen aus deutscher Produktion. Die Franzosen sind überbewertet."

„So, wie ich meinen Geschäftspartner verstanden habe, handelte es sich dabei um ein Andenken, das er während des Feldzuges aus Frankreich mitgenommen hatte."

„Kriegsbeute? Nun, das sei verziehen", sagte der General. Sie hatten das Hotel *Vier Jahreszeiten* erreicht, und Hermann half Friederike beim Aussteigen, musste sich allerdings selbst am Verdeck des Wagens festhalten, da er hin und her wankte. Auf den letzten Cognac hätte er wohl verzichten sollen.

Im Hotel war wieder die altbekannte Ansammlung aus Militärs und Unternehmern versammelt. Hermann stand am Tisch des Generals und klammerte sich mit beiden Händen daran fest. Er hatte beschlossen, keinen Sekt zu trinken. Nicht, dass ihm noch übel wurde.

„Wie stehen die Vorbereitungen?", hörte er den General fragen. Er sprach mit einem jüngeren Mann, der einen Frack trug.

„Die Planungen sind weit fortgeschritten. Wir haben die Anschriften der wichtigsten Köpfe der Sozialisten in Erfahrung gebracht. Die Informationen sind bereits weitergegeben. Wenn der Stoßtrupp in München eintrifft, können Sie gezielt zuschlagen."

Hermann schluckte. Was hatte das zu bedeuten?

Von Steinbeiß rieb sich die Hände. „Wir werden die Schlange enthaupten und dann hat es sich mit der Revolution. Und Sie sind sicher, dass wir keinen vergessen haben?"

Sein Gegenüber zog eine Liste aus der Tasche. Er reichte sie dem General. Hermann warf einen Blick darauf. Ganz oben stand Levien, es folgten die Namen der führenden Bolschewisten. Als sein Blick auf die siebte Zeile fiel, nahm das Schwindelgefühl zu und er musste die Tischkante mit aller Kraft packen, um nicht zu stürzen. Als er sich ein wenig stabilisiert hatte, sah er noch einmal hin. Er hatte sich nicht getäuscht. *Ludwig* stand dort. *Ludwig, Paul.*

„Entschuldigen Sie bitte, wenn ich mich einmische", sagte er. „Ist schon bekannt, wann der Stoßtrupp eintreffen soll?"

Der Gesprächspartner des Generals sah ihn irritiert an.

„Sie können ihm ruhig Auskunft geben", sagte dieser. „Das ist mein Schwiegersohn in spe."

„Ah, nun gut. In der Nacht von morgen auf übermorgen. Sie werden mit dem Zug zum Hauptbahnhof vorstoßen, sich der Sozialisten bemächtigen und ehe diese es sich versehen, sind sie ihrer Anführer beraubt."

„Das klingt nach einem guten Plan", sagte er.

Der junge Mann entfernte sich. Hermann saß wie auf glühenden Kohlen. Sein Rausch war wie weggeblasen. Es gab nur noch eines, was er tun musste. Aber die Veranstaltung dauerte viel zu lange. Nachdem er Friederike und ihren Vater nach Hause gebracht hatte, gebot er dem Chauffeur, zur Türkenkaserne zu fahren. Der Wachhabende wollte Hermann zunächst daran hindern, die Kaserne zu betreten, doch es gelang ihm, dem Mann klar zu machen, dass Gefahr im Verzug war.

Hermann klopfte an die Tür im ersten Stock, wartete aber nicht auf eine Aufforderung, sondern trat gleich ein. Paul lag in seinem Bett. Er rieb sich die Augen und starrte seinen Besucher irritiert an.

„Was gibt es?", fragte er und unterdrückte ein Gähnen. „Hat Ihre Verlobte sich wieder in Schwierigkeiten
gebracht?"

Hermann schüttelte den Kopf. „Ich bin hier, um mich
zu revanchieren. Sie haben mir das Leben gerettet. Nun
rette ich Ihres."

Ludwig schien mit einem Mal hellwach zu sein. „Ich
höre", sagte er.

„Reaktionäre Kräfte haben geplant, die Anführer der
Räteregierung zu entführen. Sie stehen auch auf der
Liste."

Paul kniff die Augen zusammen. „Und wie kommen
Sie an diese Informationen?"

„Ich bin in Bankgeschäften tätig und gut vernetzt.
Mehr kann ich Ihnen nicht sagen. Das Bankgeheimnis,
Sie verstehen?"

„Wer steht noch auf der Liste?"

Hermann nannte ihm die Namen, an die er sich noch
erinnern konnte und Paul machte sich Notizen.

„Und wann soll das stattfinden?"

„In der Nacht von morgen auf übermorgen. Sie treffen mit einem Zug am Hauptbahnhof ein. Der Stoßtrupp soll die führenden Bolschewisten entführen und
damit die Revolution beenden."

Paul sah ihn lange an. Hermann spürte, wie ihm die
Kehle eng wurde.

„Das hätte ich nicht von Ihnen erwartet", sagte er.
„Gerade Sie würden doch davon profitieren, wenn die
Räteregierung enden würde. Warum haben Sie das ge-
tan?"

Weil ich nicht will, dass du stirbst. Weil ich will, dass du lebst, dass du glücklich bist. Und weil ich am liebsten mit dir glücklich wäre, lag ihm auf der Zunge. Stattdessen sagte er: „Sie haben mir das Leben gerettet, nun rette ich Ihres. Ich bitte Sie nur um eines. Halten Sie mich aus der Sache raus."

Paul streckte die Hand aus und Hermann schlug ein. Die Berührung jagte einen elektrischen Stoß durch seinen Körper. Am liebsten hätte er Paul herangezogen und ihn umarmt. Stattdessen nickte er ihm zu und ging zurück zu seinem Wagen.

KAPITEL 27

München, Samstag, 19. April 1919

Hilde hatte schlecht geschlafen. Die Meinungsverschiedenheit mit Paul wollte ihr nicht aus dem Kopf gehen. Was war nur schiefgelaufen? Die Antwort war relativ einfach. Es war die Politik. Sie war wie ein Keil zwischen sie geraten. Dabei hatte sie der gemeinsame Kampf für Gleichheit und Gerechtigkeit anfangs noch verbunden. Doch dann hatten sich zwei unterschiedliche Wege abgezeichnet. Ein friedlicher, wenn gleich auch ein wenig naiverer Pfad, dem Hilde anhing. Und die breite, kämpferische, wahrscheinlich realistischere Straße, die Paul favorisierte, und an deren Ende der Bürgerkrieg drohte.

Hilde ging in die Küche und brühte sich selbst einen Kaffee auf, da die Küchenmädchen noch schliefen. Sie setzte sich in den Salon und starrte trübsinnig vor sich hin. Gedankenverloren trank sie einen Schluck von der bitteren Brühe und mit einem Mal wurde ihr übel. Ihr Magen krampfte sich zusammen. Sie eilte auf die Toilette und erbrach sich. Sich noch immer den Bauch reibend kehrte sie in den Salon zurück, aber der Geruch des Kaffees verschlimmert die Übelkeit wieder. Sie trug das Getränk in die Küche und goss es in die Spüle. Was war denn nur los? Nahm sie der Streit mit Paul etwa so mit, dass ihr Körper nun rebellierte? So konnte es nicht weitergehen. Sie musste mit ihm sprechen. Und zwar dringend. Sie kleidete sich an und verließ das Haus.

Die frische Luft tat ihr gut. Sie atmete tief und lange ein und aus und spürte, wie der letzte Rest der Übelkeit langsam verflog. Ein Sonnenstrahl traf ihr Gesicht. Sie schloss kurz die Augen und genoss die Wärme. Der Frühling kam nun mit aller Macht. Sie könnten es so schön haben. Aber nicht nur die Politik stand zwischen ihnen, sondern auch dieser sinnlose Streit.

Die Straßen waren wie ausgestorben. Die letzten Nachrichten waren alarmierend gewesen. Die Regierungstruppen planten, München einzukreisen und die Versorgungslage verschlechterte sich von Tag zu Tag. Ihre Mutter hatte genügend Vorräte eingelagert. Das würde für eine Weile reichen. Aber die armen Leute in München, die von der Hand in den Mund lebten, würden darunter leiden. Und das würde der Räteregierung schaden. Denn wenn die Menschen, die dabei geholfen hatten, die Bolschewisten an die Macht zu bringen, sich gegen sie wandten, weil sie nicht mehr in der Lage waren, die Mäuler zu stopfen, konnte es rasch zu einer nächsten Revolution kommen. Aber es musste doch irgendeinen Ausweg aus diesem Teufelskreis geben.

Sie hatte die Kaserne erreicht. Der Posten kannte sie inzwischen schon und ließ sie durch. Sie erwartete, dass Paul noch schlief, aber er saß an seinem Schreibtisch. Als sie eintraf, sah er sie an. Er erhob sich, trat auf sie zu und breitete die Arme aus. Sie zögert einen Moment, dann ließ sie sich hineinfallen. Sie genoss seine Wärme, seine Nähe, seinen wunderbaren Geruch. Nach einer Weile lösten Sie sich voneinander.

„Was führt dich zu mir?“, fragte er.

„Wir müssen miteinander reden“, erwiderte sie mit belegter Stimme.

Seine Augenbrauen wanderten aufeinander zu, sodass sich auf seiner Stirn eine v-förmige Kerbe bildete.

„Worüber?“, fragte er.

„Über uns. Über das, was zwischen uns steht.“

Er ließ sich auf seinen Stuhl sinken. „Dann sprechen wir aber nicht über uns, sondern über Politik. Ist dir das klar?“

„Ja. Natürlich geht es um Politik. Ich bin froh, dass dir das auch bewusst ist. Die Politik hat uns zusammen geführt. Aber ich will nicht, dass sie uns trennt.“

„Warum sollte sie das? Wenn die Revolution gesiegt hat und die wahre Gleichheit herrscht, wird keine Politik mehr notwendig sein. Es wird nichts mehr geben, was die Menschen voneinander trennt.“

„Und was, wenn ich eine andere Meinung habe?“

Er runzelte die Stirn. „Wie meinst du das?“

„Aktuell ist es ja so, dass wir zwei verschiedene Meinungen vertreten. Du siehst den Bürgerkrieg als etwas Notwendiges, etwas Großes, das dazu dient, endlich die Gleichheit herzustellen. Ich glaube nicht, dass es dazu eines Krieges bedarf. Und deinen Worten entnehme ich, dass du unter Gleichheit auch etwas anderes verstehst als ich.“

„Dann erhelle mich bitte einmal. Was bedeutet Gleichheit für dich?“

„Ich verstehe unter Gleichheit, dass alle Menschen die gleichen Rechte haben. Dass keiner besser oder wertvoller ist als der andere. Und dass jeder seinen Wünschen und Interessen folgen kann, solange er anderen nicht schadet.“

Paul schüttelte den Kopf. „Das wird nicht funktionieren“, sagte er. „Diese Art von schrankenloser Gleichheit führt dazu, dass doch wieder Einzelne individuelle Vorrechte aufbauen. Das müssen wir von Grund auf vermeiden.“

„Und das erreicht ihr, indem er die Diktatur des Proletariats einführt? Indem ihr verhindert, dass Menschen andere Meinungen haben, andere Vorstellungen vom Leben und vom Zusammenleben?“

„Ja. Aber es ist nur zum Vorteil aller. Die Diktatur des Proletariats ist nichts Schlechtes. Du stellst sie nur als ein weiteres Übel dar nach all denen, die wir erlebt haben. Aber das ist es nicht. Es ist das Ende der Geschichte. Das Paradies auf Erden. Zuckerschoten für jedermann.“

„Und wenn jemand keine Zuckerschoten mag?“

„Du solltest das Bild nicht überstrapazieren. Ich weiß schon, worauf du hinaus willst. Aber das liegt vielleicht daran, dass du zu viel Kant und zu wenig Marx gelesen hast. Es ist offensichtlich, wie es abzulaufen hat. Wenn alle Klassenschranken gefallen sind, muss das Proletariat die anderen Klassen erziehen. Dann herrscht Gleichheit.“

Sie schüttelte den Kopf. „Dann herrscht keine Gleichheit“, sagte sie, „sondern Gleichförmigkeit.“

Er wollte zu einer Erwiderung ansetzen, doch in diesem Augenblick knallte es, dann klirrte Glas und etwas landete auf dem Boden zwischen ihnen. Hildes sah den Gegenstand irritiert an. Es war ein großer Pflasterstein. Von draußen waren wütende Rufe zu hören. Paul legte seinen Arm um sie und schob sie in Richtung Tür davon.

„Was ist da los?", fragte sie.

„Ich werde nachsehen". Sie stiegen gemeinsam die Treppe hinunter. Er bedeutete ihr, sich im Innenhof zu halten, und ging selbst zum Tor der Kaserne. Sie konnte erkennen, dass sich dort ein wütender Mob versammelt hatte.

„Wir wollen Brot!", skandierten die Leute. Paul hob die Hände und mit Mühe gelang es ihm, die Menge dazu zu bringen, zu schweigen.

„Die Räteregierung arbeitet Tag und Nacht daran, um die Versorgungslage sicherzustellen. Die Rote Armee rüstet sich, um die Reaktionäre, die unsere Versorgung abschneiden, zu besiegen. Es dauert nicht mehr lange. Dann hat die Revolution endgültig gewonnen."

„Das ist uns gleichgültig. Unsere Kinder verhungern!", schrie einer. Hilde sah, dass Paul etwas erwähnen wollte, aber ein weiterer Stein flog und traf ihn an der Schulter. Er wankte. Die Wachhabenden reagierten und zogen ihn in den Innenhof. Mit Mühe gelang es ihnen, die großen Torflügel zu schließen. Draußen tobte und wütete der Mob. Schreie wurden laut nach der Plünderung und Zerstörung der Kaserne. Hilde trat auf Paul zu. Er war bleich und hielt sich die Schulter.

„Du musst von hier verschwinden", sagte er.

Sie schüttelte den Kopf. „Ich gehe nirgendwo hin. Ich bleibe bei dir."

Er schenkte ihr ein trauriges Lächeln. „Du bist hier nicht sicher. Und du kannst hier nichts tun. Wir werden die Leute schon wieder beruhigen. Und dann schicke ich dir eine Nachricht."

Er bedeutete einem der Wachhabenden, Hilde zur Hintertür zu führen. Bevor sie sich trennten, umarmten sie sich noch einmal. Und Hilde hoffte, dass es nicht die letzte Zärtlichkeit war, die sie austauschten.

***

Hermann lehnte sich auf seinem Stuhl zurück und sah sein Gegenüber interessiert an.

„Ich weiß nicht, wie ich Ihnen weiterhelfen kann", sagte er. „Der Sachbearbeiter, der für die Vergabe von Krediten zuständig ist, hat Ihre Anfrage leider ablehnen müssen. Laut seinen Aufzeichnungen verfügen Sie nicht über das notwendige Einkommen, um einen dermaßen hohen Betrag aufzunehmen."

Der abgelehnte Kunde trug eine zerschlissenen Uniform. Er fläzte sich auf dem Stuhl, auf seinen Lippen erschien ein spöttisches Grinsen. „Aber Sie haben eine Sicherheit. Wenn ich das Haus kaufe, kann ich eine Grundschuld zu Ihren Gunsten darauf aufnehmen. So läuft das doch im Kapitalismus, oder? Und wenn ich nicht zahlen kann, dann können Sie mir die Immobilie immer noch wegnehmen. Vorausgesetzt, es gibt Ihre Bank dann noch."

Hermann ahnte, worauf das hinauslaufen würde. Der Mann war ein Offizier der sogenannten Roten Armee. Wahrscheinlich spekulierte er darauf, dass die Bolschewisten die Truppen des Reichs zurückschlagen würden, die auf dem Weg waren, um München von der Räterepublik zu befreien. In diesem Fall würde die Revolution siegen, was zu einer Enteignung der Banken füh-

237

ren würde. Dann würde der Kredit, den er aufgenommen hatte, verfallen und er kam ohne großen Aufwand an ein eigenes Haus. So war das also mit dem Kommunismus.

„Ich bedaure, aber in diesem Fall muss ich tatsächlich auf die Expertise meines Sachbearbeiters vertrauen. Wir prüfen sehr wohlwollend. Ich bin auch interessiert daran, dass Menschen Wohnraum erwerben können. Insbesondere Soldaten. Ich war selbst Offizier an der Front. Wo haben Sie gedient?“

Der Kunde sah ihn mit zusammengekniffenen Augen an. „Ich habe nicht gedient. Ich habe einen Klumpfuß. Ich war untauglich. Der Kaiser wollte mich nicht. Aber die Rote Armee hat mich aufgenommen. Und dort haben sie erkannt, was sie an mir haben. Deshalb befehlige ich einen Trupp. Und an Ihrer Stelle würde ich es mir noch einmal gut überlegen, ob ich einem verdienten Soldaten der Roten Armee einen Kredit verweigere.“

Hermann schluckte. „Soll das eine Drohung sein?“

„Es ist Ihre Sache, wie Sie das sehen. Ihre Entscheidung könnte aber auch Konsequenzen haben, die Sie sich jetzt noch gar nicht ausmalen können.“

Hermann überlegte. Der Mann deutete etwas an. Vernünftig wäre es wahrscheinlich gewesen, das Gespräch an dieser Stelle zu beenden. Er hatte ohnehin keine Kontrolle über die weiteren Entwicklungen. Wenn die Roten gewannen, würde er alles verlieren. Da war es gleichgültig, ob der Kunde den Kredit bekam oder nicht. Aber irgendetwas im Gehabe des Offiziers irritierte ihn.

„Von welchen Folgen sprechen Sie?“, fragte er schließlich.

„Sie kennen das Hotel *Vier Jahreszeiten*? Zumindest haben meine Männer, die das Gebäude im Auge haben, Sie dort regelmäßig ein- und ausgehen sehen. So wie viele andere Reaktionäre. Es wäre doch äußerst ungünstig, wenn Sie wegen konterrevolutionärer Umtriebe verhaftet würden.“

„Es ist kein Verbrechen, ein Hotel aufzusuchen und dort zu dinieren. Das *Vier Jahreszeiten* hat eine ausgezeichnete Küche.“

Der Soldat schmunzelte. „Uns beiden ist klar, dass Sie nicht dort erschienen sind, um zu dinieren. Sie haben sich mit Ihren Freunden getroffen. Diesen Verrätern der sogenannten Thulegesellschaft. Denen wird es bald an den Kragen gehen. Es ist Ihre Entscheidung, ob es auch Sie trifft.“

Hermann überlegte einen Moment. Das war nun keine wolkige Andeutung mehr, es war eine konkrete Drohung. Sie war auf ihn gemünzt, aber erkannte, dass sie in viel größerem Maße Friederike betraf. Er musste handeln.

„Nun gut, ich werde noch einmal mit meinem Sachbearbeiter sprechen. Melden Sie sich am Montag wieder, dann haben wir entschieden, ob wir den Kredit an Sie vergeben können.“

Der Mann wollte etwas erwidern, doch Hermann hob die Hand. „Ich lasse mich nicht erpressen. Aber wenn eine Möglichkeit besteht, dass wir ins Geschäft kommen und wenn beide Seiten davon profitieren können, bin ich nicht abgeneigt.“

Hermann sah dem Mann an, dass er nicht zufrieden damit war, aber er schaffte es schließlich, ihn aus seinem Zimmer zu bugsieren. Er schloss die Tür, lehnte sich dagegen und atmete tief durch. Nun musste er handeln. Er ließ einen Wagen kommen und sich sofort zum General chauffieren. Von Steinbeiß war nicht zu Hause, aber Friederike öffnete ihm.

„Ah, der Herr Verlobte. War die Sehnsucht zu groß?", fragte sie in neckischem Ton. Offenbar sah sie jedoch, dass Hermann nicht zu Scherzen aufgelegt war, denn sie wurde sofort ernst. „Was ist los?", fragte sie.

„Die Bolschewisten überwachen das Hotel *Vier Jahreszeiten*."

„Es würde mich wundern, wenn dem nicht so wäre. Aber wir sind vorsichtig. Und es wird ohnehin nicht mehr lange dauern, bis diese Räterepublik eine bedauerliche Episode der bayerischen Geschichte gewesen sein wird."

„Ich weiß nicht, woher Sie diese Sorglosigkeit nehmen", sagte Hermann. Er berichtete von dem jungen Soldaten, der eben so selbstbewusst in seinem Büro gesessen und ihn bedroht hatte.

„Er hat mir mitgeteilt, dass das Gebäude beobachtet wird. Die wissen sicher auch, dass Sie dort verkehren. Friederike, ich weiß nicht, wie tief Sie in die Aktionen Ihres Vaters verstrickt sind. Ich weiß auch nicht, wie eng Sie mit dieser Thulegesellschaft zusammenarbeiten. Es ist mir auch gleichgültig. Aber wir sind nun einmal miteinander verlobt. Und daher bitte ich Sie, sich vom *Vier Jahreszeiten* fernzuhalten. Das war keine versteckte Drohung. Die werden Ernst machen. Und wenn die Bolschewisten Sie dort antreffen, fackeln sie nicht lange. Sie wissen doch, was in Russland geschehen ist. Aus einem kommunistischen Gefängnis entkommt man nur mit sehr viel Glück."

„Ich hatte bislang immer Glück", erwiderte sie. Ihre Sorglosigkeit brachte ihn beinahe zur Weißglut. Er konnte nicht anders, er fasste sie bei den Schultern und sah sie fest an.

„Es ist mir ernst, Friederike. Sie gefährden nicht nur sich, sondern auch mich. Die Bolschewisten wissen, dass wir verlobt sind. Wenn die Sie verhaften, wird es mir nicht anders ergehen. Ich habe nicht vor, als Gefangener füsiliert zu werden."

„Und ich dachte, Sie wären mutig. Ein Kriegsheld", sagte sie in spöttischem Ton.

„Es gibt eine Grenze zwischen Mut und Tollkühnheit. Ich bin bereit, meinen Teil zu tun. Aber ich renne nicht blindlings in mein Verderben. Und das würde ich Ihnen auch raten."

„Das Gegenteil von Mut ist Feigheit", erwiderte sie. Ihre Miene hatte einen harten Ausdruck angenommen.

Hermann atmete tief durch. „Es reicht", sagte er. „Sie haben eine Grenze überschritten. Ich lasse mir viel gefallen, aber einen Feigling lasse ich mich nicht nennen."

„Wäre Ihnen *Duckmäuser* lieber?"

Hermann schüttelte den Kopf. „So reden Sie nicht mit mir. Sie mögen mich nicht lieben, aber wenn es Ihnen nicht gelingt, mir und meinen Sorgen, die ich mir Ihretwegen mache, einen Funken Respekt entgegenzubringen, fehlt jedwede Grundlage für eine Ehe. Sehen Sie bitte unsere Verlobung als beendet an. Den Ring können Sie natürlich behalten."

Sie erbleichte und öffnete den Mund, um etwas zu erwidern, aber Herrmann wandte sich um und ging hinaus. Er kehrte in die Bank zurück. Überall auf den Straßen waren Einheiten der Roten Armee unterwegs. Als er endlich hinter seinem Schreibtisch saß, verspürte er den unwiderstehlichen Drang, sich die Lunge aus der Brust zu schreien. Stattdessen ging er zu dem kleinen Schränkchen im Eck, das er erst vor kurzem entdeckt hatte. Offenbar hatte der Großvater auch bei der Arbeit nicht auf seinen Cognac verzichten wollen. Er goss sich eine großzügige Portion ein, nahm einen tiefen Schluck und fühlte sich sofort leichter.

KAPITEL 28

München, Samstag, 26. April 1919

Hilde schloss die Augen und rieb sich die Nasenwurzel. Schon seit Tagen quälten sie Kopfschmerzen. Ob sie sich nun doch mit der Grippe angesteckt hatte? Sie fühlte sich schlapp, müde und ausgelaugt. Und dann war da auch immer diese Übelkeit. Seltsamerweise nahm diese zu, wenn sie Kaffee roch. Dabei mochte sie das Getränk.

Sie war froh, als Gabi das Frühstück abräumte. Ihre Mutter las die Münchener Neuesten Nachrichten.

„Ich muss zur Schule", sagte Hilde. Üblicherweise hätte sie gefragt, was in der Zeitung stehe, und sie hätten sich wohl über dies und das unterhalten. Aber seitdem die Bolschewisten die Macht übernommen hatten, mied sie diese Gespräche mit ihrer Mutter. Mit ihr war sie, was politische Themen anging, noch wesentlich weiter auseinander als mit Paul.

Ihre Mutter ließ die Zeitung sinken. „Sei bitte vorsichtig", sagte sie. „Ich will nicht, dass du auf dem Schulweg von Soldaten dieser sogenannten Roten Armee belästigt wirst. Und sollte es zu Kämpfen kommen, schau bitte, dass du dich in Sicherheit bringst. Man munkelt, dass es bald zum Sturm auf die Stadt kommen soll. Seltsam genug, dass die Schule weiterhin stattfindet. Während der Grippe wurde der Unterricht großzügiger abgesagt."

„Wenn sie die Schulen noch länger schließen, werden wir die Abiturprüfungen nicht mehr ablegen können", erwiderte Hilde. Sie erhob sich und ein überwältigender Schwindel überkam sie. Sie musste sich am Tisch festhalten, dann wurde ihr schwarz vor Augen.

Als sie wieder zu sich kam, lag sie auf dem Sofa, die Beine hochgelagert. Ihre Mutter stand neben ihr. Auf ihrer Stirn konnte Hilde tiefe Sorgenfalten erkennen.

„Was ist los?", fragt Hilde.

„Du bist ohnmächtig geworden und zusammengebrochen. Das ist los", erwiderte ihre Mutter.

Hilde richtete sich auf. Ihr war noch immer ein wenig schummrig.

„Ich glaube, ich bin erkältet. Ich fühle mich seit Tagen schon krank."

„Das wird Tante Isolde beurteilen. Ich habe sie rufen lassen. Aber zuerst verfrachten wir dich in dein Bett."

Ihre Mutter half Hilde beim Aufstehen und stützte sie, als sie die Treppe hinaufgingen. Hildes Beine waren noch immer wacklig und die Übelkeit nahm mit jedem Schritt zu. Sie war erleichtert, als sie endlich in ihrem Bett lag und die Augen schließen konnte. Ihre Mutter öffnete das Fenster und die frische Luft tat ihr wohl. Draußen sangen die Vögel. Sie konnte die Sonne im Blätterdach der großen Birke sehen, die zartgrüne Blätter austrieb. Es war ein wunderschöner Frühlingstag. Und sie lag krank im Bett.

Es läutete an der Tür. „Das wird Tante Isolde sein", sagte ihre Mutter. „Ich sehe gleich mal nach." Wenig später vernahm Hilde die Stimmen der beiden Schwestern aus dem Flur.

„Was ist geschehen?“, hörte sie Tante Isolde fragen.

„Hilde ist vom Frühstück aufgestanden, dann ist sie plötzlich zusammengebrochen.“

„Wie lange war sie ohnmächtig?“

„Vielleicht eine Minute. Gabi hat mir geholfen, sie auf das Sofa zu legen. Da ist sie schnell wieder zu sich gekommen.“

Tante Isolde erschien im Türrahmen. Sie trug ihre lederne Arzttasche und die Brille, die sie seit einiger Zeit zum Lesen benötigte, saß ganz vorne auf ihrer Nasenspitze. Sie beäugte Hilde über den Rand der Gläser hinweg. „Na, ein wenig bleich siehst du schon noch aus“, sagte sie.

Elsa wollte ebenfalls eintreten, doch Isolde schüttelte den Kopf. „Ich weiß, dass ihr euch sehr nahesteht. Aber für die Untersuchung ist es wirklich nicht notwendig, dass du dabei bist. Ich verspreche dir, du verpasst nichts Wichtiges.“

Ihre Mutter sah aus, als ob sie Widerworte geben wollte, schließlich grummelte sie jedoch etwas Unverständliches und ging aus dem Zimmer hinaus. Tante Isolde rückte sich einen Stuhl zurecht und setzte sich an die Bettkante.

„Ist das schon einmal passiert?“, fragte sie.

„Nein, ich bin noch nie zusammengebrochen. Aber seit ein paar Tagen ist mir immer wieder schummrig und auch leicht übel. Ich fürchte, ich habe mir irgendeine Erkältung eingefangen. Hoffentlich ist es nicht die Grippe!“

Isolde legte die Hand auf Hildes Stirn. „Fieber hast du mal keines. Das spricht eher gegen die Grippe. Und wenn die Symptome schon seit ein paar Tagen bestehen, müsstest du das Vollbild der Erkrankung entwickelt haben. Dann würdest du nicht so fröhlich mit mir reden."

Sie fühlte Hilde den Puls, der offenbar etwas schwach ging, dann sah sie ihr in den Rachen, tastete ihren Bauch ab und stellt ihr noch einige Fragen.

„Wann hattest du zuletzt deine Blutungen?", fragte sie zum Schluss. Hilde kniff die Augen zusammen. Das war schon eine Zeit her.

„Länger als vier Wochen?", fragte Isolde.

Hilde überlegte. Sie hat ihre Tage gehabt, als Eisner erschossen worden war. Danach war so viel geschehen, dass ihr gar nicht aufgefallen war, dass sie ausgeblieben waren. An dem Tag, als sie ihre Menses als Ausrede benutzt hatte, um aus dem Unterricht entlassen zu werden, hatte sie jedenfalls ihre Periode nicht gehabt.

„Also das letzte Mal, dass ich es sicher weiß, war Ende Februar."

Isolde rückte ihre Brille zurecht und sah sie wieder über den Rand ihrer Gläser an.

„Sag mal, dieser Paul Ludwig. Verbindet dich mehr mit ihm als eine politische Freundschaft?"

Sie spürte, wie die Röte in ihr Gesicht stieg, konnte aber nichts dagegen tun.

„Ganz offensichtlich", kommentierte ihre Tante knapp. Sie lehnte sich zurück und seufzte.

„Ich freue mich ja, dass du in vielem nach deiner Mutter schlägst. Aber ich hatte gehofft, dass du in dieser Hinsicht einen anderen Weg einschlagen würdest."

Hilde runzelte die Stirn. „Wie meinst du das?"

„Du bist schwanger, Hilde. Du erwartest ein Kind. Deine Körperform hat sich bereits leicht verändert. Ich schätze, dass du im dritten oder vielleicht schon im vierten Monat bist. Wenn alles gut geht, wirst du im November oder Dezember ein gesundes Kind zur Welt bringen."

Hildes Augen weiteten sich. „Ich erwarte ein Kind?"

„Ja, und ich weiß nicht, ob deine Mutter sich uneingeschränkt darüber freuen wird, dass sie Großmutter wird. Allerdings kann sie dir nicht vorwerfen, dass du ledig ein Kind bekommst. Sie hat das schließlich gleich zweimal geschafft, auch wenn sie bei dir rein formal verheiratet war."

Hilde hörte zwar ihre Worte, hatte aber das Gefühl, dass sie gar nicht zu ihr durchdrangen. Sie war schwanger. Von Paul. So abwegig war das natürlich nicht. Sie hatten mehrfach miteinander geschlafen, das erste Mal im Januar.

„Soll ich mit deiner Mutter reden?", fragte Tante Isolde. Hilde schüttelte den Kopf.

„Nein, das erledige ich schon selbst. Und am besten sofort. Kannst du bitte dabei sein? Nur, falls noch irgendwelche medizinischen Fragen auftauchen. Und vielleicht auch ein wenig, um ihr ins Gewissen zu reden, dass sie mir nicht zu sehr die Hölle heißmacht?"

Auf Isoldes Gesicht erschien ein Lächeln. „Aber natürlich. Wozu sind Patentanten denn da? Und vergiss nicht: Ein Kind zu bekommen, ist etwas Wunderbares. In dir wächst neues Leben. Das ist gerade in Zeiten wie diesen besonders wichtig. Du bist nicht in eine arme Familie hineingeboren. Es wird einen guten Weg geben, wie dieses Kind aufwachsen kann. Und jetzt hole ich deine Mutter."

***

Hermann setzte sich auf das Sofa im Palais und lehnte sich zurück. In der Hand hielt er ein beinahe vollständig gefülltes Glas Cognac. Er hatte sich dazu entschieden, es entgegen der Konvention randvoll einzuschenken, da er keine Lust hatte, den Weg zwischen dem Sitzmöbel und dem Spirituosenschrank mehr als einmal zurückzulegen. Hermann nahm einen großen Schluck und schloss die Augen. Es war ein furchtbarer Tag gewesen. Erneut hatten sie die Bank schließen müssen, weil es zu Unruhen gekommen war. Auf dem Heimweg war er mehrfach aufgehalten worden. An einer Straßensperre hatte man ihn aus dem Auto gezerrt, doch glücklicherweise hatte der ranghöchste Soldat in Hermanns früherer Kompanie gedient und ihn erkannt. Das hatte ihn vor eine Festnahme bewahrt. Allerdings hatten sie sein Automobil beschlagnahmt und er befürchtete, dass er es nicht heil zurückbekommen würde. Wahrscheinlich waren diese selbst ernannten Verteidiger Münchens damit nun auf dem Weg an die Stadtgrenze, wo sie sich den anrückenden Freikorps und den regulären Truppen der Reichswehr entgegenstellen würden. Das Automobil würde dann Teil einer Barrikade, von Geschossen durchlöchert werden und ausbrennen. Aber das war gleichgültig. Er war jetzt in Sicherheit und er beschloss, das Palais nicht mehr zu verlassen, bis der Sieger in diesem Bürgerkrieg feststand. Lange konnte es nicht mehr dauern.

Es klopfte an die Tür. Hermann ignorierte es. Er wollte einfach nur in Ruhe gelassen werden. Karl trat ein.

„Was gibt es?", fuhr Hermann den Leibdiener an.

Dieser zuckte zusammen, nahm dann aber wieder Haltung an.

„Der General von Steinbeiß möchte mit Ihnen sprechen", sagte der Bedienstete. Hermann trank den Rest des Cognacs in einem Schluck aus und stellte das Glas beiseite.

„Führen Sie ihn herein."

Es dauerte nicht lange, dann trat der General durch die Tür. Unwillkürlich nahm Hermann Haltung an. Der Offizier musterte ihn mit kalten, harten Augen. Seine Kiefer mahlten.

„Meine Tochter hat mir berichtet, dass Sie die Verlobung aufgelöst haben."

Der Ton war eisig. Gut, Hermann hatte nichts anderes erwartet.

„Ja, nach reiflicher Überlegung habe ich mich zu diesem Schritt entschieden. Wie heißt es bei Schiller? Drum prüfe, wer sich ewig bindet. Ihre Tochter ist ein bemerkenswerter Mensch. Ich hoffe, dass sie einen Ehemann findet, mit dem sie glücklich wird und der gut zu ihr passt. Ich bin es nicht. Unsere Ehe wäre gescheitert. Das wollte ich nicht."

Der General winkte ab. „Ihre Erklärungen interessieren mich nicht. Sie haben meine Tochter verschmäht. Dann soll es so sein. Auch andere Mütter haben reiche und vor allem einflussreiche Söhne. Ich werde schon eine gute Partie für Friederike finden. Da bin ich nicht auf Sie angewiesen."

„Gut, dann wäre das geklärt“, sagte Hermann.

Der General nahm unaufgefordert auf dem Stuhl Platz, sein Blick fiel auf das leere Cognacglas. Er rümpfte die Nase. „Nein, geklärt ist noch nichts. Deswegen bin ich bei Ihnen.“

Hermann sah ihn irritiert an. „Wie meinen Sie das?“

„Dass Sie meine Tochter nicht heiraten werden, heißt nicht, dass unsere Geschäftsbeziehungen beendet wären. Ich gehe davon aus, dass alle unsere Verabredungen weiterhin gelten.“

„Sie meinen, dass ich Ihre Sache nach wie vor mit dem Kapital meiner Bank unterstützen soll?“

„Sie sind einer unserer wichtigsten Geldgeber und wir werden umfangreiche Mittel benötigen, um in den nach der Niederschlagung dieser Revolte anstehenden Wahlkämpfen mitmischen zu können. Wir haben uns dazu entschieden, an diesem Spiel teilzunehmen, wohl wissend, dass es ein dreckiges, ein schmutziges und letztendlich eines echten Deutschen unwürdiges Spektakel ist. Aber es hilft nichts. Wenn diese Räterepublik niedergebrannt worden ist, werden wir aus ihren rauchenden Trümmern ein neues Deutschland aufbauen. Und dafür brauchen wir Geld. Und das werden Sie mir weiterhin beschaffen. Das sind Sie mir schuldig.“

„Wäre es nicht besser, wenn Sie sich einen neuen Geldgeber suchen würden? Ich finde es gelinde gesagt seltsam, wenn wir weiter zusammenarbeiten, nachdem was zwischen Friederike und mir vorgefallen ist. Sie dürften kein Problem haben, jemand anderen zu finden, der Ihre Vorhaben finanziert.“

Die Augen des Generals wurden kleiner. Er funkelte Hermann wütend an. „Es braucht Sie nicht zu interessieren, wer mich finanziert. Sie sind mir weiter verpflichtet. Und davon lasse ich nicht ab."

„Und wenn ich mich aus dieser Verpflichtung lösen will?", fragte Hermann.

„Dann könnten meine hochgestellten Freunde, die Einlagen und Kredite bei Ihnen haben, auf die Idee gebracht werden, die Bank zu wechseln. Und das wollen Sie doch nicht, oder?"

Hermann spürte, wie sich eine eiskalte Faust um seine Kehle legte. „Sie drohen mir damit, dass meine Geschäftskunden abwandern?"

Der General hob die Hände. „Ich drohe Ihnen gar nicht. Aber ich mache Sie auf die Konsequenzen Ihres Handelns aufmerksam. Sie sind eingewoben in ein Netz aus Gefälligkeiten. Ihre Bank steht gut da. Vor allem, weil meine Freunde bereit sind, Sie als Geschäftspartner anzuerkennen. Sollten Sie sich jedoch gegen mich stellen, wird dieses Netz reißen. Und dann?"

Hermann sah ihn mit großen Augen an. Der General schob das Cognacglas beiseite und erhob sich.

„Gut, *jetzt* haben wir alles geklärt. Sie werden mir auch weiterhin zu Diensten sein. Und ich werde darüber hinwegsehen, dass Sie meine Tochter verschmäht haben. Schade. Sie wären ein hübsches Paar gewesen. Aber vielleicht ist es besser, wenn sie einen Mann findet, der dem Cognac weniger zugetan ist als Sie."

Er nickte Hermann zu, wandte sich um und ging hinaus. Hermann sah ihm fassungslos nach. Dann ging er zu dem Schränkchen und goss sich ein weiteres Glas Cognac ein.

KAPITEL 29

München, Donnerstag, 1. Mai 1919

„Die Stadt ist eingeschlossen. Die Regierungstruppen rücken vor. Am besten, ihr verlasst nicht mehr das Haus."

Hilde hielt den Atem an. Sie sah, dass Isolde nach der Hand von Lotte griff, die vollkommen versteinert dasaß. Johann von Linden wischte sich den Schweiß von der Stirn.

„Wenn ich Sie richtig verstanden habe, Herr von Linden, dann ist die Situation für die Revolutionäre aussichtslos. Wie wahrscheinlich ist es, dass sie wirklich kämpfen werden?"

Elsas Worte ließen ein wenig Hoffnung in Hilde aufkeimen.

Doch Johann von Linden zuckte mit den Achseln. „Ich habe schon lange damit aufgehört, Vorhersagen zu treffen. Wahrscheinlich wird die Mehrzahl der Revolutionäre bei einem Angriff der Regierungstruppen ihre Waffen wegwerfen, sich ergeben oder vielleicht sogar versuchen, überzulaufen. Aber ich vermute, dass es auch einen harten Kern geben wird, der bis zuletzt kämpfen wird. Ich denke, dass Gefechte unausweichlich sind. Und deshalb wiederhole ich meine Bitte. Bleiben Sie zu Hause. Und wenn jemand, den Sie nicht kennen, an Ihre Tür klopft, lassen Sie ihn nicht ein."

Hilde sah, dass Isolde Lotte einen eindringlichen Blick zuwarf. Das Gesicht ihrer Freundin war gerötet.

„Ich soll zu Hause bleiben und Däumchen drehen, während die Räterepublik zerschlagen wird?", rief sie. Sie schlug mit der flachen Hand auf den Tisch. „Ich bin schon aus Berlin geflohen, ehe die Regierungstruppen die Revolution dort niedergeschlagen haben. Das war eine der dunkelsten Stunden meines Lebens. Nun wiederholt es sich. Das ist nicht zum Aushalten."

Isolde legte ihr die Hand auf den Arm, doch sie schob sie weg. Dann erhob sie sich und verließ den Salon. Kurz darauf hörten sie die Haustüre ins Schloss fallen.

Isolde seufzte. „Ich folge ihr besser. Sie ist außer sich. Nicht, dass sie noch eine Dummheit begeht."

Sie nickte von Linden zu, der sich erhob und ihr die Hand küsste.

„Ich begleite dich", sagte er. „Wenn wir von einer bewaffneten Patrouille angehalten werden, werde ich zwar keine allzu große Hilfe sein, aber eine Frau sollte in diesen Tagen nicht alleine durch die Stadt gehen."

Er verabschiedete sich und ging mit Isolde hinaus. Hilde spürte, wie die Tränen in ihren Augenwinkel standen. Ihre Mutter sah sie an.

„Du machst dir Sorgen um diesen Paul, nehme ich an", sagte sie. Hilde schluckte. Die letzten Tage waren ein Auf und Ab gewesen. Als sie ihrer Mutter mitgeteilt hatte, dass sie schwanger war, war diese außer sich gewesen. Es hatte viel guten Zuredens vonseiten ihrer Tante bedurft, um ihr klarzumachen, dass sie das geringste Recht hatte, den ersten Stein zu werfen.

„Natürlich mache ich mir Sorgen um ihn“, sagte Hilde. „Er wird sich totschießen lassen. Kapitulieren wird er ganz bestimmt nicht.“

„Ach, mit Männern ist es doch immer das Gleiche. Ich kann verstehen, wie schlimm die Situation für dich ist. Und natürlich sollte ich als deine Mutter dir jetzt raten, dass du dich an das hältst, was uns Herr von Linden vorgeschlagen hat. Dass wir uns hier in unserer Villa verbarrikadieren, unsere Vorräte aufbrauchen und niemand mehr hereinlassen, bis die Stadt von den Regierungstruppen besetzt und befreit ist. Aber zum einen kenne ich dich. Du wirst nicht ruhen, ehe du deinen Paul gesprochen hast. Und zum anderen weiß ich aus eigener, schmerzvoller Erfahrung, wie wichtig es ist, mit dem Menschen, den man liebt, im Guten auseinanderzugehen. Noch lebt er. Und vielleicht kannst du ihn überzeugen, dass er nicht kämpft. Vielleicht kannst du ihn dazu bringen, zu fliehen. Und vielleicht kann er dann eines Tages wieder zurückkehren und ein Vater für euer Kind sein. Mir war das leider verwehrt. Deshalb musstest du mit Müller aufwachsen. Aber du hast noch eine Chance. Also solltest du sie ergreifen.“

Hilde sah ihre Mutter mit großen Augen an. „Hast du mir gerade geraten, ich solle zu Paul gehen und mit ihm reden?“

„Ja, kurz zusammengefasst waren das meine Worte. Ich werde keine ruhige Minute haben, bis du wiederkehrst. Aber es muss sein. Geh. Rede mit Paul. Notfalls bring ihn mit. Wir können ihn auch im Keller verstecken.“

Fünf Minuten später war Hilde auf der Straße. Dort herrschte eine seltsame Stimmung. Überall zogen Stoßtrupps durch die Gegend. Barrikaden waren aufgebaut. Einige der Soldaten waren ganz offensichtlich betrunken. An einer Stelle lagen mehrere Gewehre auf dem Boden, daneben zwei Uniformen. Offenbar waren die früheren Besitzer der Ausrüstung desertiert.

Als sie die Kaserne erreichte, wirkte zunächst alles wie immer. Der Wachhabende ließ sie ein und sie stieg die Treppe zu der Kammer empor.

Paul saß an seinem Schreibtisch, den Kopf in beide Hände gestützt. Als sie eintrat, wandte er sich ihr zu. Er war bleich. Seine Augen lagen in tiefen, dunklen Höhlen.

„Bist du gekommen, um mir zu sagen, dass die Revolution gescheitert ist? Sind die Regierungstruppen schon einmarschiert?“

Seine Stimme klang müde. Das bereitete ihr beinahe am meisten Sorgen. So kannte sie ihn nicht. Er war stets so begeistert gewesen, so optimistisch, so zuversichtlich. Doch nun wirkte er geschlagen.

„Ich weiß nichts von einem Einmarsch der Truppen. Aber er scheint kurz vorzustehen. Ich bin gekommen, um dich zu bitten, dass du dich in Sicherheit bringst.“

Er kniff die Augen zusammen. „Du bittest mich, zu fliehen? Meine Sache im Stich zu lassen und wegzurennen wie ein Feigling?“

Sie holte tief Atem. „Ich bitte dich wegen unserer Sache zu fliehen.“

Ihre Hand rutschte wie von selbst auf ihren Bauch. Es war noch keine Rundung zu ertasten. Sie spürte auch nicht, dass da etwas in ihr wuchs. Aber sie wusste ohne Zweifel, dass sie ein Kind erwartete.

„Wie meinst du das?", fragte er.

„Paul, ich bekomme dein Kind", sagte sie.

Seine Augen weiteten sich. Er erhob sich und trat einen Schritt auf sie zu. Dann musterte er sie von oben bis unten.

„Bist du dir sicher?", fragte er.

„Meine Tante ist Ärztin. Sie hat es bestätigt. Die Anzeichen sind alle da. Ich bin im dritten Monat schwanger. Unser Kind wird im Dezember geboren. Und ich wünsche mir nichts mehr, als dass es seinen Vater kennenlernt. Das war mir nicht vergönnt."

Sie sah, dass Tränen in seinen Augen standen. „Ich hätte nie gedacht, dass ich einmal Vater werden würde."

„Nachdem, was wir beide getan haben, war das doch relativ wahrscheinlich", entgegnete sie.

Er lächelte. Und mit einem Mal war alle Verzweiflung verschwunden. „Was für eine wunderbare Nachricht. Selbst an einem schlimmen Tag wie diesem."

Sie erwiderte das Lächeln. „Meine Mutter hat vorgeschlagen, dass du dich in unserem Keller verbirgst, bis alles vorbei ist."

Mit einem Mal verschwand das Lächeln von seinem Gesicht. Er legte seine Hände auf ihre Schultern und sah sie ernst an. „Ich kann nicht fliehen. Ich kann meine Leute nicht im Stich lassen. Ich kann die Revolution nicht verraten."

Sie spürte, wie sich eine eiserne Faust um ihre Kehle legte und zudrückte. „Nicht einmal in dem Wissen, dass du Vater wirst? Das ist eine ganz neue Verantwortung."

Er kniff kurz die Augen zusammen und sie sah, dass an den Wangen zwei Tränen hinab rannen. Dann schüttelte er langsam den Kopf.

„Das individuelle Schicksal hat vor dem Wohl der vielen zurückzutreten. Du weißt nicht, wie schwer mir dieses Opfer fällt. Aber ich kann nicht anders. Ich muss zu meinen Leuten zurückkehren. Wir müssen kämpfen, für die Revolution. Müssen ein Beispiel geben."

Hilde spürte, wie die Hoffnung sie verließ. „Willst du mir das wirklich antun? Mir und unserem ungeborenen Kind?"

Er sagte nichts mehr. Sah sie nur an. Hilde schüttelte den Kopf. „Dann geh und sterb für deine Sache. Und ich werde unserem Kind berichten, dass sein Vater ein prinzipientreuer, liebenswerter Narr war."

***

Furchtbare, bohrende Kopfschmerzen hatten Hermann geweckt. Die Pein lauerte hinter seinem rechten Auge. Es war, als ob etwas von innen dagegen hämmerte. Zu allem Überfluss verspürte er einen brennenden Durst. Er ging in die Küche und trank einen Krug Wasser leer. Dann kehrt er in sein Zimmer zurück, doch er fand nicht mehr in den Schlaf.

Er stand auf und ging in den Salon. Vielleicht würde ihm ein Glas Cognac helfen, wieder zur Ruhe zu kommen. Da hörte er ein Klopfen. Als er die Haustür öffnete, sah er den General vor sich.

„Sehr schön, gut, dass ich Sie antreffe. Sie müssen mich begleiten."

„Ich Sie begleiten? Warum? Was ist denn passiert?"

Auf dem Gesicht des Offiziers erschien ein breites Grinsen. „Die Stadt ist von den Regierungstruppen eingekreist. Morgen werden sie mit dem Einmarsch beginnen. Der Ritter von Epp, der die Hauptmasse der Streitkräfte anführt, hat mich kontaktiert. Ich schleiche mich jetzt zu ihm und übergebe ihm Informationen über die Stellungen des Feindes, die meine Leute in den letzten Tagen gesammelt haben. Und Sie werden mich begleiten. Es ist von entscheidender Wichtigkeit, dass wir den zukünftigen Machthabern ins Gedächtnis rufen, wer hier treu die Stellung gehalten hat. Das wird Ihnen eine Fülle an neuen Kunden bescheren und in der Folge unsere Wahlkampfkasse füllen."

Hermann sah ihn mit großen Augen an. „Sie wollen sich durch die feindlichen Linien schleichen?"

Der General lachte. „Feindliche Linien ist eine ziemliche Übertreibung. Es gibt einzelne Widerstandsnester. Die meisten Roten haben ihre Gewehre schon weggeworfen. Das wird ein Spaziergang für die Freikorps. Aber das müssen wir ihnen nicht auf die Nase binden. Wichtig ist, dass wir betonen, wie wir unter Lebensgefahr Informationen gesammelt haben. Und wie einige von uns ihr Leben dafür gelassen haben."

Hermann wollte ablehnen. Das war doch Wahnsinn. Aber ihm fehlte die Kraft dazu. Was hätte er auch sagen sollen? Dass er Kopfschmerzen hatte? Dann hätte Friederike endgültig recht gehabt, wenn sie ihn einen Drückeberger und Feigling nannte. Er kleidete sich rasch an und folgte von Steinbeiß nach draußen.

„Mein Automobil wurde leider beschlagnahmt", sagte er.

„In diesem Fall müssen wir es auf die alt hergebrachte Weise tun."

Der General deutete auf einen jungen Mann, der im Hof des Palais stand und zwei Pferde am Zügel hielt.

„Wo haben Sie die denn aufgetrieben?", fragt Hermann.

„Die hat einer meiner Freunde bei sich versteckt. Sie sind dem Schlachter glücklicherweise entronnen. Kommen Sie, reiten wir los. Wir haben keine Zeit zu verlieren."

Auf dem Pferderücken zu sitzen, fühlte sich großartig an. Schon lange hatte Hermann sich nicht mehr so frei gefühlt. Sie ritten im Trab durch die Stadt und immer, wenn eine Streife sich ihnen in den Weg stellen wollte, trieben sie ihre Tiere an und hängten ihre Verfolger mühelos ab. Hermann hatte erwartet, dass er am Stadtrand auf eine Barrikade stoßen würde. Aber die Zufahrt nach München schien unbewacht zu sein.

„Das kann doch nicht wahr sein", rief er dem General zu. „Hat diese Rote Arme denn keine Ahnung davon, wie man eine Stadt verteidigt?"

Der General lachte laut. „Seien Sie froh, dass wir es mit solchen Dilettanten zu tun haben. Wenn die etwas von ihrem Handwerk verstehen würden, stünde ein Blutbad bevor, das an die schlimmsten Zeiten des Krieges erinnern würde."

Hermann schluckte. Da hatte der General wohl recht. Endlich erreichten sie Fröttmaning, das bereits unter der Kontrolle der regierungstreuen Freikorps war. Am Ortseingang trafen sie auf eine ordentlich bemannte Barrikade. Der General gab sich zu erkennen. Sie stiegen ab und banden die Pferde an der Straßensperre fest. Einer der Wachhabenden führte Hermann und seinen Begleiter in ein Gasthaus.

Die Gaststube war in eine Art mobiles Feldhauptquartier umgewandelt worden. Auf einem Tisch war eine großformatige Karte von München und seinen Vororten ausgebreitet. Eine Reihe von Offizieren stand darum, in der Mitte ein kleiner Mann mit einem enormen Schnurrbart und stechendem Blick. Als er den General eintreten sah, hellte sich seine Miene auf.

„Auf Sie habe ich gewartet, von Steinbeiß. Was können Sie mir aus der Stadt berichten?", fragte er.

Der General stellte Hermann dem Offizier vor, bei dem es sich um den Ritter von Epp handelte, den Anführer des nach ihm benannten Freikorps.

„Es freut mich, zu sehen, dass die Stützen unserer Gesellschaft uns dabei helfen, diesen Abschaum aus München zu verjagen", sagte von Epp, als er Hermanns Hand schüttelte.

Der General markierte auf der Karte die Punkte, die nach den von seinen Leuten gesammelten Informationen von den Bolschewisten besetzt waren. Als von Steinbeiß vom Tisch zurücktrat, traute Hermann seinen Augen nicht. Es würde keine großen Schwierigkeiten bereiten, die Stadt zu erobern. Nur wenige Zugänge wurden verteidigt. Einige Standorte der Roten waren entgegen jeder militärischen Vernunft gewählt. Der Widerstand konzentrierte sich auf das Gebiet um den Hauptbahnhof.

„Wir werden hier mit zwei Panzerzügen vorstoßen", sagte von Epp. „Vermutlich wird es am Bahnhof und auf den Gleisen die schärfsten Kämpfe geben. Währenddessen werden unsere Truppen von allen Seiten in die Stadt einrücken. Ich hoffe, dass möglichst wenig anständige Bürger zu Schaden kommen. Aber wenn es sich nicht vermeiden lässt, müssen wir auch Opfer Inkaufnehmen.“

„Und was geschieht mit den Bolschewisten, die sich ergeben?“, fragte der General.

„Wir werden sie einsperren“, erwiderte von Epp „Und dann werden wir gerecht über sie urteilen. So gerecht, wie sie über die zehn Patrioten geurteilt haben, die sie gestern im Luitpoldgymnasium hingerichtet haben. Für jeden dieser Märtyrer werden wir ein Dutzend von ihrer Seite töten. Dieses Gesindel ist es nicht wert, auf dieser Erde zu wandeln. Wir müssen sie mit Blut ausschwemmen. Diese Bastarde träumen von einer Revolution im Reich. Sie wollen russische Verhältnisse schaffen. Das müssen wir verhindern, koste es, was es wolle.“

Hermann spürte, wie ihm die Kehle eng wurde. Hatte er das eben richtig gehört? Sie wollten Gleiches nicht nur mit Gleichem vergelten, sondern eine Vielzahl der Menschen töten, die die Bolschewisten auf dem Gewissen hatten? Er war erleichtert gewesen, als er auf dem Weg gesehen hatte, dass die Zugänge zur Stadt kaum besetzt waren und dass es dadurch nicht zu einem Blutbad kommen musste, wenn München gestürmt wurde. Und nun drohte doch ein Massaker. Er wollte sich zu Wort melden, aber der Schmerz hinter seinem rechten Auge wurde immer stärker. Er kämpfte gegen einen überwältigenden Brechreiz an und musste alle Kraft aufwenden, um sich nicht auf den Kartentisch zu übergeben. Der General salutierte und sie konnten sich endlich zurückziehen.

Draußen vor dem Gasthof sagte von Steinbeiß: „Jetzt werden wir mit eisernen Besen durchkehren. Diese Bastarde bekommen, was sie verdienen."

„Ich maße mir nicht an, zu entscheiden, wer welches Schicksal verdient", sagte Hermann. „Ich hoffe nur, es ist bald vorbei und ich hoffe, dass es dann so etwas wie Frieden gibt."

„Frieden kann es erst geben, wenn der letzte dieser dreckigen Bolschewisten ausgerottet ist. Werden Sie sich dem Sturm morgen anschließen?"

Hermann schüttelte den Kopf. „Ich werde nach München zurückkehren. Das ist meine Stadt und dort ist mein Platz."

Nun weiteten sich die Augen des Generals. Die Geringschätzung wandelte sich wieder in Anerkennung. Wahrscheinlich hatte er erwartet, dass Hermann im Gasthof seinen Rausch ausschlafen wollte. „Dann wünsche ich Ihnen eine sichere Rückkehr. Ich werde mich den Truppen anschließen. Erwarten Sie mich an der Spitze eines Regiments bei Morgengrauen."

Sie schüttelten sich die Hände, dann ging Hermann zu der Barrikade zurück, wo das Pferd auf ihn wartete. Er stieg auf und als er wieder im Sattel saß, ließen die Kopfschmerzen ein wenig nach. Er war froh, den Regierungstruppen entronnen zu sein, selbst auf die Gefahr hin, dass er auf dem Rückweg auf Revolutionäre traf. Aber er musste nach Hause. Er musste seine Mutter und Hilde warnen. Sie durften das Haus nicht verlassen.

KAPITEL 30

München, Freitag, 2. Mai 1919

Hilde saß auf dem Fensterbrett ihres Zimmers und hatte ihren Blick unverwandt auf die Straße gerichtet. Schon seit dem Vortag hatte sie keine Soldaten mit roten Fahnen mehr gesehen. Überhaupt war diese Farbe aus dem Stadtbild verschwunden. Auch rote Armbinden trug niemand mehr. Ob die Rote Armee in diesem Augenblick an den Stadtgrenzen gegen die Regierungstruppen kämpfte? Ob Paul noch am Leben war? Unwillkürlich strich sie mit der Hand über ihren Bauch.

Sie sah einen Trupp Soldaten auf der Straße. Die Männer trugen graue Uniformen. Hilde drückte ihre Nasenspitze an das Fenster, um besser erkennen zu können, auf welcher Seite die Einheiten standen. Sie trugen keine roten Armbinden, waren also wohl keine Verteidiger der Räterepublik. Hilde stockte der Atem. Das bedeutet, dass es sich um Regierungstruppen handeln musste. Bogenhausen war erobert.

Die Bajonette glänzten im Sonnenschein. Die Männer gingen in einer Linie auf beinahe der gesamten Breite der Straße vor. Hilde zählte zehn Soldaten nebeneinander. Sie schauten nach links und rechts, so als ob sie erwarteten, dass jederzeit der Feind aus den Vorgärten stürmen würde. Die Vorstellung erschien ihr absurd. Aber war es das wirklich? Bis vor kurzem wäre es ihr auch vollkommen abwegig erschienen, dass in München, der Stadt, in der sie aufgewachsen war und in der sie so viele schöne Momente erlebt hatte, dass in dieser Stadt gekämpft werden könnte. Aber natürlich konnte sich auch Bogenhausen in ein Schlachtfeld verwandeln. Die Villen konnten zu kleinen Festungen umfunktioniert werden, aus denen die Rotarmisten auf die einmarschierenden Regierungstruppen schossen. Und Scharfschützen konnten in den Vorgärten lauern. Insofern war die Vorsicht dieser Soldaten durchaus nachvollziehbar.

Als sie näher kamen, erkannte sie, dass die Männer Armbinden trugen. Ein seltsames Symbol befand sich darauf, das sie noch nie gesehen hatte. Es handelte sich um ein Kreuz. Allerdings war an den Enden der Balken in einem rechten Winkel jeweils ein weiterer kleiner Strich angebracht worden. Was das wohl zu bedeuten hatte?

Sie ging hinab in den Salon. Ihre Mutter stand auf der Terrasse und sah durch einen Spalt zwischen zwei Kirschbäumen hindurch auf die Straße.

„Das sind Regierungstruppen", sagte Hilde.

„Hermann hat mich schon am frühen Morgen angerufen und uns aufgefordert, zu Hause zu bleiben. Sie haben auch die Kontrolle in der Innenstadt übernommen. Am Bahnhof wird wohl noch geschossen. In den meisten anderen Vierteln ist es jedoch ruhig geblieben."

„Sollten wir nicht besser ins Haus gehen?", fragte Hilde. „Ich habe kein gutes Gefühl, wenn hier so viele Männer mit Waffen unterwegs sind."

„Es sind Regierungstruppen", sagte ihre Mutter. „Was erwartest du? Die sollen Recht und Ordnung wiederherstellen. Ich kann mir nicht vorstellen, dass die die Häuser plündern. Besonders nicht unsere. Menschen wie ich bezahlen die Regierung schließlich."

Es gelang Hilde trotzdem, ihre Mutter in den Salon zu manövrieren. Sie wollte gerade die Terrassentür schließen, als sie eine Gestalt im Garten sah. Der Schreck fuhr ihr durch die Glieder. Der Mann hatte keines dieser seltsamen Kreuze um seinen Oberarm gebunden. Er trug ein verschlissenes Hemd und eine graue Hose, die wohl einmal zu einer Felduniform gehört hatte. An seiner rechten Schläfe klebte Blut. Er schlich vorsichtig über den Rasen. Als er näher kam, erkannte sie ihn. Es war der Wachhabende, der sie so oft in der Türkenkaserne eingelassen hatte, wenn sie Paul besucht hatte.

Sie wandte sich zu ihrer Mutter um. „Erschrick nicht, Mama. Draußen im Garten ist ein Soldat. Ich kenne ihn. Er gehört zur Roten Armee. Er ist vertrauenswürdig. Ich werde ihn einlassen."

„Wie bitte? Du willst diesen Verbrecher bei uns aufnehmen? Und was, wenn die Regierungstruppen beschließen, die Häuser zu durchsuchen? Ich habe keine Lust, mich in Schwierigkeiten zu bringen, nur um einen Bolschewisten zu schützen, den ich nicht einmal kenne."

„Aber den Vater deines ungeborenen Enkelkinds hättest du im Keller versteckt?", erwiderte Hilde. „Ich kenne ihn und das reicht. Und notfalls nehme ich es auf meine Kappe. Du kannst behaupten, du hättest nichts gewusst."

Sie wandte sich um, öffnete die Tür und winkte dem Mann zu. Er sah sie. In seinen Augen flackerte Hoffnung auf. Er kroch auf allen Vieren über den Rasen, überquerte die Terrasse und schlüpfte durch die Tür in den Salon.

„Danke", sagte er. „Ich hätte nicht mehr daran geglaubt, dass ich mich zu Ihnen durchschlagen würde. Die Freikorps sind überall."

Elsa runzelte die Stirn. „Sie sind gezielt zu uns gekommen?"

„Ja, Paul Ludwig schickt mich. Wir wurden in der Türkenkaserne eingekreist. Dabei kam es zu einer Schießerei. Paul wurde an der Schulter getroffen. Er hat mich weggeschickt, hat gesagt, ich solle mich in Sicherheit bringen. Und ich solle Ihnen eine Botschaft überbringen."

Hilde sah ihn mit großen Augen an. Der Mann sprach weiter: „Ich soll Ihnen sagen, dass es ihm leid tue, dass er nicht auf Ihren Rat gehört habe. Jetzt sei es zu spät. Er werde immer bei Ihnen sein."

Erneut ergriff ein Schwindel Besitz von Hilde. Ihr wurde schwarz vor Augen und sie stürzte zu Boden.

***

Als Hermann erwachte, waren die Kopfschmerzen verschwunden. Durch die Lücken der Vorhänge drang fahles Licht in den Raum. Er stand auf und spürte, wie der Schmerz nun in seinen Rücken schoss. Er war das Reiten nicht mehr gewöhnt und am Tag zuvor hatte er etwa zwanzig Kilometer mit dem Pferd zurückgelegt. Das hatte ihm sein Rücken wohl übel genommen. Als er am frühen Morgen zurückgekehrt war, hatte er bei seiner Mutter angerufen und sie aufgefordert, zu Hause zu bleiben. Dann war er zu Bett gegangen und hatte in den Schlaf gefunden.

Er ging zum Vorhang und zog ihn auf. Als er hinaus sah, entdeckte er am Ende der Straße einen Trupp Soldaten. Er spähte genau hin, konnte aber keine roten Armbinden erkennen. Dann sah er die Fahne, die die Einheit mit sich führte, und Erleichterung durchströmte ihn. Es war die Reichskriegsfahne. Die Soldaten marschierten die Straße entlang. Plötzlich kamen aus einer Seitengasse zwei Männer gelaufen. Einer trug eine rote Armbinde und Hermann hielt den Atem an. Die beiden hatten wirklich Pech. Die würden wohl einige Zeit im Gefängnis verbringen. Da knallte es. Ein Schuss, ein zweiter Schuss, eine ganze Salve. Die Körper der beiden Rotarmisten zuckten, dann brachen sie mitten auf der Straße zusammen. Entgeistert sah Hermann zu den Soldaten hin, die hinter einer dichten Rauchwolke verborgen waren. Hatten sie wirklich auf zwei wehrlose Männer geschossen? Das hatte der Ritter von Epp also darunter verstanden, dass keine Gnade gegeben wurde.

Er klingelte nach Karl, der ihm half, sich anzukleiden. Dann ging er in das Esszimmer, wo wenige Minuten später ein leichtes Frühstück aufgetragen wurde. Es klopfte. Der Leibdiener trat ein. Er meldete den General von Steinbeiß. Hermann befahl ihm, den Offizier hereinzuführen, aber Karl erwiderte, dass der General vor dem Haus warte. Hermann erhob sich. Er stieg die Treppe hinunter und trat durch das Portal ins Freie. General von Steinbeiß saß in Paradeuniform auf einem

Pferd, den Säbel gezückt. An ihm vorbei marschierte Reihe um Reihe Soldaten des Freikorps von Epp. Sie trugen grüne Armbinden.

„Ich hatte Ihnen doch gesagt, dass ich an der Spitze der Truppen zurückkehren würde. Habe ich zu viel versprochen?", rief der Offizier. Er grinste breit. „Und jetzt wird aufgeräumt. Dieses Bolschewistenpack wird sich wünschen, sich nie in München festgesetzt zu haben."

Er nickte Hermann zu, trieb sein Pferd an und setzte sich an die Spitze der Soldaten. Offenbar hatte es beim Einmarsch der Truppen kein Blutvergießen gegeben. Denn die Soldaten sahen nicht so aus, als ob sie in Kämpfe verwickelt gewesen sein. Würde sie nun ein Massaker unter den besiegten Rotarmisten anrichten?

Er musste an Paul danken und ein Schreckensbild erschien vor seinem inneren Auge. Sechs Soldaten mit grünen Armbinden, die auf den Gefreiten anlegten. Der General, der seinen Säbel hob und das Signal zum Feuern gab. Hermanns Eingeweide krampften sich zusammen. Mit einem Mal verspürt er den Drang, sich mit Cognac zu betäuben und dieses furchtbare Bild zu verjagen. Es würgte ihn. Er hielt sich am Geländer fest und atmete tief ein und aus. Das Bild verschwand vor seinem inneren Auge, der Würgereiz ließ nach und seine Gedanken klärten sich.

Paul hatte sein Leben und das seiner ehemaligen Verlobten gerettet. Er musste ihm helfen. Aber wo würde er den Gefreiten finden? Da fiel ihm ein, dass es eine Person gab, die das wissen musste – Hilde. Er klingelte und ließ sich einen leichten Gehrock bringen. Dann ging er in das Arbeitszimmer seines Großvaters und holte aus der Schreibtischschublade den Revolver, den er dort verwahrte. Hermann lud sechs Schuss in die Kammern, sicherte die Waffe und schob sie in die Innentasche des Gehrocks. Er überlegte kurz, dann trug er Karl auf, ihm ein grünes Tuch oder einen grünen Schal zu bringen. Der Leibdiener kam wenig später mit einem dunkelgrünen Taschentuch zurück, das Hermann sich um den linken Oberarm binden ließ. Wenn er Angehörigen der Roten Armee begegnen würde, würde das zwar sein Schicksal besiegeln, aber er nahm an, dass er auf seinem Weg eher auf Soldaten der Reichswehr oder der Freikorps treffen würde.

Seine Vermutungen erwiesen sich als korrekt. Die Stadt wimmelte von Truppen, aber mit seiner grünen Armbinde wurde er nirgendwo aufgehalten oder belästigt. Ganz anders erging es vielen Passanten, vor allem jungen Männern, die aussahen, als ob sie Arbeiter oder Soldaten wären. Hermann erkannte auf den ersten Blick, dass viele von ihnen ihre Uniformen und ihre Abzeichen weggeworfen hatten und nun versuchten, die Tage der Besatzung unerkannt zu überstehen. Doch die Freikorps waren gnadenlos. An einer Straßenecke knüppelte eine Gruppe von fünf Soldaten zwei Männer mit den Kolben ihrer Gewehre nieder. Immer wieder fielen Schüsse. Aus einem Keller hörte er einen unmenschlich klingenden Schmerzensschrei.

Hermann spürte, wie er dem Drang, sich mit Cognac zu betäuben, immer weniger Widerstand entgegensetzen konnte. Vor seinem inneren Auge erschienen schon vergessen geglaubte Erinnerungen aus dem Krieg. Verwüstung, Verwundung, Leid und Tod, ebenso sinnlos damals wie heute.

Er war froh, als er endlich das Haus seiner Mutter erreichte. In Bogenhausen schien sich die Lage bereits beruhigt zu haben. Die Gegend lag auch ein wenig abseits und gehörte wahrscheinlich zu den Vierteln von München, in die die Regierungstruppen als erstes einmarschiert waren. Zudem hatte die Rote Armee dort niemals Fuß fassen können, denn in Bogenhausen wohnten vor allem die reichen Münchner Bürger, die für den Bolschewismus wenig übrig gehabt hatten.

Er ging durch den Vorgarten der Villa seiner Mutter und läutete. Hinter dem Guckloch meinte er, eine vergrößerte Pupille gesehen zu haben. Dann wurde ein Riegel vorgeschoben und die Tür wurde geöffnet. Der Butler führte Hermann in den Salon, wo seine Mutter am Tisch saß, ein Glas Wein vor sich. Als er eintrat, erhob sie sich.

„Gott sei Dank, dir ist nichts geschehen", sagte sie.

„Ich bin auch kein Bolschewist. Denen geht es gerade an den Kragen. Und deshalb bin ich hier. Ich würde gerne mit Hilde sprechen."

Seine Mutter kniff die Augen zusammen. „Lass mich raten, geht es zufällig um Paul Ludwig?"

Hermanns Augen weiteten sich. „Woher weißt du das?"

„Es war klar, dass Hilde dieses Geheimnis mit dir teilen würde, oder?"

„Welches Geheimnis?", fragte Hermann.

„Nun, dass sie eine Liebesaffäre mit diesem Gefreiten hat. Und dass sie ein Kind von ihm erwartet. Wir haben erfahren, dass er verletzt wurde und wahrscheinlich in Gefangenschaft ist. Weißt du näheres darüber?"

Hermann hielt sich an der Tischplatte fest. Ihm wurde schummrig vor Augen.

„Was ist los?", fragte seine Mutter.

Er schüttelte den Kopf. „Nichts. Hast du zufällig Cognac im Haus?"

KAPITEL 31

München, Samstag, 3. Mai 1919

Hilde erwachte von einem leisen Klopfen an ihre Tür. Nach dem Zusammenbruch hatten ihre Mutter und der Wachsoldat sie zunächst auf das Sofa gelegt. Nachdem sie wieder zu sich gekommen war, war sie so schwach gewesen, dass sie keinen Widerstand geleistet hatte, als man sie in ihr Bett verfrachtet hatte. Sie wusste nicht, wie viel Zeit seitdem vergangen war. Es war gleichgültig. Paul war gefangen genommen worden. Er war verwundet. Und aller Wahrscheinlichkeit nach würde er von den Besatzern zum Tode verurteilt und ermordet werden.

Die Tür öffnete sich und Tante Isolde trat ein. Sie war bleich. „Wie geht es dir?", fragte sie.

Hilde kniff die Lippen zusammen. „Mir geht es körperlich nicht anders als beim letzten Mal, als ich zusammengebrochen bin. Ich werde schon wieder auf die Beine kommen. Ich muss. Wenn mein Kind schon ohne Vater aufwächst, soll es wenigstens eine Mutter haben, von der es Liebe, Nahrung und Wärme bekommt."

Isoldes Augen glänzten. Sie richtete sich auf. „Was ist los?"

„Es ist Lotte. Sie wurde von einer Patrouille gefangen genommen. Offenbar hat jemand sie erkannt und angeschwärzt. Leider ist sie eine stadtbekannte Sozialistin. Jetzt sitzt sie im Gefängnis. Die werden ihr den Prozess machen. Überall in der Stadt werden bereits Bolschewisten erschossen. Sie wird die nächste sein. Ich habe gesagt, sie solle vorsichtig sein. Aber du kennst ja Lotte."

Hilde spürte, wie ihr die Tränen in die Augen traten. „Das tut mir so leid. Lotte ist so ein guter Mensch. Aber vielleicht ein wenig zu idealistisch. Sie ist wie Paul. Und nun sind beide gefangen. Es ist ein Jammer."

„Hermann war da. Er hat sich nach dir erkundigt."

Hilde seufzte. „Für ihn wird das alles deutlich weniger schlimm sein als für uns. Ach, wenn wir doch nur irgendetwas tun könnten. Wenn wir nur jemand hätten, der Beziehungen zu den Besatzern hat."

Tante Isolde runzelte die Stirn. Dann schlug sie sich mit der flachen Hand dagegen. „Herrje, ich werde echt alt. Warum habe ich daran nicht gedacht?"

Hilde sah sie irritiert an. „Woran hast du nicht gedacht?"

„Johann von Linden. Wenn jemand gute Kontakte zu allen möglichen Leuten hat, dann er. Er ist wohl die einzige Person in München, die zu allen Seiten freundschaftliche Beziehungen pflegt. Er kannte zwei der Männer, die zu den im Luitpoldgymnasium erschossenen Mitgliedern der Thulegesellschaft gehörten. Genauso gut war er jedoch auch mit Landauer und sogar mit Eisner bekannt."

Hilde war wie elektrisiert. „Vielleicht könnte er wenigstens in Erfahrung bringen, in welchem Gefängnis Lotte und Paul sich befinden."

„Ich gehe gleich zu ihm und frage ihn", sagte Isolde. Hilde schwang die Füße aus dem Bett.

„Was hast du vor?", fragte ihre Tante.

„Du glaubst doch nicht, dass ich dich alleine gehen lasse."

Sie kleidete sich rasch an.

„Was habt ihr vor?", fragte ihre Mutter, die am Fuß der Treppe stand.

„Wir gehen zu Johann von Linden und bitten ihn, herauszufinden, in welchen Gefängnissen Lotte und Paul gehalten werden", erwiderte Hilde.

„Seid ihr von allen guten Geistern verlassen?", fragte Elsa. „Überall in der Stadt werden Bolschewisten gejagt. Es ist nicht sicher."

„Ich habe meine Arzttasche dabei", sagte Isolde. „Ich hoffe, das reicht, um die Besatzungstruppen davon zu überzeugen, dass wir keine Bolschewisten sind."

Hilde sah, dass ihre Mutter weitere Einwände erheben wollte, deshalb wandte sie sich rasch in Richtung Tür und eilte hinaus. Sie hörte, dass ihre Mutter ihnen etwas nachrief, doch da waren sie schon im Vorgarten.

Es war später Vormittag in München. In der Ferne klangen gedämpfte Schüsse. Ansonsten war die Stadt seltsam ruhig. Johann von Linden lebte in der Maxvorstadt in der Nähe der großen Museen, der Glyptothek und der Pinakothek. Sie hatten Umwege einschlagen müssen, um Straßensperren zu vermeiden, an denen die Besatzer Passanten kontrollierten. Aber schließlich gelangten sie unbehelligt in die Maxvorstadt. Als Isolde an der Tür im ersten Stock des herrschaftlichen Gebäudes klingelte, öffnete Johann von Linden selbst. Er trug einen Hausrock und Pantoffeln und wirkte zunächst überrascht, dann aber hocherfreut, als er Isolde erkannte.

„Isolde. Was führt dich zu mir?", fragte er.

„Ich möchte dich um einen Dienst bitten. Einen Freundschaftsdienst. Ich weiß, dass ich viel von dir verlange. Aber ich weiß nicht, an wen ich mich sonst wenden soll", sagte Isolde.

Johann von Linden winkte ab. „Du weißt, dass ich dir keinen Wunsch abschlagen würde", sagte er. „Also, worum handelt es sich?"

Isolde berichtete ihm von Lottes und Pauls Gefangennahme. Von Linden kratzte sich an der Stirn. Hilde hielt den Atem an. War die Lage aussichtsloser, als sie gedacht hatten? Hatte er vielleicht doch nicht die guten Beziehungen, die Isolde ihm zugeschrieben hatte?

„Lass mich einmal nachdenken. Ich habe noch keinen Überblick über die Organisationsstruktur der Truppen in München. Das scheint ein ziemliches Chaos zu sein. Es sind reguläre Einheiten, aber überwiegend wohl Angehörige der Freikorps. Wie ich gesehen habe, sind auch Soldaten des Ritters von Epp dabei. Den kenne ich von einem Jagdausflug vor ein paar Jahren im Grunewald. So eine Geschichte mit dem Kaiser. Nicht so wichtig. Na ja, auf jeden Fall kann ich mich an von Epp wenden und versuchen, herauszufinden, wo die beiden sich befinden. Ich kann vielleicht auch vorsichtig einmal vorfühlen, ob er zum einen ermächtigt, zum anderen bereit dazu wäre, die beiden freizulassen. Aber vorrangig wäre es erst einmal wichtig, zu wissen, wo sie gefangen gehalten werden, oder?"

Hilde und Isolde nickten beide.

„Gut", sagte von Linden. „Ich kleide mich an und breche gleich auf. Wartet solange hier. Ich hoffe, ich kann bald gute Nachrichten überbringen."

***

Hermann sah noch einmal auf den Zettel. Das war die Adresse, die seine Mutter ihm aufgeschrieben hatte. Er ging in das Treppenhaus und stieg in den ersten Stock empor. Dort entdeckte er ein Klingelschild. *Johann von Linden* stand darauf. Er schloss die Augen, dann atmete er tief durch und drückte mit dem Finger auf den Kopf. Er hörte das Läuten der Glocke im Innern der Wohnung. Kurz danach erklangen Schritte und als die Tür sich öffnete, sah er zu seinem Erstaunen seine Tante Isolde vor sich.

„Hermann?", sagte sie. „Was machst du denn hier?"

Plötzlich tauchte das Gesicht seiner Schwester hinter seiner Tante auf. Ganz offenbar war er am richtigen Ort.

„Ich habe von meiner Mutter erfahren, dass ihr hier seid. Ich muss mit euch reden."

Isolde schloss die Türe, dann hörte er das Rascheln einer Kette, ehe der Türflügel sich nun ganz öffnete. Er trat ein und fand sich in einem in Anbetracht der Größe des Gebäudes erstaunlich langen Flur wieder. An den Wänden standen in Regalen Mitbringsel von diversen Weltreisen. Hermann hatte Johann von Linden schon mehrfach getroffen, teilweise bei gesellschaftlichen Anlässen, teilweise auch bei seiner Mutter. Er hatte sich immer gern mit ihm unterhalten. Er war ein angenehmer, umgänglicher Mann, der über ein breites Wissen verfügte und stundenlang mit Berichten von seinen Expeditionen zu fesseln wusste. Er folgte Hilde und seiner Tante in einen kleinen Salon. Dort setzten sie sich auf ein Sofa und Hermann nahm auf einem Stuhl Platz. Die beiden Frauen sahen ihn erwartungsvoll an. Er räusperte sich, dann begann er:

„Ich habe erfahren, dass Lotte von den Regierungstruppen festgesetzt wurde“, sagte er. Dann wandte er sich an Hilde. „Und meine Mutter hat mir gesagt, dass Paul Ludwig ebenfalls gefangen genommen wurde. Sie hat mir auch gesagt, dass ihr Johann von Linden aufsuchen wolltet, um ihn zu bitten, herauszufinden, in welchen Gefängnissen sie sich befinden.“

„Das ist richtig“, erwiderte Isolde. „Aber was hast du damit zu tun? Nimm es mir bitte nicht übel, aber ich vermute, du bist ganz froh, dass Lotte aus dem Weg geräumt ist. Und einen Bolschewisten wie Paul Ludwig willst du doch auch lieber im Gefängnis als auf der Straße sehen, oder?“

Hermann spürte, wie ihm eine leichte Röte in die Wangen stieg. Er schüttelte den Kopf.

„Ich mag politisch nicht mit den beiden sympathisieren. Aber ich verwahre mich entschieden dagegen, wie mit Gefangenen umgegangen wird. Natürlich war es ein Unrecht, dass Bolschewisten die Geiseln im Luitpoldgymnasium hingerichtet haben. Aber ich war heute in München unterwegs und habe erlebt, wie Menschen willkürlich getötet wurden, weil sie für Bolschewisten gehalten wurden. Das ist einer Truppe unwürdig, ganz egal, für welche Sache sie kämpft. Wenn Paul Ludwig und Lotte ordentlich behandelt werden, einen fairen Prozess und ein gerechtes Urteil erhalten, würde ich mich nicht dagegen sperren. Aber leider wird damit nicht zu rechnen sein. Ich hoffe, dass sie in der Haft keine Misshandlungen erleiden müssen. Und ich glaube nicht, dass der Prozess, sollte es jemals dazu kommen, in irgendeiner Form nach den Regeln des Gesetzes ablaufen wird. Und das Urteil wird sicher nicht gerecht sein. Deshalb bin ich zu euch gekommen. Wenn es Johann von Linden tatsächlich gelingt, herauszufinden, in welchen Gefängnissen sich Lotte und Paul befinden, werde ich alles in meiner Macht Stehende tun, um sie zu befreien.

Hilde und Isolde tauschten einen Blick, aus dem Hermann sowohl Überraschung als auch eine Spur Misstrauen las. Er konnte es den beiden Frauen nicht verübeln. Er war über sein Angebot selbst überrascht. Isolde hatte schon recht gehabt. Insbesondere Lotte gegenüber war er jahrelang ablehnend, wenn nicht sogar feindselig aufgetreten. Aber er hatte ihr nie den Tod gewünscht. Und Erniedrigung und Folter schon gleich gar nicht. Bei Paul Ludwig lagen die Dinge noch komplizierter. Er wünschte dem Gefreiten nichts als Glück, Zufriedenheit und ein langes Leben. Und nun bestand sogar die Möglichkeit, dass Paul sein Schwager wurde, etwas, das eine wilde Freude in Hermann hervorrief. Gleichzeitig hatte er aber auch wieder den Stich der Eifersucht gespürt, der ihn zur Vorsicht diesen Gefühlen gegenüber ermahnte.

„Was hast du vor?", fragte Isolde. Hermann wollte etwas erwidern, doch in diesem Moment hörte er das Türschloss. Kurz darauf trat die untersetzte Gestalt von Johann von Linden ein. Er zog überrascht die Augenbrauen und die kahle Stirn nach oben, als er sah, dass die beiden Frauen Zuwachs bekommen hatten. Dann schien er Hermann zu erkennen und seine Züge hellten sich auf.

„Herr von Lampeck. Welche Freude Sie zu sehen. Wir haben uns noch gar nicht sprechen können, seitdem Sie die Bank Ihres Großvaters übernommen haben. Ich hoffe, die Geschäfte laufen gut", sagte er. Hermann nickte ihm zu und sie schüttelten sich die Hand. Er bewunderte von Linden dafür, wie mühelos es ihm gelang, diese belanglose Konversation zu betreiben.

„Aber Sie sind sicher nicht zu mir gekommen, um mir darüber zu berichten", fuhr von Linden fort. „Ich vermute, dass Sie Ihre Tante und Ihre Halbschwester dabei unterstützen möchten, zwei Menschen, die Ihnen sehr am Herzen liegen, aus dem Gefängnis zu befreien."

Hermann sah, dass Isolde und Hilde gespannt an den Lippen des Mannes hingen. Ihm erging es nicht anders.

„Ich habe eine gute und eine schlechte Nachricht", sagte von Linden. „Die gute Nachricht ist, dass ich herausgefunden habe, wo sich die beiden befinden. Es handelt sich um das Gefängnis in Stadelheim. Erfreulicherweise sind beide dort untergebracht. Das würde eine nur hypothetische Befreiungsaktion ein wenig leichter gestalten."

„Was ist die schlechte Nachricht?", fragte Hilde.

„Der Ritter von Epp war sehr freundlich. Er hat mir aber zu verstehen gegeben, dass es nicht an ihm liege, Gefangene freizulassen. Das könne nur der jeweilige Kommandant entscheiden, der das Gefängnis befehlige. In diesem Fall handelt es sich um den General von Steinbeiß.

Die Blicke von Hilde und Isolde richteten sie auf Hermann. Sein Mund war staubtrocken. Das war eine unerwartete Entwicklung. Er wusste nur nicht, ob sie ihrer Sache zum Vorteil gereichte oder nicht.

Hermann räusperte sich. „Gut, dann werde ich sofort zum General gehen und versuchen, Lottes und Pauls Freilassung zu erwirken.“

KAPITEL 32

München, Samstag, 3. Mai 1919

Hermann sah an der Ziegelsteinmauer empor, die das Stadelheimer Gefängnis umgab. Es war früher Abend und die Mauerkrone wurde vom goldenen Sonnenlicht angestrahlt. Es war ein beinahe schönes Bild. Und dennoch vermutete er, dass in den Zellen und Verhörräumen der Anstalt unvorstellbare Grausamkeiten auf die Gefangenen warteten. An der Südseite des Gebäudes, wo sich das Eingangsportal befand, lagerten mehrere Soldaten im Freien. Als er sich näherte, erhoben sie sich, zwei brachten ihre Gewehre in Anschlag. Hermann hob die Hände.

„Kameraden, ich bin kein Feind. Ich habe im Krieg gedient als Offizier unter General von Steinbeiß. Ich bin gekommen, um mit ihm zu sprechen."

Die Blicke waren noch immer misstrauisch, aber nicht mehr feindselig. Die Männer senkten die Waffen und zwei Gefreite traten auf ihn zu und nahmen ihn in die Mitte. Sie führten ihn durch den Gefängnishof in das festungsartige Gebäude hinein. Die Beleuchtung war nicht eingeschaltet und so wirkte der Flur, den sie betraten wie ein endloser, schwarzer Tunnel, der geradewegs in einen Höllenschlund führte. Sie bogen in ein Treppenhaus ab. Aus einem der Kellergeschosse hörte Hermann einen erstickten Schrei. Als sie den ersten

Stock erreichten, öffnete einer der Soldaten eine Tür und gebot, ihm einzutreten.

Hermann fand sich in einem Verhörzimmer wieder. Es war spärlich eingerichtet, die einzigen Möbel waren zwei Stühle, die sich an einem Tischchen gegenüberstanden. Daneben wartete der General. Als er Hermann erkannte, legte er den Kopf schief.

„Was für eine Überraschung", sagte er. „Der verlorene Sohn kehrt heim."

„Der verlorene Sohn? Entschuldigen Sie bitte, ich bin nicht so bibelfest. Aber war es bei diesem Gleichnis nicht so, dass der Sohn sich den Erbteil hat ausbezahlen lassen, diesen mit allen möglichen finsteren Gesellen durchgebracht hat und dann zu seinem Vater gekommen ist, um Vergebung zu bitten und damit seinen Bruder ausgestochen hat, der die ganze Zeit brav zu Hause geblieben ist?"

„Für einen Katholiken sind Sie erstaunlich bibelfest. Ja, genau so ist es."

„Welchen Erbteil habe ich dann durchgebracht? Und welchen Bruder habe ich erzürnt?"

„Um im Bild zu bleiben. Der Erbteil, den sie durchgebracht haben, ist mein Vertrauen in Ihre Loyalität. Und den Bruder, den sie erzürnt haben? Das mag etwas gotteslästerlich klingen. Aber das ist meine Tochter. Sie haben ihr die Ehe versprochen. Und dann haben Sie sich aus dem Staub gemacht. War es nicht so?"

Hermann atmete tief ein und aus. Wieder spürte er den Drang, einen Cognac zu trinken. Aber hier gab es sicher keinen Alkohol. Der General duldete sicher nicht, wenn im Dienst getrunken wurde.

„Ich habe möglicherweise Worte gesprochen, die ich heute bereue.“

Von Steinbeiß zog eine Augenbraue nach oben. „So, das ist ja interessant. Das beantwortet aber immer noch nicht meine Frage. Was führt Sie zu mir? Zwischen uns ist alles geklärt. Ich werde mich an Sie wenden, wenn ich Ihrer Dienste bedarf. Doch nun haben Sie offenbar ein Anliegen an mich.“

Hermann atmete erneut tief durch. „Ich habe erfahren, dass in diesem Gefängnis zwei Subjekte festgehalten werden, um deren Freilassung ich Sie bitten möchte.“

Nun wanderte auch die andere Augenbraue des Generals nach oben. „Sie wissen schon, dass hier nur hartgesottene Bolschewisten interniert sind. Und Sie wollen, dass zwei dieser Tunichtgute freigelassen werden? Wie kommen Sie dazu?“

„Beim ersten handelt es sich um Paul Ludwig“, fuhr Hermann in einem Ton fort, der möglichst ungerührt klingen sollte, auch wenn ihm sein Herz bis zum Hals pochte.

Als er den Namen aussprach, verzog der General sein Gesicht. „Das ist ein besonders widerliches Subjekt. Was haben Sie denn mit dem zu schaffen?“

„Ich stehe in seiner Schuld. Er hat mir das Leben gerettet. Nicht nur einmal. Und er hat Friederike befreit, damals, als sie festgenommen wurde, nachdem die beiden Stempel bei ihr gefunden wurden.“

Von Steinbeiß kniff die Augen zusammen. „Sie hat mir nicht gesagt, dass Sie sich deswegen an einen derart widerwärtigen Bolschewisten gewandt haben.“

„Manchmal heiligt der Zweck die Mittel." Hermann biss sich auf die Zunge. Hoffentlich verstand der General das nicht falsch.

„Nun gut. Sie hatten von zwei Gefangenen gesprochen."

„Bei der zweiten handelt es sich um Charlotte Kleiber. Sie ist ein harmloses Subjekt. Vor dem Krieg hat sie eine Teestube für Arbeiter betrieben. Meine Tante, eine Ärztin, hat sehr eng mit ihr zusammengearbeitet. Die beiden haben es geschafft, die Tuberkulose in Sendling deutlich zurückzudrängen. Sie ist fehlgeleitet. Aber sie hat viel Gutes geleistet. Und sie ist keine hart gesottene Bolschewistin."

Der General winkte ab. „Mit ihrer Freilassung habe ich kein Problem. Aber dieser Ludwig. Ich weiß nicht. Mir untersteht im Rahmen des Kriegsrechts zwar dieses Gefängnis und damit auch das Privileg, zu entscheiden, wen ich dabehalte und wen nicht. Aber ich muss mich auch meinen Vorgesetzten gegenüber verantworten. Ich will nicht am Ende als der Buhmann dastehen, wenn sich Ihr Paul Ludwig als der zukünftige rote Stern der deutschen Bolschewisten entpuppen sollte. Sie wissen, dass ich noch viel vorhabe."

„Das verstehe ich", erwiderte Hermann. „Und deshalb verspreche ich Ihnen, dass Paul Ludwig aus dem Reich verschwinden wird, ohne Spuren zu hinterlassen. Wir werden ihn in die Schweiz schmuggeln, ebenso wie Charlotte Kleiber. Und von dort aus wird er nach Moskau aufbrechen. Dort sind so viele Bolschewisten, da wird er keinen Schaden anrichten."

Der General sah ihn eine Weile an. Dann sagte er: „Das wird Sie aber etwas kosten, das ist Ihnen schon klar?"

„Wie viel wollen Sie?", fragte Hermann.

Von Steinbeiß schüttelte den Kopf. „Ich will kein Geld. Ich will, dass Sie zu Friederike gehen und sich bei ihr entschuldigen. Und ich will, dass Sie Ihren Antrag erneuern. Sie werden mein Schwiegersohn. Wenn Sie wollen, dass dieser Paul Ludwig in Freiheit kommt, dann heiraten Sie meine Tochter."

***

Als Hilde gemeinsam mit ihrer Tante in die Villa zurückkehrte, war sie vorsichtig optimistisch. Sie wussten nun, dass Paul und Lotte im selben Gefängnis festgehalten wurden. Nachdem Hermann aufgebrochen war, um mit dem General zu reden, hatten sie zwei bange Stunden bei Johann von Linden verbracht. Dieser hatte versucht, sie mit Anekdoten über seine vielen Auslandsreisen ein wenig aufzuheitern, aber es war ihm nicht gelungen, die finsteren Gedanken zu vertreiben, die Hilde durch den Kopf spukten. Wahrscheinlich war es ihrer Tante nicht anders gegangen, auch wenn sie pflichtschuldig gelächelt und immer wieder Fragen gestellt hatte, um Johann von Linden zum Weiterreden zu animieren. Und dann war Hermann endlich zurückgekehrt.

„Der General hat einer Befreiungsaktion zugestimmt. Wir müssen allerdings die Wachmannschaften bestechen. Die entsprechenden Geldmittel werde ich bereitstellen. Wir werden Lotte und Paul befreien und ich werde mit ihnen zur Schweizer Grenze fahren. In der Schweiz werden sie in Sicherheit sein, allerdings besteht für Paul die Verpflichtung, dass er von dort nicht mehr ins Reich einreist, sondern dass er sich nach Russland begibt.“

Hilde hielt sich eine Hand vor den Mund. „Nach Russland? Warum denn so weit weg?“

Doch noch ehe Hermann etwas erwidern konnte, konnte sie sich die Frage selbst beantworten. Natürlich musste er so weit weg wie möglich sein. Er sollte vom Angesicht der Welt verschwinden. Und in Russland war er ungefährlich. Aus Sicht der Reaktionäre war der Schaden dort nämlich schon längst angerichtet worden.

„Und was ist, wenn einer von beiden oder beide sich weigern, mitzugehen?“, fragte Tante Isolde. Hilde konnte es ihr nicht verdenken. Sie hatte viel Erfahrung mit Lottes Eigensinn. Ihre Freundin wollte ganz sicher nicht in die Schweiz verschwinden.

„Ich denke einmal, dass der Aufenthalt in der Schweiz in Charlottes Fall nicht allzu lange dauern wird. Sobald sich die Gemüter etwas abgekühlt haben, wird sie zurückkehren können. Die Regierung sieht sie nicht als Bedrohung an. Bei Paul liegt der Fall leider anders. Aber vielleicht wächst irgendwann einmal so viel Gras über die Sache, dass auch er zurückkehren kann.“

Da die Befreiungsaktion für den übernächsten Abend vorgesehen war, hatten sie sich von Hermann getrennt und waren wieder nach Hause gegangen. Dort erwartete ihre Mutter sie bereits. Isolde gab ihr einen kurzen Überblick über die Ereignisse.

„Gut. Ich hoffe, dass Hermann recht hat. Vielleicht ändern sich in zwei oder drei Jahren die politischen Verhältnisse wieder und dein Paul kann wieder zurückkehren", sagte sie.

„Das werden wir dann in zwei oder drei Jahren entscheiden", sagte Hilde. „Vielleicht gefällt es uns ein Russland."

Die Augen ihrer Mutter weiteten sich. „Was meinst du damit?"

„Na, ich werde Paul nicht alleine nach Russland gehen lassen. Wir werden Eltern. Ich möchte, dass mein Kind von Anbeginn seines Lebens an seinen Vater miterlebt. Da werde ich mich nicht mit der Aussicht von ihm trennen, dass es vielleicht in zwei oder drei oder auch in sechs oder sieben oder in zehn oder zwanzig Jahren möglich sein wird, dass er zurückkehrt. Das wäre doch Irrsinn. Nein, ich werde Paul nach Russland begleiten."

Ihre Mutter erbleichte. „Das ist nicht dein Ernst!", stieß sie hervor. „Du rennst in dein Unglück. In Russland herrscht der pure Terror."

„Ich habe gehört, dass Mitstreiter aus anderen Ländern weiterhin sehr willkommen sind. Natürlicher herrscht dort Bürgerkrieg. Aber ich glaube, dass Paul und ich auch eine bessere Gesellschaft vorfinden, an deren Aufbau wir teilhaben können."

Ihre Mutter schlug sich die Hände vors Gesicht. „Das darf doch nicht wahr sein. Kind. Nimm Vernunft an!"

„Ich bin vernünftig, Mama. Wie oft hast du mir gesagt, dass es dir leidtut, dass ich nicht mit meinem leiblichen Vater aufwachsen konnte? Dein Geliebter hat sich vor meiner Geburt totschießen lassen. Wie oft hast du geklagt, dass es deine Schuld gewesen sei? Dass du ihn nicht davon abgehalten hättest, das Duell auszufechten. Und es ist wahr. Ich hätte meinen leiblichen Vater gerne kennengelernt. Er muss ein wunderbarer Mensch gewesen sein. Ich bin mir sicher, wenn er dir vorgeschlagen hätte, sich nicht mit Hermanns Vater zu schlagen, sondern mit dir zu fliehen nach Frankreich, nach Russland oder vielleicht sogar nach Ostafrika, du wärst sofort mit ihm gegangen, oder?"

Sie sah, dass die Unterlippe ihre Mutter bebte. Aber sie erwiderte nichts. Hildes Worte zeigten offenbar noch nicht die erhoffte Wirkung. Sie sah hilfesuchend zu ihrer Tante.

„Da hat Hilde durchaus einen Punkt", sagte Isolde. „Als ich damals von deiner Affäre mit Moritz erfahren habe, war einer meiner ersten Gedanken, dass du alles stehen und liegen lässt und mit ihm ins Ausland fliehst. Ich verstehe, dass Hildes Pläne dich betrüben. Mir geht es genauso. Ich mache mir Sorgen um sie. Russland ist kein sicherer Hafen. Aber du weißt, dass du sie nicht aufhalten kannst."

„Das ist es doch, was mich zerreißt", schrie Elsa. Sie rang die Hände. „Ich will dich nicht verlieren, Hilde. Du bist alles, was ich habe. Es gab Zeiten, da habe ich mich nur am Leben halten können, weil ich dich hatte. Und nun? Was soll aus diesem Haus werden, wenn du nicht mehr hier bist? Was soll ich ohne dich tun?"

„Denk an deine Firma, Mama. Deine Arbeiter brauchen dich. Es werden schwere Zeiten anbrechen. Das Überleben von Hunderten von Familien hängt von dir ab. Das ist deine Aufgabe. Nicht ich. Ich bin erwachsen. Ich kann selbst entscheiden, was ich tue. Natürlich gehe ich nicht gern. Ich wäre viel lieber in München geblieben, hätte hier mein Kind zur Welt gebracht und es mit Paul großgezogen. Doch das ist uns verwehrt. Wir müssen ins Exil. Aber ich bin mir sicher, dass es nicht für immer sein wird. Ich werde zurückkehren. Das verspreche ich dir."

Elsa breitet die Arme aus und Hilde ließ sich hineinfallen. Sie spürte die heißen Tränen ihrer Mutter an ihrer Wange und diese mischten sich bald mit ihren eigenen. Sie zitterte und bebte und dennoch fühlte sie sich geborgen und sicher. Als sie sich nach einer Weile voneinander lösten, sah Elsa sie lange an. Dann sagte sie: „Versprich mir, dass du auf dich aufpasst. Und auf mein Enkelkind. Und auf meinen Schwiegersohn."

Hildes Stimme war belegt, als sie erwiderte: „Ich verspreche es dir. Und jetzt gehe ich und packe meine Siebensachen zusammen."

KAPITEL 33

München, Sonntag, 4. Mai 1919

Hermann atmete tief durch. Am liebsten wäre er umgedreht und wieder gegangen. Aber er war es den Menschen schuldig, die er am meisten liebte. Hilde und Paul. Er läutete und kurz darauf öffnete ihm Friederike. Ihren Gesichtsausdruck als kühl zu bezeichnen, wäre eine Untertreibung gewesen. Sie musterte ihn mit einem Blick, in dem so viel Eis lag, dass man damit die Vorräte eines mittelgroßen Münchner Bierkellers ein Jahr lang hätte kühlen können.

„Guten Tag", sagte sie. „Was kann ich für Sie tun?"

Er unterdrückte ein Seufzen. Sie hatte also beschlossen, es ihm so schwer wie möglich zu machen. Gut, aus ihrer Sicht hatte er das wahrscheinlich auch verdient.

„Ich bin gekommen, um mit Ihnen zu reden. Ich vermute, dass Ihr Vater meinen Besuch bereits angekündigt hat?"

„Mein Vater hat erwähnt, dass Sie vorbeikommen würden. Und da ich eine gehorsame Tochter bin, habe ich zugestimmt, Sie anzuhören. Treten Sie ein."

Sie führte ihn in den Küchenbereich und bot ihm einen Platz am Esstisch an. Sie selbst stellte sich an den Herd, verschränkte die Arme unter der Brust und sah ihn an.

„Ich möchte Sie um Verzeihung bitten. Die Worte, die ich an jenem Abend an Sie gerichtet habe, waren meiner unwürdig. Und Ihrer sowieso. Ich möchte mich in aller Form bei Ihnen entschuldigen.“

„Welche Worte meinen Sie ganz genau?“

Wieder unterdrückte er ein Seufzen. Das war noch schlimmer, als er befürchtet hatte.

„Meine Äußerung dahingehend, dass Sie Unrecht hatten, mich einen Feigling zu nennen ...“

Ihre Augen verengten sich zu Schlitzen. „Das ist ja nun einmal eine Untertreibung. Sie wollten mir das Wort verbieten. Und dann haben Sie die Verlobung gelöst.“

„Und das bereue ich zutiefst“, sagte er in einem Ton, in den er so viel Zerknirschung zu legen versuchte, wie ihm anhand seiner nicht allzu ausgeprägten schauspielerischen Fähigkeiten möglich war.

Sie kniff die Lippen zusammen. „Das nehme ich Ihnen nicht ab“, sagte sie. „Sie wären nicht gekommen, wenn Sie nicht die Dienste meines Vaters nötig hätten. Um was geht es? Er hat mich im Unklaren darüber gelassen. Aber bevor ich Ihnen vergebe oder Ihnen gar noch weitergehende Zugeständnisse mache, will ich wissen, worum es sich handelt.“

„Es geht um die Freilassung zweier Gefangener aus dem Gefängnis, das von Ihrem Vater kommandiert wird.“

„Da muss es sich ja um Menschen handeln, die Ihnen sehr am Herzen liegen, wenn Sie bereit dazu sind, den bitteren Kelch zu trinken, sich bei mir zu entschuldigen und, so hat mein Vater es zumindest angedeutet, erneut um meine Hand anzuhalten.“

Er erwiderte nichts. Doch sie ließ ihn nicht vom Haken. „Was verbindet Sie mit diesen Leuten? Sagen Sie es mir, oder ich beende dieses Gespräch sofort.“

„Bei der einen Person handelt es sich um eine alte Freundin meiner Tante. Sie haben zusammen viel dazu beigetragen, die Ausbreitung der Tuberkulose in Sendling zu stoppen. Sie hat Sympathien für die Sozialisten, aber sie ist kein schlechter Mensch und nur durch Zufall wurde sie gefangen genommen. Sie gehört nicht in ein Gefängnis.“

„Darüber lässt sich streiten. Aus meiner Sicht gehört jeder, der auch nur entfernt Sympathien mit den Bolschewisten hegt, in ein Gefängnis. Aber gut, das will ich einmal so stehen lassen. Und die andere Person?“

„Ein ehemaliger Soldat unter meinem Kommando. Er hat mir an der Westfront das Leben gerettet. Und er ist es, der mir den Gefallen erwiesen hat, Sie damals aus dem Gefängnis zu befreien. Ich bin ihm verpflichtet, ich schulde ihm viel. Und deshalb würde ich alles tun, um ihn vor der Todesstrafe zu retten.“

„Das nehme ich Ihnen nicht ab“, sagte sie.

„Aber es ist die Wahrheit. Er hat mir und Ihnen das Leben gerettet. Dafür muss ich mich revanchieren.“

Sie schüttelte den Kopf. „Unsinn. Sie sind niemand, der eine persönliche Verpflichtung über Recht und Gesetz stellt. Ist es nicht so, dass Sie Ihren Großvater ans Messer geliefert hatten, als dieser sich gegen Ihre Mutter verschworen hatte? Und in dessen Schuld standen sie noch tiefer als in der dieses Soldaten. Er hat Sie immerhin großgezogen.“

Hermann sah sie mit großen Augen an. Woher wusste sie das? Sie schien seine Gedanken erraten zu haben.

„Denken Sie, ich informiere mich nicht über Sie? Ich kaufe doch nicht die Katze im Sack. Also, verraten Sie mir, was Sie mit diesem Mann verbindet."

Hermann spürte, wie ihm der kalte Schweiß auf die Stirn trat. Das entwickelte sich keineswegs so, wie er gehofft hatte. Was sollte er denn nun erwidern?

Auf Friederikes Lippen erschien ein maliziöses Lächeln. „Ah, so langsam wird es interessant. Sie geben mir keine Antwort. Es gibt ein Geheimnis zwischen ihnen. Aber das ist Ihnen peinlich. Sie brauchen nicht weiter sprechen. Ich ahne schon, worauf das hinausläuft. Männer, die jahrelang zusammen im Schützengraben leben. Der Mangel an Frauen. Die Einsamkeit. Die Kameradschaft. Die Nähe."

Hermann spürte, wie seine Unsicherheit in Wut umschlug. „Was wollen Sie damit andeuten?"

„Sie wissen es genau. Zwischen Ihnen und diesem Mann ist etwas vorgefallen. Etwas, das in der Natur nur zwischen Mann und Frau vorgesehen ist. Sie lieben ihn. Deshalb wollen Sie, dass er freigelassen wird."

Er schüttelte den Kopf, senkte dabei aber den Blick.

„Sehr gut", sagte sie.

Er sah sie irritiert an. „Was meinen Sie damit?"

„Nun habe ich Sie an dem Punkt, an dem ich Sie haben wollte. Ich weiß etwas über Sie, das ich jederzeit gegen Sie verwenden kann. Ich habe eine Sicherheit. Und nun bin ich bereit, Ja zu sagen, wenn Sie mich fragen, ob ich Ihre Frau werden will."

Herrmanns Herz raste. „Sie haben keinen Beweis", sagte er halbherzig.

„Sie werden Ihre Neigung nicht auf ewig vor mir verbergen können. Irgendwann werden Sie sie ausleben müssen. Und ich werde Ihnen genau auf die Finger sehen. Mich persönlich stört es nicht. Aber es wäre doch schlimm, wenn die feine Gesellschaft in München erführe, dass der angesehene Herr Bankdirektor mehr zu Männern als zu Frauen hingezogen ist."

Hermann spürte, wie ihm eine heiße Röte ins Gesicht schoss.

„Na na, nicht so verlegen. Kürzen wir das hier ab. Ich bin einverstanden. Ich nehme Ihren erneuten Antrag an. Sie müssen sich jetzt auch nicht hinknien, der Ring, den sie mir beim ersten Mal gegeben haben, gilt weiterhin. Wir werden heiraten. Ich werde meinen Vater bitten, diese Bolschewistin und ihren kleinen Liebling entlassen zu lassen. Sie sorgen dafür, dass der Mann diskret verschwindet. Ich will nicht, dass gleich ein paar Wochen nach unserer Hochzeit Gerüchte darüber entstehen, dass Sie es mit einem entflohenen Bolschewisten treiben."

Hermann sah sie an. Seine Wut war inzwischen in Hass umgeschlagen.

„Ich sehe, dass Ihnen das nicht passt", sagte sie. „Und das kann ich verstehen. Aber denken Sie daran. Unsere Ehe ist ein Zweckbündnis. Sie werden auch etwas davon haben. Sie müssen mich dafür nicht mögen. Aber Sie werden besser damit fahren, wenn Sie mich als eine würdige Gegnerin achten. Die Basis jeder gesunden Ehe."

Sie nickte ihm zu. Er erhob sich, wandte sich um und ging hinaus. Draußen lehnt er sich an die Wand und atmete tief durch. War das eben gerade wirklich geschehen? Um die Folgen würde er sich später kümmern müssen, jetzt war zuerst einmal wichtig, dass Paul und Lotte befreit wurden.

***

„In diesem Umschlag sind 5000 Mark", sagte Hermann. Hilde nahm ihn entgegen. Ihre Hand zitterte ein wenig. Sie steckte sich das Geld in die Innentasche ihres Mantels und schloss ihn.

„Und du willst wirklich alleine gehen?", fragte Tante Isolde.

Hilde nickte. „Ich will möglichst wenig Aufmerksamkeit erregen. Und so ist es doch abgesprochen, oder? Ich frage nach dem wachhabenden Offizier, gebe ihm den Umschlag und dann gehe ich wieder."

„Ja, so ist es mit dem General vereinbart", sagte Hermann.

Hilde atmete tief durch, dann verließ sie die Wohnung von Johann von Linden. Sie nahm die Tram. In der Stadt herrschte eine seltsame Ruhe. Es waren keine Schüsse mehr zu hören. Auf den Straßen waren kaum Zivilisten zu sehen. Aber überall waren Trupps von Soldaten unterwegs. Vom General hatte Hermann einen Passierschein bekommen, den sie in ihrer linken Hand hielt. Das Papier war schon ein wenig klamm, denn ihre Haut war schweißnass. Und sie zittert leicht. Am Mariahilfplatz stieg sie aus und ging zu Fuß weiter.

Sie hatte das Gefängnis schon beinahe erreicht, als drei Soldaten auf sie zukamen. Offenbar hatte sie die Aufmerksamkeit eines der Männer erregt, denn auf seinem Gesicht erschien ein anzügliches Grinsen.

„Ja, wen haben wir denn da?", fragte er in einem süßlichen Tonfall, der Hilde Ekel bereitete. „Hast du dich verirrt? Dürfen wir dir helfen, den richtigen Weg zu finden?"

Hilde musterte ihn kühl. Sie hielt ihm den Passierschein vor die Nase.

„Ich muss zum Gefängnis nach Stadelheim. Der General von Steinbeiß, mein Patenonkel, möchte mich sehen. Er hat mir dieses Dokument ausgestellt."

Der Soldat musterte das Papier eindringlich, wahrscheinlich in der Hoffnung, es als eine Fälschung anzweifeln zu können. Aber der Stempelabdruck war klar und deutlich und erfreulicherweise hatte der General eine sehr gut lesbare Unterschrift. Schließlich trat der Mann beiseite und murmelte etwas, das wohl eine Entschuldigung darstellen sollte.

Den Wachen am Eingang des Gefängnisses zeigte sie ebenfalls das Schreiben des Generals und sie wurde ohne Beanstandung eingelassen. Sie fragte nach dem diensthabenden Offizier und wurde in ein Verhörzimmer im zweiten Stock geführt. Im Treppenhaus hörte sie gedämpfte Schreie. Eine Frau. Dann brüllte ein Mann, der offenbar unter starken Schmerzen litt. Ob das Paul gewesen war? Ob sie ihn folterten? Er war angeschossen worden. Ob sie seine Wunde versorgt hatten? Sie hoffte, dass sie bald Klarheit gewinnen würde.

Der diensthabende Offizier, ein junger Kerl mit flachsblonden Haaren und einem ebensolchen Schnurrbart, saß lässig auf dem Tisch im Verhörzimmer und schaukelte mit den Beinen hin und her.

„Na, das ist ja mal eine angenehme Überraschung", sagte er.

„Sind Sie der Hauptmann?", fragte Hilde. Sie wollte ohne Umschweife das Geschäft abwickeln und gleich wieder gehen.

„Aber warum denn so förmlich?", säuselte er mit einer ähnlich süßlichen Stimme, wie der Soldat es eben auf der Straße draußen getan hatte. „Wir haben hier nicht oft Damenbesuch. Möchten Sie sich nicht ein wenig setzen? Dann können wir plaudern."

Sie schüttelte den Kopf. „Ich habe leider nicht so viel Zeit. Können wir vielleicht gleich zum Geschäftlichen kommen?" Sie knüpfte ihren Mantel auf. Auf seinem Gesicht erschien ein anzügliches Lächeln.

„Ich mag Frauen, die gleich zur Sache kommen"

Zu ihrem großen Schrecken sah sie, dass er damit begann, seinen Gürtel zu lösen und den obersten Knopf seiner Hose zu öffnen.

„Ich glaube, Sie verstehen nicht", sagte sie und holte den Briefumschlag hervor. „Vereinbart ist, dass Sie 5000 Mark erhalten."

Er öffnete einen weiteren Knopf seiner Hose. „Der Preis ist gerade gestiegen. Kommen Sie schon, Sie wollen es doch auch. Wann hatten Sie schon einmal einen richtigen Mann zwischen Ihren Beinen. Einen Soldaten im Rausch des Sieges. Das ist eine ganz besondere Erfahrung für jede Frau."

Hilde spürte, wie ihr heiß und kalt wurde. Sie wollte keinen Soldaten im Rausch des Sieges zwischen ihren Beinen. Sie wollte diesem Mann den Umschlag mit den 5000 Mark geben und dann rasch wieder verschwinden.

„Ich werde mich Ihnen ganz sicher nicht hingeben", sagte sie. Sie spürte, wie ihre Hand zitterte, und hielt sie näher an ihren Körper. „Und wenn Sie mich anfassen, dann schreie ich."

Er grinste. „Dass Menschen hier schreien, ist eher die Regel als die Ausnahme. Wir sind schließlich in einem Gefängnis. Und wenn ich Sie rannehme, dann werden Sie schreien. Aber vor Lust. Jetzt zieren Sie sich nicht. Ziehen Sie sich aus."

Er trat einen Schritt auf sie zu. Sie wich zurück, stieß jedoch gegen die Wand. Was sollte sie tun?

„Was würde der General von Steinbeiß sagen, wenn er erführe, dass einer seiner Untergebenen sich gegen seinen ausdrücklichen Befehl gestellt hat?", fragte sie.

„Ich glaube kaum, dass die Details für den General wichtig sind. Wir machen halbe-halbe. Beziehungsweise nicht einmal das. Von diesen 5000 Mark bekomme ich 1000. Er 4000. Er macht ein gutes Geschäft damit. Ich nicht so. Deshalb dachte ich, ich bessere es ein wenig auf. Und da kommen Sie ins Spiel."

Hilde erkannte ihre Chance. „Sie wissen nicht, mit wem Sie es zu tun haben, oder?"

Der Mann sah sie irritiert an. Zum ersten Mal bemerkte sie, dass etwas an seiner selbstsicheren Haltung sich veränderte.

„Was meinen Sie?"

„Mein Bruder ist der Verlobte von Friederike von Steinbeiß. Ich werde also bald ihre Schwägerin sein. Was denken Sie, was der General mit Ihnen anstellt, wenn er erfährt, dass Sie sich seiner zukünftigen Verwandtschaft aufgedrängt haben."

Wenn sie nicht so viel Angst gehabt hätte, hätte Hilde beim Anblick der plötzlichen Veränderung im Gesichtsausdruck des Offiziers laut gelacht. Seine selbstsichere Miene fiel in sich zusammen wie ein Kartenhaus. Die Augen weiteten sich und ein Hauch von Panik lag darin. Er nestelte rasch an den Knöpfen seiner Hose herum und schloss mit zitternden Fingern den Gürtel.

„Das ... das wusste ich nicht", stammelte er.

„Deshalb sage ich es Ihnen ja. Nehmen Sie das Geld. Damit ist unser Teil der Abmachung erfüllt. Und heute Nacht werden Sie Ihren erfüllen", sagte sie und reichte dem Offizier den Umschlag. Seine Finger zittert nun wesentlich stärker als ihre. Er mied ihren Blick und als sie hinausging, grüßte er sie nicht. Sie verließ das Gebäude und trat auf die Straße. Als sie außer Sichtweite des Gefängniseingangs war, lehnte sie sich an eine Hauswand, schloss die Augen und atmete tief durch. Ihr war leicht schummrig und ihre Knie waren weich. Das war gerade noch einmal gut gegangen. Wie froh sie war, dass sie die Idee gehabt hatte, auf ihre persönliche Verbindung mit dem General hinzuweisen. Das hätte auch schiefgehen können. Als sie spürte, dass die Stabilität in ihre Beine zurückgekehrt war, machte sie sich auf den Weg zu von Lindens Wohnung.

Isolde und Hermann sahen sie mit bangen Blicken an. „Wie ist es gelaufen?", fragte ihr Bruder.

Hilde überlegte, ob sie ihm von dem Vorfall berichten sollte. Dann entschied sie sich aber dagegen. Sie hatte ihren Auftrag ausgeführt. Es hatte zwar kleinere Komplikationen gegeben, aber ihrem Ziel, dass heute Nacht Lotte und Paul befreit wurden, waren sie nun einen großen Schritt näher gekommen. Was half es da, wenn sie Hermann mitteilte, dass sich der Offizier ihr gegenüber ungebührlich betragen hatte? Das würde nur zu weiteren Komplikationen führen, falls Hermann sich über den Hauptmann beschwerte und der General ihn abberief. Dann würden sie einen neuen Wachhabenden bestechen müssen.

„Es ist alles nach Plan verlaufen", sagte sie. In den Gesichtern der Anwesenden sah sie, wie erleichtert alle über ihre Worte waren.

„Dann können wir nur hoffen, dass auch alles Weitere nach Plan verläuft", sagte Isolde.

KAPITEL 34

München, Sonntag, 4. Mai 1919

Hilde ließ ihren Blick durch den Raum schweifen. Alle waren sie im Salon ihrer Mutter versammelt. Beim Kamin stand Hermann. Er trug seine alte Uniform. Ihr Bruder war bleich und seine Bewegungen wirkten irgendwie fahrig. Neben ihm lehnte Johann von Linden am Kaminsims. Auch er hatte eine Uniform angelegt, allerdings passte ihm die nicht mehr. Offenbar hatte er es nicht geschafft, die Jacke zu schließen, sodass sie offen stand und die Wölbung seines ansehnlichen Bauches unter dem Hemd sichtbar wurde. Er lächelte gutmütig und wirkte kein bisschen aufgeregt. Wahrscheinlich hatte er auf seinen vielen Reisen schon wesentlich aufregendere Abenteuer erlebt. Tante Isolde saß am Tisch. Sie hat ihre Arzttasche und einen kleinen Koffer dabei und sah unglücklich aus. Hilde konnte es ihr nicht verdenken. Sie hatte ihrer Praxiskollegin mitteilen müssen, dass sie für längere Zeit ausfiel und wusste nicht, wie lange es dauern würde, bis sie wieder gefahrlos nach München zurückkehren konnten.

Neben Tante Isolde saß ihre Mutter. Sie hat eine Grabesmiene aufgesetzt. Ihr Blick war seit einer Viertelstunde ausschließlich auf Hilde gerichtet. Sie spürte die Anklage darin. Zwar hatte Elsa sich inzwischen der Realität gebeugt, dass ihre Tochter mit dem Vater ihres ungeborenen Kindes nach Russland fliehen würde. Aber ihren Frieden hatte sie noch nicht damit geschlossen. Wahrscheinlich hoffte sie, dass noch etwas dazwischen kam. Dass sie etwa im Gefängnis erführen, dass Paul an seiner Wunde gestorben war. Aber vielleicht unterstellte sie ihrer Mutter auch zu unlautere Gedanken. Elsa konnte schließlich aus eigener Erfahrung nachempfinden, in welcher Situation sich Hilde befand. Und hatte ihre Mutter ihr nicht auch gesagt, dass sie sich für Hilde ein anderes Schicksal wünsche als das, das ihr bestimmt worden war?

Hilde nestelte am Verschluss der Reisetasche, die auf ihrem Schoß stand. Auch sie hatte das Nötigste zusammengepackt. Neben ihrer Kleidung befanden sich zwei Hemden, Unterwäsche sowie eine Hose und eine Jacke von Hermann darin, die dieser ihr für Paul mitgegeben hatte. Sie dürften in etwa die gleiche Größe haben. Hilde war ihrem Bruder dankbar dafür, wie sehr er sich engagierte. Sie hätte ihm das nicht zugetraut. Sie kannte seine hohen moralischen Ansprüche und in seinen Augen musste sie eine gefallene Frau sein. Warum half er ihr und Paul?

Hermann räusperte sich. „Wollen wir den Plan noch einmal durchgehen?"

Hilde nickte. Sie hatten ihn zwar schon mindestens fünfmal besprochen, aber Hermann hatte recht. Man konnte ihn sich nie oft genug in Erinnerung rufen. Es reichte schon ein kleines Detail, damit es schief ging.

„Herr von Linden, Tante Isolde, Hilde und ich werden uns in das Auto von Herrn von Linden begeben. Er fährt uns zum Gefängnis und wird am Rande des Vorplatzes parken. Hilde und Tante Isolde werden sich so weit verbergen, dass sie von den Wachmannschaften nicht gesehen werden. Dann gehen Herr von Linden und ich ins Gefängnis und holen die beiden Gefangenen heraus. Es soll aussehen, als ob es sich um eine reguläre Verlegung handeln würde. Sobald die beiden im Auto sitzen, fahren wir davon. Wir haben Passierscheine, mit denen wir die Stadt verlassen können und werden uns nach Vorarlberg begeben in ein kleines Bergdorf namens Gargellen, das an der Schweizer Grenze liegt. Dort gibt es einen Schmugglerpfad, über den die Flüchtlinge nach Davos gelangen können. Herr von Linden ist mit dem russischen Konsul sowie mit Mitarbeitern der deutschen Botschaft in der Schweiz gut bekannt. Er wird sich darum kümmern, dass ihr nicht gleich wieder ausgewiesen werdet. Wenn alles gut geht, seid ihr morgen in der Schweiz und von Linden und ich wieder wohlbehalten zurück in München."

„Dieser Schmugglerpfad …", begann Elsa, „… ist der um diese Jahreszeit schon sicher? Da liegt doch wahrscheinlich Schnee?"

Isolde schnaubte. „Ich habe in den Anden Berge bestiegen, die doppelt so hoch waren wie das, was die in Vorarlberg damit bezeichnen."

Auf dem Gesicht von Herr von Linden erschien ein feines Lächeln. „Wir werden Ihnen einen erfahrenen Bergführer an die Seite stellen. Die Passage in die Schweiz sollte das geringste unserer Probleme darstellen."

Hermann sah auf die Uhr. „Wir müssen aufbrechen", drängte er. Er und Herr von Linden gingen zur Tür hinaus. Isolde erhob sich. Elsa tat es ihr nach. Die beiden Schwestern umarmten sich.

„Wir werden so bald wie möglich wieder zurückkehren. Johann von Linden hat angeboten, dass er die juristischen Schritte gegen Lotte sehr genau im Blick behält. Wenn sich zeigen sollte, dass keine Gefahr mehr besteht, sind wir am nächsten Tag wieder in München.“

Elsa nickte nur. Ihre Augen glänzten. Isolde folgte den beiden Männern. Nun waren nur noch Mutter und Tochter im Raum. Hilde trat auf ihre Mutter zu. Die Tränen liefen ihr übers Gesicht. Ihre Arme hingen kraftlos an der Seite herab. Hilde umarmte sie.

„Ich weiß, wie schwer dir der Abschied fällt“, sagte sie mit zitternder Stimme. „Mir geht es genauso. Aber es geht nicht anders. Ich muss nicht nur an mich denken, sondern auch an mein Kind. Und ich möchte nicht ...“

„Es ist in Ordnung“, sagte Elsa mit leiser Stimme. „Du tust das, was ich an deiner Stelle auch getan hätte. Ich bin so stolz auf dich. Und ich liebe dich so sehr. Ich werde dich unendlich vermissen. Und ich hoffe darauf, dass ihr eines Tages wiederkehren könnt.“

Hilde spürte, wie ihre Kehle sich zusammenzog. Ein Schluchzen drang heraus. Die Tränen flossen. Sie drückte ihre Mutter fest an sich und nun erwiderte diese die Umarmung. Sie spürte die Wärme ihrer Mutter, spürte, wie die Liebe von ihr auf sie überfloss. Konnte sie nicht doch einfach dableiben? Die Villa war so groß. Paul würde sich nur lang genug hier verstecken müssen, bis sich die Situation beruhigt hatte.

Nein, das war eine Illusion. Paul konnte sich nicht verbergen. Er war niemand, der im Haus eingesperrt blieb. Und sie konnte es ihm nicht verübeln. Er liebte die Freiheit. Und sie liebte die Freiheit ebenso. Sie hoffte, dass sie in Russland Freiheit finden würden und dass sie ihr Kind in Ruhe und in Frieden großziehen konnten.

„Wir müssen nun wirklich aufbrechen“, hörte sie Hermann sagen. Sie löste sich von ihrer Mutter. Die beiden Frauen tauschten noch einen letzten Blick und der Schmerz in Elsas Gesicht brach Hilde beinahe das Herz. Aber es ging nicht anders. Elsa küsste sie auf die Stirn, dann wandte sie sich um. Hilde war ihr dankbar für diese Geste, denn sie erleichterte es ihr, nun auch zu gehen. Sie folgte Hermann hinaus ins Freie.

Als sie aus dem Haus traten, fragte sie ihn: „Warum tust du das für uns? Ich verstehe, dass du Paul zu Dank verpflichtet bist. Aber warum Lotte? Ich dachte, du kannst sie nicht ausstehen.“

Er schüttelte den Kopf. „Ich kann ihre politischen Ansichten nicht ausstehen, genauso wenig wie die deinigen oder diejenigen von Paul. Aber ihr seid meine Familie. Und diese Bande sind fester als alles, was die Politik jemals zu trennen vermag.“

Hilde streckte die Hand aus und er drückte sie. Dann zog sie ihn an sich und umarmte ihn. Er war zunächst etwas steif, doch schließlich erwiderte er die Umarmung.

„Ich werde dich auch vermissen, großer Bruder.“

„Und ich dich, kleine Schwester“, entgegnete er mit zitternder Stimme.

Als sie alle im Auto saßen, sagte Johann von Linden: „So, nun mag das Abenteuer beginnen.“

***

Hermann zog sich die Handschuhe über die klammen Finger. Er war aufgeregt, ein Zustand, den er nur zu gut kannte. Genau so hatte es sich angefühlt, wenn die Oberste Heeresleitung und der Generalstab einen Angriff angeordnet hatten. Wenn sich die Soldaten im Schützengraben versammelt hatten, wenn die Geschütze, die den Sturm vorbereitet hatten, schwiegen. Wenn Hermann die Trillerpfeife herausgezogen hatte, um seinem Trupp den Angriffsbefehl zu geben. So wie dieser Moment, kurz bevor sie die Leiter erklommen, den Unterstand verließen und ins Niemandsland strömten, so fühlte sich das jetzt an. Und es war ein beklemmendes Gefühl.

Sie kamen reibungslos bis zur Grünwalder Straße. Dann wurden sie an einer Straßensperre angehalten. Ein junger Kerl beugte sich misstrauisch zur Beifahrerseite hinein, während zwei seiner Kameraden mit aufgepflanzten Bajonetten vor dem Auto standen und ihnen den Weg versperrten.

„Haben Sie einen Passierschein?", fragte der Soldat.

„Haben Sie gelernt, Haltung anzunehmen und einen ranghöheren Offizier zu grüßen?", blaffte ihn Hermann an.

Der Soldat zuckte zurück. Hermann presste seine linke Hand fest auf den Oberschenkel, um das Zittern zu unterdrücken. Er spürte, wie alle im Automobil kollektiv den Atem anhielten.

Zögerlich salutierte der Soldat. „Darf ich Ihren Passierschein sehen, Herr Oberst", fragte er, nachdem er Hermanns Schulterstücke ausgiebig begutachtet hatte. Er hielt ihm das Papier hin. Johann von Linden hatte ein wahres Meisterstück vollbracht. Er hatte zwei Dokumente erwirkt. Das erste, ausgestellt vom General, benutzte Hermann jetzt. Sollte dieses nicht akzeptiert werden, hatten sie ein zweites dabei, das der Ritter von Epp unterschrieben hatte. Damit sollten Sie keinerlei Probleme haben, jede Sperre in Bayern zu passieren. Der Soldat besah sich das Papier genauer, dann reichte er es Hermann und gab seinen Kameraden ein Zeichen. Die machten den Weg frei und Johann von Linden fuhr los.

„War das wirklich nötig?", hörte er Hilde fragen.

„Ja, das war es", antwortete Johann von Linden. „Wir spielen die Rollen von zwei Offizieren. Also müssen wir uns dementsprechend verhalten. Das ist diesem Jungen klar geworden. Die Rangordnung ist das Wichtigste. Und das hat Ihr Bruder ihm verdeutlicht."

Sie erreichten den Vorplatz des Gefängnisses. Von Linden parkte das Automobil an einem Gebäude direkt gegenüber des Eingangsportals. Hermann und sein Begleiter stiegen aus und gingen auf das Tor zu. Der Passierschein wirkte erneut Wunder, dieses Mal nahmen die Mannschaften, die den Zugang bewachten, schon Haltung an, ehe Hermann sie deswegen hätte zurechtweisen müssen. Am Eingang des Hauptgebäudes erwartete sie bereits ein jüngerer Offizier. Er trug einen flachsblonden Schnurrbart. Sein Gesichtsausdruck war nicht sonderlich freundlich, als er salutierte.

„Wir sind gekommen, um die Gefangenen Charlotte Kleiber und Paul Ludwig in die Festungshaft nach Landsberg zu überstellen", sagte Hermann, um die mit dem General vereinbarte Formel zu verwenden, die dazu dienen sollte, der Aktion so etwas wie Legitimität zu verleihen.

„Wir haben die beiden Gefangenen bereits separiert. Folgen Sie mir", sagte der junge Offizier. Er führte sie in eine Zelle im Erdgeschoss, öffnete die Tür und ließ Hermann und Johann von Linden eintreten. Es roch erbärmlich. Auf dem Boden lag ein unförmiges Knäuel, auf einem Stuhl daneben saß eine Frau mit gesenktem Kopf. Ihre Züge waren ausgezehrt, ihre Augen glasig. Es war Charlotte. Zu seinem Schrecken erkannte Hermann, dass es sich bei dem Gegenstand, der auf dem Boden lag, um Paul Ludwig handeln musste. Er stöhnte. Und ein durchdringender Geruch ging von ihm aus, den Hermann sofort erkannte. Es war eine Wunde, die sich infiziert hatte. Fleisch, das bereits am Absterben war.

„Haben Sie ihn nicht versorgt?", fragte er.

„Wozu? Er sollte eh sterben. Da brauchen wir keinen Arzt bemühen."

„Heißt das, dass die Kugel sich noch in seiner Schulter befindet?", fragte Johann von Linden.

„Wir haben sie nicht entfernt", erwiderte der Offizier leichthin. Hermann spürte, wie die Wut in ihm aufwallte. Am liebsten hätte er den Mann ins Gesicht geschlagen. Aber er musste sich beherrschen. Er kniete sich hin und berührte Paul an der Wange. Der Gefreite schlug die Augen auf. Sein Blick war glasig.

„Herr Oberst. Träume ich?", sagte er mit schwacher Stimme. Hermann kämpfte mit den Tränen „Nein. Wir sind gekommen, um Sie abzuholen. Können Sie gehen?"

„Ich muss es wohl", sagte er. Hermann half ihm beim Aufstehen. Er war wackelig auf den Beinen und drohte, zu stürzen. Deshalb legte Hermann Pauls gesunden Arm um seine Schulter und seinen eigenen Arm um dessen Hüfte. Paul schrie kurz auf. Offenbar bereitete ihm die Lageveränderung Schmerzen. Aber dann setzten sie sich in Bewegung. Herr von Linden ging voran, gefolgt von Charlotte. Am Schluss kamen er und Paul. Sie passierten den Gang und das Portal. Die Soldaten am Tor beäugten sie misstrauisch. Doch der Offizier mit dem Oberlippenbärtchen war weiter bei Ihnen.

„Die Gefangenen werden verlegt", sagte er zu seinen Männern. Die skeptischen Blicke folgten Ihnen, aber niemand stellte sich Ihnen in den Weg. Endlich erreichten sie das Automobil. Von Linden öffnete die Tür und ließ Charlotte einsteigen. Aus dem Inneren drang kein Geräusch und Hermann war froh, dass Tante Isolde sich beherrschen konnte und ihre Wiedersehensfreude unterdrückte. Dann halfen Sie Paul hinein. Nun hörte Hermann ein Schluchzen aus dem Inneren. Rasch schloss er die Tür. Er stieg selbst ein. Von Linden startete den Motor mit der Kurbel, dann schwang er sich hinter das Lenkrad. Er setzte den Wagen in Bewegung und sie fuhren los.

„Was haben Sie dir angetan?", hörte Hermann Hilde fragen.

„Ich bin angeschossen worden", stieß Paul keuchend hervor. „Die Kugel ist in meiner Schulter. Sie haben mir nicht geholfen. Ich glaube, sie wollten mich einfach verrecken lassen."

„Das ist ungeheuerlich", hörte er Tante Isolde sagen. „Die Wunde muss dringend versorgt werden. Wenn wir München hinter uns gelassen haben, müssen wir anhalten. Ich muss mir das ansehen."

Sie fuhren über die Thalkirchener Brücke in Richtung Westen. In Sendling wurden Sie an einer weiteren Barriere angehalten. Hier wachte ein Trupp von Soldaten, die deutlich besser ausgerüstet waren als die letzten. Es waren Freikorps, keine regulären Einheiten. Das erkannte Hermann an dem Hakenkreuz, das sie auf ihrer Binde führten. Als der Wachsoldat den Offizier auf dem Beifahrersitz entdeckte, salutierte er. Hermann reichte ihm das Papier des Generals, das dieser eingehend musterte.

„Wo wollen Sie hin? Und wer sind diese Leute in Ihrem Automobil?", fragte der Soldat. Sein misstrauischer Ton missfiel Hermann.

„Wir haben den Auftrag, sie nach Landsberg zu bringen. Ihnen soll dort der Prozess gemacht werden", erwiderte er.

Der Soldat kniff die Augen zusammen. „Nach Landsberg? Das ist ungewöhnlich. Das müssen wir überprüfen." Er wollte sich umwenden, doch Hermann rief ihn zurück.

„Wir haben einen Passierschein unterzeichnet vom Ritter von Epp." Er hielt ihm das Papier vor die Nase.

„Das mag sein", erwiderte der Mann. „Trotzdem müssen wir das überprüfen."

Hermann wechselte einen Blick mit Johann von Linden. Der hatte die Lippen aufeinandergepresst. Der Soldat war zu seinen Kameraden gegangen. Hermann sah Johann fragend an. Dieser atmete tief durch, dann sagte er: „Wir müssen es darauf ankommen lassen."

Er wandte sich um. „Halten Sie sich bitte gut fest",
sagte er. Unvermittelt drückte er aufs Gaspedal. Der
Motor heulte auf und der Wagen schoss nach vorne.

KAPITEL 35

München, Sonntag, 4. Mai 1919

Hermann wurde in den Sitz gedrückt. Von hinten hörte er Schreckensschreie. Das musste eine der Frauen gewesen sein. Es folgte ein Schmerzenslaut. Das schnelle Anfahren des Gefährts hatte Paul sicher Qualen bereitet.

„Duckt euch!", rief er, offenbar keine Sekunde zu früh, denn im nächsten Augenblick hörte er Schüsse. Erst einen, dann zwei, dann eine ganze Salve. Es knirschte, als eine Kugel sich in den hinteren Kotflügel bohrte. Dann klirrte es. Offenbar war eine Scheibe getroffen worden, denn mit einem Mal war ein frischer Luftzug im Innenraum zu spüren.

„Wir müssten gleich außer Schussweite sein", rief Johann von Linden. Der Wagen jagte mit halsbrecherischer Geschwindigkeit über die Straße. Hermann hielt sich krampfhaft an dem Haltegriff fest. Weiterhin krachten die Schüsse. Aber sie schienen das Automobil zu verfehlen.

„Wir können nur hoffen, dass die nicht über eine Telefonverbindung zum nächsten Posten verfügen", sagte Johann von Linden. Hermann wollte etwas erwidern, doch in dem Moment knallte ein Schuss. Das konnte nicht sein. Sie mussten weit genug weg sein.

Hermann sah sich um. Durch die zersplitterte Scheibe konnte er erkennen, dass ihnen ein Motorradfahrer gefolgt war. Verdammt. Das war in zweierlei Hinsicht ungünstig. Zum einen hatte der Mann eine Pistole gezückt und schoss auf sie. Zum anderen konnte er sie überholen und die Besatzung der nächsten Straßensperre informieren. Wenn die vorbereitet waren und sie mit konzentriertem Feuer empfingen, war ihre Flucht beendet. Es knallte wieder. Hermann sah hinaus. Die Kugel hinterließ eine Funkenspur auf dem Kopfsteinpflaster. Verdammt. Der Mann schoss auf die Reifen. Er kurbelte das Fenster hinunter und lehnte sich hinaus. Dann holt er den Revolver aus der Innentasche seiner Uniformjacke und legte auf den Motorradfahrer an. Der Wagen schlingerte leicht hin und her und deshalb hatte er große Schwierigkeiten, zu zielen. Aber dann hat er den Verfolger im Visier und drückte ab. Die Kugel verfehlte ihn. Der Soldat schien zu bemerken, dass auf ihn geschossen wurde. Er verschwand im Windschatten des Fahrzeugs.

„Fahren Sie ein wenig nach rechts", rief er Johann von Linden zu. Der tat, wie ihm geheißen und riss das Steuer herum. Nun war das Schussfeld wieder frei. Hermann legte an. Der Motorradfahrer sah ihn und zielte ebenfalls. Sie drückten beinah gleichzeitig ab. Hermann verfehlte ihn erneut. Die Kugel des Verfolgers schlug im Auto gleich neben der Seitentür ein. Glücklicherweise hatte er den Reifen nicht getroffen. Johann von Linden lenkte in die Gegenrichtung und Hermann musste sich mit aller Kraft am Rahmen des Autos festhalten, um nicht aus dem Fenster zu fallen.

Als er zurücksah, war der Soldat nicht mehr in seiner Ziellinie. Verdammt.

„Ich sehe ihn nicht", rief er.

„Er ist direkt hinter uns. Ich kann ihn im Rückspiegel erkennen", sagte von Linden.

„Wenn er unsere Reifen trifft, ist alles vorbei", rief Hermann.

„Gut, dann muss ich zu anderen Mitteln greifen. Halten Sie sich fest", sagte von Linden. Hermann hatte gerade noch Zeit, sich wieder ins Auto zurückzuziehen und sich an den Haltegriff zu klammern, als von Linden eine Vollbremsung einlegte. Die Reifen quietschen und das Metall knarrte. Dann gab es einen gewaltigen Knall, als das Motorrad mit voller Geschwindigkeit ins Heck des Wagens fuhr. Eine dunkle Masse flog seitlich davon. Das musste der Fahrer sein.

„Und nun beten Sie, dass der Motor nicht beschädigt wurde", sagte von Linden. Er gab wieder Gas. Das Automobil setzte sich in Bewegung. Hinten war ein leichtes Schleifgeräusch zu hören, wahrscheinlich war die Stoßstange verbogen. Aber das war nicht wichtig. Hermann sah aus dem Fenster. Kein Verfolger war mehr zu sehen. Sie hatten es geschafft.

„Nein!", hörte sie eine Stimme schreien. Es war Hilde.

„Was ist los?", fragte er. Sie hielt ihm beide Hände entgegen. Im Halbdunkel des Wageninneres sah er, dass sie mit einer glänzenden Flüssigkeit überzogen waren. Das war Blut.

„Bist du getroffen worden", fragte er. Sie schüttelte den Kopf.

„Nein, ich nicht. Aber Paul. Die Kugel, die vorhin in die Tür eingeschlagen ist, muss ihn getroffen haben. Paul, bleib bei mir, hörst du mich."

„Wir müssen anhalten", sagte Hermann. Von Linden sah ihn skeptisch an. „Sofort!"

Sie hatten bereits die Vorstädte hinter sich gelassen und befanden sich nun auf freiem Feld. Von Linden bog in einen Feldweg ein, stellte den Motor aber nicht ab. Hermann stieg aus und öffnete die Hintertür.

„Wir müssen ihn herausheben", sagte er. Hilde nahm Paul an den Beinen, Hermann schlang seine Arme um den Oberkörper des Gefreiten. Er stöhnte auf. Sie wuchteten ihn aus dem Automobil und legen ihn auf den Boden. Als Hermann seine Hände von Paul löste, waren sie klamm und feucht. Und voller Blut.

***

Die Sonne hing tief, aber die Helligkeit reicht noch aus, dass Hilde erkennen konnte, wie schlimm es um Paul stand. Seine gesamte rechte Seite war voller Blut. Er lag auf dem Boden und stöhnte. Hermann war dabei, seine Jacke auszuziehen und sie ihm unter den Kopf zu legen, während Tante Isolde ihre Arzttasche öffnete und Johann von Linden vorsichtig das Hemd aufknöpfte.

„Die Kugel hat ihn an der rechten Bauchseite getroffen", sagte Tante Isolde mit tonloser Stimme. „Sie blutet stark. Ich befürchte, dass die Milz verletzt wurde."

„Was bedeutet das?", fragte Hilde. Sie hasste es, den Anflug von Panik in ihrer Stimme zu hören, aber sie konnte nicht anders. Sie war so glücklich gewesen, als

315

sie mit Paul wieder vereint gewesen war. Er war verletzt, aber am Leben. Und nun hatte ihn eine weitere Kugel getroffen, kurz bevor sie in Sicherheit gewesen wären. Das konnte doch nicht wahr sein.

„Das bedeutet, dass ich nichts für ihn tun kann“, sagte Tante Isolde. „Selbst wenn ich die Kugel entfernen könnte, was ihm große Schmerzen bereiten wird, würde er am Blutverlust sterben. Selbst, wenn wir ihn in ein Hospital bringen würden, wäre es zu spät. Es tut mir leid, Hilde. Verabschiede dich von ihm, solange er noch bei Bewusstsein ist.“

Ihre Worte trafen sie wie ein Hammerschlag. „Aber du musst etwas tun können. Du hast so viele Verwundete operiert. Und so viele wieder gesund gemacht.“

Isolde schüttelte traurig den Kopf. „Die ärztliche Heilkunst hat Grenzen.“

Sie erhob sich und trat ein paar Schritte zur Seite. Lotte und Johann von Linden schlossen sich an. Nur Hermann kniete noch neben ihr und starrte er zu Paul hinab, dessen eines Augenlid flatterte und sich dann öffnete. Er sah Hermann an und lächelte. Dann fiel sein Blick auf Hilde und das Lächeln wurde breiter.

„Fast hätten wir es geschafft“, sagte er. Seine Stimme war brüchig, beinahe nicht mehr von dieser Welt. Er stöhnte leise.

„Das ist nicht gerecht“, rief Hilde. Die Tränen standen ihr in die Augen. Sie griff nach seiner Hand. Er drückte sie, doch nur schwach. Mehr Kraft hatte er wohl nicht mehr.

„Die Welt ist ungerecht. Deshalb kämpfen wir“, sagte er. Seine Stimme war nur noch ein Hauch.

„Lass mich nicht allein! Dein Kind braucht dich“, sagte Hilde.

„Es hat dich. Und ich bin mir sicher, du wirst ihm eine wundervolle Mutter“, sagte Paul. Er verzog das Gesicht.

„Nein, verlass mich nicht!“, rief Hilde.

„Ich verlasse dich nicht. Ich bin bei dir. Immer.“

Seine Mundwinkel zuckten ein letztes Mal nach oben, er atmete tief ein und aus und dann bewegte sich sein Brustkorb nicht mehr.

„Nein“, rief Hilde. Sie beugte sich über ihn, umarmte ihn, küsste ihn auf die Stirn, die Wangen. Aber er regte sich nicht mehr. Sie lag auf seinem Körper, der noch warm war und feucht vom vielen Blut. Sie schluchzte, weinte, klammerte sich an ihn.

Dann spürte sie eine Hand auf ihrer Schulter.

„Wir müssen hier weg“, hörte sie Hermann sagen. Sie schüttelte ihn ab.

„Ich lasse ihn nicht hier. Hier ist es kalt. Hier gibt es wilde Tiere. Ich lasse ihn nicht hier.“

„Wenn wir nicht gehen, werden wir alle gefangen genommen“, sagte Hermann.

„Das ist mir gleichgültig“, schrie Hilde ihn an.

„Willst du, dass sie dir den Prozess machen? Willst du, dass sie dir Pauls Kind wegnehmen?“

Sie zuckte zusammen. Es war, als ob Hermann sie geschlagen hätte. Sie löste sich langsam von Paul. Er lag still da. Das Lächeln war immer noch auf seinen Lippen.

„Er ist tot“, sagte Isolde, die ihm den Puls fühlte. „Schau ihn an. In seinen letzten Momenten war er glücklich. Bewahre ihn so in deinem Herzen. So habe ich auch Emily in Erinnerung behalten.“

Sie sah, dass in den Augen ihrer Tante die Tränen funkelten. Dann lagen sie sich in den Armen.

„Wir müssen uns trennen", sagte Hermann zu Johann von Linden. „Ich bringe Tante Isolde und Charlotte an die Schweizer Grenze. Können Sie dafür sorgen, dass Hilde zu ihrer Mutter nach Hause kommt?"

„Natürlich. Ich werde mein Leben dafür einsetzen, dass Ihre Schwester gesund und wohlbehalten nach Bogenhausen gelangt." Er wandte sich an Hilde. „Wir decken den Leichnam ab. Ich werde versuchen, meine Beziehungen spielen zu lassen, dass Herr Ludwig geborgen wird und ein angemessenes Begräbnis erhält. Er soll nicht hier im Graben liegen bleiben."

Hilde schluchzte. Sie war nicht fähig, etwas zu erwidern oder einen Dank auszusprechen. Sie warf einen letzten Blick auf Paul. Am liebsten hätte sie sich neben ihn gelegt, hätte sich an ihn geklammert, bis sie selbst gestorben wäre vor Durst, vor Hunger oder vor Kälte. Es war egal. Doch Hermanns Worte hatten diesen Panzer der Gleichgültigkeit durchbrochen. Natürlich hatte er recht, das war einem vernünftigen Teil in ihr vollkommen klar. Sie musste weiter leben. Für ihr ungeborenes Kind.

Johann von Linden bot ihr den Arm an und sie hängte sich ein. Dann gingen sie langsam weiter die Straße entlang in Richtung des nächsten Dorfes. Hilde wandte sich noch einmal um. Hermann setzte gerade den Wagen zurück. Tante Isolde sah aus dem Fenster. Sie winkte Hilde zu. Hilde winkte ihr zurück, dann sah sie dem Wagen nach, der in der Ferne entschwand.

KAPITEL 36

München und Schruns, Montag, 5. Mai 1919

Die nächsten Stunden erlebte Hilde wie in Watte gepackt. Wenn sie später einmal darüber nachdachte, konnte sie sich nur noch an einzelne Bilder erinnern. Sie am Arm von Johann von Linden mitten auf einer Landstraße, die untergehende Sonne im Rücken. Ein Dorf mit einer Gastwirtschaft, in der von Linden ein Pferdegespann mietete. Das Rumpeln der unbequemen Kutsche auf dem von Schlaglöchern übersäten Weg, den sie nahmen, um auf einer anderen Route in die Stadt zurückzukehren.

Schließlich die Straßensperre im Norden von Bogenhausen. Der Moment, als Johann von Linden eine Probe seines schauspielerischen Talents lieferte und dem Soldaten, der misstrauisch auf sie zutrat, zurief: „Endlich sind wir in Sicherheit!"

Er zeigte ihm den Passierschein des Generals. „Wir waren auf dem Weg von Oberfranken nach München. Unterwegs wurden wir von Rebellen überfallen. Das müssen Bolschewisten gewesen sein. Sie haben rote Armbänder getragen. Die haben mir mein Automobil genommen. Wir konnten einen Bauern überreden, uns sein Kutschgespann zu überlassen. Gott sei Dank, dass wir nun endlich in Sicherheit sind!"

Der Soldat hatte Hilde von oben bis unten beäugt.

„Woher stammt das Blut an Ihren Kleidern? Sind Sie verletzt?", hatte er gefragt. Sie hatte es geschafft, den Kopf zu schütteln, zu einer Antwort war sie nicht fähig gewesen.

„Sie haben ihren Hund erschossen", hatte von Linden sich eingeschaltet. „Diese feigen Verbrecher. Das Tier war so zutraulich. Und natürlich hat es gebellt, als wir angehalten wurden. Es ist in ihren Armen gestorben. Meine arme Tochter. Dass sie das erleben musste!"

In diesem Augenblick drang erstmals etwas durch den Schleier aus Trauer und Nichtwahrhabenwollen, der Hilde umgab. Es war ein Gedanke der Anerkennung. Die Geschichte, die Johann von Linden sich aus den Fingern gezogen hatte, war dramatisch. Sie klang aber auch realistisch und sie überzeugte den Soldaten davon, dass er es mit harmlosen Reisenden zu tun hatte, denen etwas Schlimmes widerfahren war.

„Wo wollen Sie hin?", fragte er.

Johann von Linden deutete auf den Tornister, den der Soldat über der Schulter hängen hatte.

„Der wurde in der Lederfabrik Hartmann hergestellt, nicht wahr?", fragte er.

„Ja, das ist exzellente Qualität."

„Elsa Müller, die Besitzerin der Firma, ist meine Schwägerin. Wir sind auf dem Weg zu ihr. Sie lebt in Bogenhausen."

„Dann überbringen Sie ihr schöne Grüße. Der Tornister hat mich den ganzen Krieg über treu begleitet."

Die Kutsche rumpelte weiter und Hilde ließ sich auf die Ladefläche zurücksinken. Sie wurde hin und her geschüttelt und spürte auch eine leichte Übelkeit, aber das trat alles hinter dem kaum auszuhaltenden

Schmerz zurück, den ihr die Bilder bereiteten, die vor ihrem inneren Auge auftauchten. Paul, der blutüberströmt auf dem Boden lag. Wie seine bleichen Lippen sich bewegten, als er seine letzten Worte sprach. Wie sein letzter Atemzug ihn verließ. Wie sein Blick brach. Sie schluchzte leise vor sich hin.

Plötzlich stoppte die Kutsche. Sie richtete sich auf, um zu sehen, ob sie an einer weiteren Straßensperre anhielten, aber zu ihrem Erstaunen erkannte sie, dass neben ihnen die Villa aufragte. Sie war zu Hause. Die Strahlen der aufgehenden Sonne trafen eben auf den Dachspitz. Es war ein vertrauter Anblick und doch hätte sie die Heimeligkeit, die dieses Gebäude ausstrahlte, jederzeit getauscht gegen eine schäbige Hütte irgendwo in Russland, in der sie gemeinsam mit Paul ihr Kind großgezogen hätte.

Johann von Linden half ihr vom Wagen. Sie schwankte ein wenig, als sie ihre Füße auf das Kopfsteinpflaster stellte. Er bot ihr den Arm, sie hakte sich ein und er zog sie mehr durch den Vorgarten, als dass sie selbst mitgehen konnte. Der Butler, der ihr öffnete, bekam große Augen, als er Hilde in ihrem blutverschmierten Kleid sah. Von Linden führte sie in den Salon. Von oben waren Stimmen zu hören, dann eilige Schritte auf der Treppe. Ihre Mutter trat ein.

„Was ist geschehen?", rief sie. Sie sah Hilde an. Offenbar bemerkte sie das Blut, denn sie schrie: „Nein, nicht mein Kind! Bist du verletzt?"

Sie stürzte auf Hilde zu, die in diesem Moment endgültig die Kräfte verließen. Sie fiel auf das Sofa.

„Es ist nicht ihr Blut", sagte von Linden mit leiser Stimme. Hilde hatte keine Kraft zu sprechen und so überließ sie es ihrem Begleiter, von den Ereignissen zu berichten. Aber seine Worte ließen sie alles noch einmal erleben. Die Fahrt zum Gefängnis. Das bange Warten im Fond des Wagens, ob der Plan, den sie ausgeheckt hatten, funktionierte. Das Jubeln in ihrem Herzen und die gleichzeitige Sorge, als sie Hermann und Paul aus dem Gebäude treten sah. Ihr Bruder, der ihren Geliebten stützte und zum Auto brachte. Die Momente, die sie dort erlebt hatten, Paul auf dem Boden des Wagens, von Schmerz geplagt, aber doch froh, bei ihr zu sein. Dann die Verfolgungsjagd, das Motorrad, das hinter ihnen gewesen war. Die Schüsse. Und schließlich der verhängnisvolle Treffer, der die Tür durchschlagen und Pauls Seite getroffen hatte. Wie sie dann an dem Feldweg angehalten hatten, wie sie Paul auf die Erde gelegt hatten. Und wie er in ihren Armen verstorben war. Sie schluchzte laut auf und die Tränen strömten.

Sie spürte die Hand ihrer Mutter auf ihrer Stirn. „Lass die Tränen laufen, meine liebe Tochter“, hörte sie sie sagen. „Es ist schlimm. So schlimm.“

„Es ist ungerecht!“, stieß sie hervor. „So ungerecht!“

„Ja, das ist es“, sagte Elsa.

„Und es tut so weh.“

Sie hörte ihre Mutter seufzen. „Ich würde dir gerne sagen, dass der Schmerz bald vergeht. Aber das wird er nicht. Er wird dich lange begleiten. Er wird an manchen Tagen schwächer sein, an anderen stärker. Aber er wird nie ganz schweigen. Ich traure heute noch um deinen Vater und manchmal ist die Qual kaum auszuhalten. Solche Momente werden seltener. Aber das wird erst die Zeit bringen. Für dich geht es nun darum, trotzdem zu leben. Für dein Kind.“

„Für unser Kind", rief sie in einer beinahe trotzigen Stimme. „Paul lebt in ihm weiter. Er wird immer bei mir sein."

Elsa strich ihr sanft über die Wange. „So wie auch dein Vater immer bei mir ist. In dir."

Nun brachen Hildes letzte Dämme. Sie schluchzte, heulte, ihr ganzer Körper bebte. Sie spürte, wie ihre Mutter sie in die Arme nahm wie ein kleines Kind, das nicht einschlafen kann. Wie sie sie an sich drückte, hin und her wiegte, leise auf sie einsprach. Doch nichts beruhigte sie. Der Schmerz war zu stark. Die Verzweiflung zu groß. Sie registrierte nur halb, dass Johann von Linden etwas zu Elsa sagte und sich zurückzog. Dann war sie allein mit ihrer Mutter. Allein mit ihrem Schmerz. Allein mit ihrer Verzweiflung.

***

Es war später Vormittag, als sie in dem kleinen Ort am Fuß der Berge ankamen. Der Tag war beinahe unwirklich schön. Keine Wolke stand am Himmel. Die Luft war klar und so frisch und sauber. Hermann parkte den Wagen neben der Kirche, dann stieg er aus. Tante Isolde und Charlotte taten es ihm nach.

„Der erste Abschnitt eurer Reise ist geschafft", sagte er. Er versuchte sich an einem Lächeln, doch das wollte ihm nicht gelingen. Zu frisch waren die Eindrücke der vergangenen Nacht.

„An der Grenze, kurz hinter Lindau, hätte ich gedacht, dass wir es nicht schaffen", sagte Tante Isolde.

„Nun, zum Glück hatten wir den Passierschein des Ritters von Epp. Der hat den Unterschied gemacht", erwiderte Hermann.

„Und dein herrschaftliches Auftreten. Den Offizier hast du gut verinnerlicht", sagte Lotte.

Gegen seinen Willen erschien ein Schmunzeln auf Hermanns Lippen. „Höre ich da so etwas wie ein Lob in deinen Worten?"

Charlotte winkte ab. „Eine zähneknirschende Anerkennung trifft es wohl besser. Aber ich muss dir danken. Wenn man es realistisch sieht, wäre ich aus diesem Gefängnis wohl nicht mehr herausgekommen. Es war die Hölle auf Erden, die wir dort erleben mussten. Die waren nicht zimperlich. Ich habe schon einiges an Prügeln eingesteckt, aber dieses Mal war es besonders schlimm. Isolde vermutet, dass ich ein paar gebrochene Rippen habe. Und zwei Zähne fehlen mir auch. Mein hübsches Lächeln ist dahin. Aber ich lebe. Der Kampf geht weiter."

Hermann sah, dass Isolde die Augen rollte. „Trotz allem?", fragte sie.

Lotte wandte sich ihr zu. „Gerade deswegen."

„Gut, jetzt müssen wir den Bergführer suchen", sagte Hermann. Johann von Linden hatte ihm aufgetragen, dass er sich dafür an den Wirt der *Taube* wenden sollte. Das Gasthaus war gleich neben der Kirche. Hermann ging durch die Tür und sah hinter dem Tresen einen großen, breitschultrigen Mann stehen.

„Sie sind die Münchner?", fragte er. Seine Worte waren von einem schweren, kehligen Dialekt gefärbt.

„Ja. Es werden aber nur zwei Personen über die Grenze geschafft werden müssen."

Der Wirt kniff die Augen zusammen. „Das kostet aber genauso viel. So wie wir es vereinbart haben. Der Herr von Linden und ich."

Hermann gab dem Mann den Umschlag, in dem sich 5000 Mark befanden. Dieser verschwand in einem Raum hinter dem Tresen und kam kurz darauf mit einem schlanken, aber sehr drahtigen Mann zurück, der Tracht und genagelte Bergschuhe trug. Er stellte ihn als Sepp Winterhalter vor, einen örtlichen Bergführer.

„Sind Sie gut zu Fuß?", fragte der Bergführer die beiden Frauen.

„Ein wenig aus der Übung. Aber wir sind beide trittsicher. Wir haben schon größere Berge bestiegen", erwiderte Isolde.

„Gut", sagte Winterhalter. „Wir müssen gleich aufbrechen, weil wir vor Einbruch der Dunkelheit Gargellen erreichen müssen. Dort werden wir kurz rasten. Die Grenze werden wir dann im Schutz der Nacht überschreiten. Morgen früh sind Sie in Davos. Da wo es schön ist."

Er zwinkerte den beiden Frauen zu. Tante Isolde schulterte den Rucksack. Dann wandte sie sich zu Hermann um.

„Ich kann dir nicht genug dafür danken, dass du Lotte geholfen hast."

„Ihr seid Familie. Und das ist das Wichtigste. Ich werde nicht zulassen, dass euch irgendetwas geschieht."

Isolde umarmte Hermann und küsste ihn auf die Stirn. Dann wandte er sich Lotte zu. Sie breitete ihre Arme aus und sie drückten sich kurz und vorsichtig, da ihre gebrochenen Rippen ihr sicher Schmerzen bereiteten.

Er sah, dass Isolde schmunzelte. Dann wurde sie jedoch wieder ernst. „Du musst auf deine Schwester achtgeben. Sie hat eine schwere Zeit vor sich. Ich hoffe, dass ich rechtzeitig zu ihrer Entbindung wieder zurück sein kann. Aber gib auf sie acht. Finstere Tage liegen vor ihr."

„Sie macht mich zum Onkel. Und ganz egal, ob es eine Nichte oder ein Neffe wird, ich werde für sie und ihr Kind sorgen. Auch das ist Familie."

Sie nickten sich noch einmal zu, dann traten die beiden Frauen mit dem Bergführer ins Freie. Hermann sah ihnen nach. Als die Tür sich geschlossen hatte, wandte er sich um und ging zum Tresen.

„Haben Sie etwas zu trinken?", fragte er.

„Wollen Sie ein Bier?"

Hermann schüttelt den Kopf. „Geben Sie mir den stärksten Schnaps, den Sie da haben."

KAPITEL 37

Es war ein herrlicher Spätsommertag. Die Sonne hatte noch Kraft, es war warm und die Bäume und Wiesen leuchteten grün, wenn auch lange nicht mehr so saftig wie noch im Mai. Hermann trat auf die Terrasse der Villa seiner Mutter. Der Rasen war ordentlich gepflegt, die Rondelle waren ausgeschnitten, die Rosen blühten. Sie hatte also wieder einen Gärtner gefunden, der sich um die Grünanlagen kümmerte. Die Dinge gingen wieder ihren gewohnten Gang. Und das war gut so. Hermann durchschritt das Rondell und trat durch einen Rosenbogen. Seine Mutter saß auf der Bank des maurischen Pavillons. Sie lächelte ihn an.

„So, nun naht der große Tag", sagte sie.

„Ja, am Samstag geben Friederike und ich uns das Ja-Wort."

Seine Mutter klatschte mit der Handfläche auf die Steinbank und bedeutete ihm, neben ihr Platz zu nehmen. Er ließ sich nieder. So saßen sie eine Weile da, ohne, dass sie ihn zu irgendetwas drängte. Und mit jeder Minute, die verstrich, spürte Hermann, wie er ruhiger wurde. Der Aufruhr in seinem Innern ließ nach, ein wenig drang nun sogar die Außenwelt in sein Bewusstsein. Das Singen der Vögel. Das leise Rauschen der Baumkronen im Wind.

„Es war die richtige Entscheidung, den Handel mit dem General einzugehen", sagte er.

„Bist du dir wirklich sicher?", fragte seine Mutter.

Er sah sie an. „Ja. Charlotte hat sich in die Schweiz retten können und Hilde konnte von ihrem Paul Abschied nehmen."

Er hoffte, dass seine Mutter nicht bemerkt hatte, wie bei dem Wort *Paul* seine Stimme beinahe gebrochen wäre. Es fiel ihm schwer, über den toten Freund zu sprechen.

„Es ist dir sehr nahe gegangen, dass er gestorben ist", sagte Elsa.

Hermann spürte, wie ein Kloß seinen Hals zusammendrückte. Er wollte etwas erwidern, aber aus seiner Kehle drang nur ein Schluchzen.

„Es ist schwer, wenn Menschen, die wir lieben, aus unserem Leben gerissen werden", sagte seine Mutter. Er spürte, wie sie nach seiner Hand griff, und er drückte ihre, sah sie aber nicht an.

„Ich hatte gehofft, dass er überleben würde. Auch wenn das bedeutet hätte, dass er mit Hilde in die Sowjetunion geht. Er hat mir das Leben gerettet. Er war ein guter Mann, auch wenn er ein Bolschewist war, und dieses Ende hat er nicht verdient."

„Aber hast du es verdient, deswegen in einer Ehe mit einer Frau gefangen zu sein, die du nicht liebst?"

„In diesem Fall habe ich keine Wahl. Der General hat mir ganz deutlich zu verstehen gegeben, dass ein Großteil der Neukunden meiner Bank sich zurückziehen wird, wenn ich seine Sache nicht unterstütze. Und das bedeutet auch, dass ich seiner Tochter ein respektabler

Ehemann sein muss. So kann ich meine Bank retten und sie in die Zukunft führen."

„Du könntest doch immer noch ablehnen, die Bank zum Teufel jagen und dir irgendwo auf dieser Welt einen Platz suchen, an dem du dich wohlfühlst."

Auf seinem Gesicht breitete sich ein Lächeln aus. „Du weißt gar nicht, wie oft ich mir schon vorgestellt habe, dass ich mit etwas Geld in der Tasche und Kleidung, die ich am Leib trage, in einen Zug steige und einfach irgendwohin fahre. Nach Italien, nach Frankreich oder warum nicht nach Amerika."

Seine Mutter zwinkerte ihm zu. „Und deinen Lebensunterhalt verdienst du als Klarinettenspieler. Die Welt steht dir offen."

Er schüttelte den Kopf. „Nein, dazu beherrsche ich das Instrument noch nicht gut genug. Die Welt stand mir nur einmal offen und zwar als ich aus dem Krieg zurückgekehrt bin. Ich hatte damals eine Wahl zu treffen und ich habe mich dafür entschieden, die Bank zu übernehmen. Ich habe mein Erbe angetreten und nun muss ich dazu stehen und muss dafür kämpfen, dass es bestehen bleibt. Es ist zwar eine schöne Vorstellung, dass ich alles stehen und liegen lassen könnte, wenn ich wollte. Aber letztendlich ist es mir doch verwehrt. Ich kann nicht aufbrechen. Ich kann nicht gehen. Ich kann mein Erbe nicht hinter mir lassen. Ich bin für diese Bank verantwortlich. Und ich bin auch für Charlottes Sicherheit verantwortlich und letztendlich auch für Hilde und ihr Kind."

Elsa drückte erneut seine Hand. „Du weißt, dass du dich immer auf mich verlassen kannst, dass ich immer bei dir bin. Du musst das nicht alleine durchstehen.

Wenn es Schwierigkeiten gibt, wenn es Probleme gibt. Ich bin da. Wenn deine Geldgeber dich im Stich lassen, dann kann auch gerne ich einspringen."

Er hob die Hand. „Nein, das will ich nicht. Ich möchte nicht, dass wir geschäftlich miteinander verquickt werden."

Die Stirn seiner Mutter legte sich in Falten. „Aber warum?"

„Ich habe die Bank von meinem Großvater geerbt, der eben diese Bank missbraucht hatte, um dir das Leben schwer zu machen. Du hast dich selbst aus dem Sumpf gezogen und die Erbschaft des alten Berlitz hat dich gerettet. Es fühlt sich falsch an, das zu vermischen. Und sollte es tatsächlich einmal notwendig sein, dass ich mich zu einem harten Schnitt gezwungen sehe, möchte ich frei in meinen Handlungen sein, ohne auf dich und die Interessen deines Unternehmens Rücksicht nehmen zu müssen. Ich hoffe, du verstehst das."

Elsa nickte.

Er erhob sich. „Ich habe noch einen Termin beim Schneider. Offenbar habe ich ein wenig zugenommen, mein Anzug muss weiter gemacht werden. Wir sehen uns dann bei der Hochzeit?"

„Ich wünsche dir alles Gute, mein Sohn."

Er beugte sich zu ihr hinab und küsste sie auf die Stirn. Dann wandte er sich um und ging durch den Rosenbogen. Als er außer Sicht war, holte er aus der Innentasche seiner Jacke einen Flachmann hervor. Der Druck war die ganze Zeit da gewesen. Er hatte ihm widerstanden, während er mit seiner Mutter gesprochen hatte. Aber nun musste es sein. Er drehte die Kappe ab, nahm einen tiefen Schluck und spürte, wie der Alkohol ihm Kraft gab und seine Sorgen auf die Seite drängte.

***

Je näher Hilde dem schmiedeeisernen Tor kam, desto langsamer und zögerlicher wurden ihre Schritte. Es war seltsam, dass sie so vor diesem Ort zurückscheute, wo hier doch ihre Verbindung zu Paul am größten sein sollte. Sie trat durch das Portal. Der Kies knirschte unter ihren Füßen. Sie hielt kurz an und atmete tief durch, wobei sie sich mit beiden Händen an den Bauch fasste. Der war schon ziemlich gewachsen. Sie hörte in sich hinein. An ihrer rechten Handfläche spürte sie eine kleine Bewegung. Unwillkürlich lächelte sie. Das Kind war aktiv.

Es war eine beschwerliche Schwangerschaft und sie war froh, dass der heiße Sommer nun in einen kühleren Herbst überging. Sie hatte stark zugenommen und Wasser eingelagert und der Weg zum Friedhof hatte sie erschöpft. Sie überlegte, ob sie sich kurz auf einer Bank ausruhen sollte, doch dann entschied sie sich dagegen und ging weiter. Sie kannte den Weg. Wie oft hatte sie ihre Mutter begleitet, wenn diese stets zuerst das Grab des Großvaters und dann die letzte Ruhestätte von Moritz von Berlitz besucht hatte.

Es war nicht weit bis zur Familiengrabstätte der Hartmanns. Das Grab war mit frischen Blumen geschmückt. Auf dem Stein waren die Namen ihrer Großeltern eingraviert. Auch der Onkel ruhte hier. Sie bückte sich, nahm den Wedel aus dem Weihwasserspender und ließ ein paar Tropfen in die Erde hinabsickern. Sie hatte diese Geste als Kind geliebt. Inzwischen war ihr die religiöse Bedeutung abhandengekommen, aber sie spürte, dass dieses kleine Ritual eine Verbindung zu den Menschen herstellte, die hier begraben waren, auch wenn sie nur den Onkel persönlich kennengelernt hatte.

Sie richtete sich auf und ging weiter. Am Grab der Familie von Berlitz hielt sie nur kurz inne. Auch ihren leiblichen Vater kannte sie nur aus Erzählungen, genauso wie ihre Großeltern. Alfred von Berlitz war sie zwar mehrfach begegnet, aber sie hatte erst nach seinem Tod erfahren, dass er ihr Großvater väterlicherseits gewesen war.

Sie bog in einen versteckteren Bereich des Friedhofs ab. Zuerst kam sie ans Grab von Zenzi. Hier benetzte sie die frischen Blumen mit Weihwasser und blieb etwas länger stehen. „Deine Hilfe könnte ich jetzt gut gebrauchen", sagte sie.

Ihr nächstes Ziel lag nur wenige Schritte entfernt. Das Grab war sehr schlicht. Auf dem einfachen, grauen Naturstein standen der Name *Paul Ludwig*, die Jahreszahlen *1894* und *1919* und darunter die Worte aus einem Gedicht von Heinrich Heine: *Wo wird einst des Wandermüden letzte Ruhestätte sein?* Eine einzelne Wildrose schmückte das Grab, doch waren ihre Blüten schon angewelkt und es würde nicht mehr lange dauern, bis sie Hagebutten ansetzte. Sie spürte, wie ihre Kehle eng wurde. Johann von Lindens Einfluss war es zu verdanken, dass Pauls Überreste hier beerdigt werden konnten. Sie wusste nicht, wie er es geschafft hatte.

Viele Revolutionäre waren in Massengräbern verscharrt worden. Paul hatte seine eigene Ruhestätte bekommen, ein schlichtes, aber nichtsdestotrotz würdiges Grab. Er hätte es sicher nicht anders gewollt. Sie stand davor und sah auf ihn hinab.

„Wenn unsere Flucht gelungen wäre, wären wir nun gemeinsam in Russland. Wer weiß, vielleicht wären wir in einem alten Adelspalast in Moskau untergekommen. Oder in einer kleinen Hütte im Uralgebirge. Es wäre mir gleichgültig gewesen, Hauptsache, ich wäre an deiner Seite gewesen. Aber das ist uns verwehrt."

Ein Tränenschleier trübte ihren Blick. Es war so ungerecht. Warum hatte er sterben müssen? Sein Tod war sinnlos gewesen, so wie der Tod der 600 Revolutionäre, die der Einmarsch der weißen Truppen das Leben gekostet hatte. Den ganzen Sommer über hatten die Soldaten der Freikorps das Stadtbild in München beherrscht. Überall waren Straßensperren errichtet worden, an denen häufig und willkürlich Passanten kontrolliert wurden. Gewalttätige Übergriffe waren an der Tagesordnung gewesen. Die sozialdemokratische Regierung war erst im August wieder in die Hauptstadt zurückgekehrt und seitdem lernte Bayern wie auch der Rest der Republik die Vorteile, aber auch die Fallstricke des demokratisch-parlamentarischen Systems kennen. Die sozialistische Revolution war gescheitert, ein Experiment, das von der überwältigenden Macht ihrer Gegner zunichtegemacht worden war.

„Dein Kind wächst und gedeiht, Paul. Ich werde alles dafür tun, dass es von seinem Vater erfährt und seinen Träumen, seinen Kämpfen und von seinem Scheitern. In ihm lebst du fort, in ihm lebt unsere Liebe fort."

„Das ist ein schöner Gedanke“, hörte sie eine leise Stimme neben sich sagen. Sie wandte den Kopf.

„Tante Isolde?“ Trotz ihrer eingeschränkten Bewegungsfähigkeit breitete sie ihre Arme aus und schloss sie um ihre Tante, die die Umarmung erwiderte. Und nun flossen erneut die Tränen. Isolde hielt sie fest und Hilde ließ es geschehen, ließ sich in diese Berührung sinken und alle Last fiel für einen Augenblick lang von ihr ab. Schließlich lösten sie sich voneinander.

„Das ist eine Überraschung“, sagte Hilde. „Was machst du denn in München?“

„Es sind vor allem zwei Gründe, die mich hierher gebracht haben. Zum einen wollte ich ein wenig vorfühlen, wie es um eine Rückkehr bestellt ist. Für mich ist das ja kein großes Problem, aber wir wissen nicht, ob Charlotte schon sicher ist. Das wollte ich einmal mit den entsprechenden Stellen abklären. Oder genauer gesagt, sollte das Johann von Linden für mich erledigen.“

Ein Lächeln erschien auf Hildes Gesicht. „Auf eine gewisse Art und Weise ist Johann dein Schutzengel, nicht wahr?“

„Ja, das ist er. Ich weiß, dass er noch viel mehr für mich sein wollen würde, aber er ist mein bester und ältester Freund und ich bin dankbar, dass ich ihn habe.“

„Und ich bin dankbar, dass ich dich habe“, sagte Hilde.

„Das ist auch der Grund, warum ich gekommen bin. Ich wollte sehen, wie sich deine Schwangerschaft entwickelt. Und wenn du nichts dagegen hast, würde ich auch die Entbindung begleiten.“

Hilde warf sich wieder in die Arme ihrer Tante. „Ja, das wäre großartig. Ich habe Angst davor. Aber es ist schön, wenn du dabei bist. Dann fühle ich mich gleich sicherer.“

„Wie geht es dir?“, fragte Isolde.

„Das kann ich so einfach nicht beantworten. Es gibt furchtbare Tage. Tage, an denen ich glaube, ich könnte den Gedanken nicht überleben, dass ich allein bin, dass der Mensch, den ich auf dieser Welt am meisten geliebt habe, gestorben ist. Und dann gibt es Tage, an denen das Kind sich viel bewegt, an denen ich Socken stricke und mir vorstelle, wie sie an dem kleinen Fuß aussehen werden, Tage, in denen ich mir ausmale, wie ich mit dem Kinderwagen durch die Stadt laufe, Tage, an denen ich mich freue, bald Mutter zu sein. Wie ging es dir damals, als deine Freundin gestorben ist?“

Sie sah, dass die Augen ihrer Tante glänzten. „Ganz ähnlich. Nur, dass ich zunächst nichts hatte, worauf ich mich hätte freuen können. Aber dann habe ich etwas gefunden, was mich am Leben hält – zunächst die Fotografie und später die Medizin. Ich habe gelernt, dass alles Schlimme auch einen schönen Gegenpart haben kann, etwas, das mich aufbaut, wenn es mir schlecht geht. Es gibt immer noch Tage, an denen ich mit Emilys Tod hadere, aber sie sind weniger geworden und das wünsche ich dir auch. Irgendwann überwiegt die schöne Erinnerung, irgendwann wirst du an Paul denken können, ein bittersüßes Gefühl verspüren, dein Kind anschauen und glücklich sein können.“

Hilde spürte, wie ihr wieder die Tränen in die Augen traten. „Ja, das wünsche ich mir auch. Ich brauche ein Ziel im Leben. Etwas, das mich trägt, das mich ausfüllt. Zuerst wird das wohl die Sorge um mein Kind sein. Aber ich sehe mich nicht als Hausfrau und Mutter.“

Isolde lachte. „Dann wärst du auch keine Hartmann. Die Welt hat sich verändert. Sie bietet neue Möglichkeiten. Das Frauenstudium ist etabliert. Du wirst deinen Weg gehen.“

„Ich habe gelesen, dass in Weimar eine Hochschule eröffnet wurde, die Kunst und Handwerk als etwas Ganzheitliches lehrt“, sagte Hilde. „Das fasziniert mich.“

Isoldes linke Augenbraue wanderte nach oben. „Weimar? Das klingt spannend. Aber lass das deine Mutter nicht hören, die wird nicht erfreut sein, wenn du wegziehst.“

Hilde winkte ab. „Zuerst werde ich mich ohnehin um das Kind kümmern müssen. Und dann sehen wir weiter. Aber Weimar ist deutlich näher als Russland. Da kann sie sich nicht beklagen.“

KAPITEL 38

München, Samstag, 6. September 1919

„Bist du glücklich?", fragte Elsa.

Hermann seufzte. „Irgendwie hatte ich mir eine Heirat anders vorgestellt."

Seine Mutter sah ihn ernst an. „Ich hatte gehofft, dass wenigstens du meine Fehler nicht wiederholst. Ich habe zweimal geheiratet. Als ich deinen Vater vor den Altar gezerrt habe, war es der glücklichste Tag meines Lebens. Dein Vater wird sich wahrscheinlich ähnlich gefühlt haben wie du. Na, wahrscheinlich nicht. Du hasst deine Braut nicht. Sie ist dir nur gleichgültig. Dafür ging es mir bei meiner zweiten Ehe wie dir jetzt. Ich habe Müller damals geheiratet, weil es für mich keinen anderen Weg gab. Es war vernünftig. Das muss nicht das Schlechteste sein. Ich hatte nur kein Glück mit ihm. Er war ein Säufer. Aber ich hoffe, dass du und Friederike euch arrangieren könnt."

Beim Wort *Säufer* war Hermann zusammengezuckt, auch wenn diese Bezeichnung nichts mit ihm zu tun hatte. Der Cognac war eine Medizin für ihn, eine Arznei, die es ihm erlaubte, all die kleinen Hindernisse, die ihm das Leben in den Weg legte, entspannter zu umschiffen. Doch am Steuer saß weiterhin Hermann. Er bestimmte den Kurs, nicht der Weinbrand. Trotzdem war es ihm irgendwie unangenehm, wenn Menschen

in seiner Umgebung etwas von dieser Selbstmedika-
tion mitbekamen. Glücklicherweise hatte seine Mutter
es nicht gemerkt. Und glücklicherweise überdeckte das
teure Parfüm, das er aufgetragen hatte, den penetran-
ten Cognacgeruch, den er ausströmte, nachdem er zwei
Gläser zum Frühstück getrunken hatte. Er wusste
nicht, wie er den Tag ohne seine Medizin überstehen
sollte. Seine Mutter rückte das Sträußchen zurecht, das
in seiner Brusttasche befestigt war.

„Werde glücklich. Und schenke mir einen Schwung
Enkel. Hildes Kind braucht Spielgefährten.“

Er nickte ihr zu und stieg in den Fond des Automobils.
Der Fahrer fuhr los. Es dauerte nicht lange. Schon fünf
Minuten später kamen sie vor der Kirche an. Die Hoch-
zeitsgesellschaft war größtenteils bereits eingetroffen.
Die Leute standen vor dem Eingang bereit, um die
Braut zu bewundern. Hermann vermutete, dass sie von
dem vielen Geld, das er ihr gegeben hatte, um sich an-
gemessen auszustatten, das prächtigste Kleid in ganz
München gekauft hatte. Aber es war ihm gleichgültig,
wie sie aussah. Dieser Tag musste nur irgendwie vo-
rübergehen.

Johann von Linden empfing ihn am Portal der Kirche.
Bei der Vorbereitung der Hochzeit war Hermann aufgefallen, dass er gar keine engen Freunde hatte. Alle,
mit denen er sich auf der Offiziersschule angefreundet
hatte, waren im Krieg gefallen. Und so hatte er Schwierigkeiten gehabt, einen Trauzeugen zu finden. Schließlich war seine Wahl auf Johann von Linden gefallen.
Mit ihm hatte er ein Abenteuer erlebt, das immer noch
in seinen Knochen steckte. Und der alte Freund seiner

Tante war sofort bereit gewesen, an diesem Tag an seiner Seite zu stehen. Sie gingen gemeinsam in die Kirche hinein. Ein paar Leute saßen schon in den Bänken. Vor dem Alter waren zwei Stühle platziert worden, auf denen das Brautpaar sitzen würde. Johann von Linden begleitete Hermann dorthin, dann stellt er sich neben ihn.

„Und, bist du aufgeregt?", fragte er.

„Wahrscheinlich sollte ich nervöser sein. Schließlich heiratet man ja nur einmal."

„Dazu kann ich nichts sagen. Ich habe diese Erfahrung nie machen dürfen. Zwar habe ich die ganze Welt bereist, aber eine Frau, die diesen Schritt mit mir wagen wollte, habe ich nirgendwo gefunden."

Hermann spürte so etwas wie Neid in sich aufwallen. Johann von Linden war einer der reichsten Junggesellen in Bayern. Es hatte sicher einige Anwärterinnen gegeben. Doch er hatte sie ablehnen können. Hermann dagegen war nun an den General und seine Tochter gebunden. Auf Gedeih und Verderb. Der Gedanke machte ihn noch unglücklicher. Er spürte, wie das Verlangen wuchs, nach dem kleinen Flachmann zu greifen, den er in der Innentasche seines Jacketts versteckt hatte. Aber er konnte sich beherrschen.

Die Glocken begannen zu läuten. Nun war es wohl gleich so weit. Von der Sakristei her war ein Bimmeln zu hören und der Priester hielt Einzug, begleitet von zwei Ministranten. Er verbeugte sich vor dem Hauptaltar und trat zu Hermann. Im selben Augenblick begann die Orgel zu spielen. Der Hochzeitsmarsch aus *Lohengrin*. Natürlich. Wagner. Wie vorhersehbar. Ihm wäre der von Mendelssohn-Bartholdy aus dem *Sommernachtstraum* lieber gewesen, aber Friederike hatte sich vehement verbeten, dass an ihrer Hochzeit Musik eines jüdischen Komponisten gespielt wurde. Also Wagner.

Er wandte sich um. Das große Portal der Kirche öffnete sich und die Sonne strömte herein und dann erkannte er, dass es nicht die Sonne war, sondern Friederike in einem Kleid, das glitzerte und funkelte. Der Anblick war überwältigend. Beinahe hätte er eine Hand vors Gesicht halten müssen, um sich abzuschirmen. Als sich seine Augen ein wenig an die Helligkeit gewöhnt hatten, sah er, dass sie am Arm ihres Vaters langsam den Gang entlang schritt. Sie war hoch aufgerichtet. Aus dem nicht allzu tief ausgeschnittenen Dekolletee ihres Kleides ragt ihr weißer Hals empor wie bei einer Marmorstatue. Sie hatte ein schmallippiges Lächeln aufgesetzt. Ihr Haar war unter einem Diadem verborgen, von dem ein langer Schleier über ihre Schultern hinabrann, der von sechs Mädchen getragen wurde. Sie war wunderschön in diesem Moment. Und doch drang der Zauber dieser Schönheit nicht durch den dicken Panzer, der Hermann umfing. Er musste an Paul denken. An seine letzten Momente. Eine Träne ran ihm die Wange hinab. Die Hochzeitsgäste würden dies als Freudentränen lesen. Aber er hatte sich selten so verzweifelt gefühlt wie in diesem Augenblick. Der General und Friederike hatten zu ihm aufgeschlossen. Von Steinbeiß nahm die Hand seiner Tochter und legte sie in Hermanns Hand. Hermann nickte ihm zu, dann widmete er sich seiner Braut. Sie lächelte ihn an.

„Nun denn, dann wollen wir mal, oder?", fragte sie.

Er unterdrückte ein Seufzen. „Ja. Lassen Sie uns heiraten."

Sie wandten sich dem Priester zu und dieser schlug
mit einer weit ausholenden Bewegung ein riesiges
Kreuzzeichen.

KAPITEL 39

München, Sonntag, 21. Dezember 1919

Es war gar nicht einfach gewesen, einen Priester zu finden. Glücklicherweise hatte ihnen auch hier Johann von Lindens Beziehungen geholfen. Er hatte einen Cousin, der in einem entfernten Kloster ein eher abgeschiedenes Leben führte. Zwar hatte der Bogenhauser Pfarrer angeboten, die Taufzeremonie zu zelebrieren, aber Hilde war von seinen Moralpredigten über den sündhaften Zustand der unehelichen Geburt ihres Sohnes so zermürbt worden, dass sie froh um von Lindens Vetter war, der zu entrückt wirkte, um sich mit den Niederungen der menschlichen Sündhaftigkeit abzugeben.

Hilde war nicht wichtig gewesen, dass ihr Kind getauft wurde. Ihr war kaum etwas wichtig gewesen in den letzten Monaten. An die ersten Wochen nach Pauls Tod hatte sie keine Erinnerung. Es war ein großer, schwarzer Brei aus Trauer und Verzweiflung gewesen. Sie hatte keinerlei Appetit verspürt und ihre Mutter hatte sie gefüttert, immer mit dem Hinweis darauf, dass sie für ihr ungeborenes Kind essen musste, auch wenn sie nicht wollte.

Doch langsam, ganz langsam hatte sie ins Leben zurückgefunden. Das hatte wohl auch damit zusammengehangen, dass ihr Bauchumfang gewachsen war. Und dass das Kind begonnen hatte, sich zu bewegen. Als es zum ersten Mal gegen ihre Bauchdecke getreten hatte, waren ihr Tränen gekommen. Und dies waren keine reinen Tränen der Trauer mehr gewesen, denn es hatte sich ein wenig Freude hinein gemischt.

So war der Sommer ins Land gegangen. Die politischen Wirren hatten sich langsam beruhigt. Das Militär hatte München mit harter Hand gesäubert. Über 600 Menschen waren gestorben, die meisten Sozialisten. Aber es hatte auch über zwanzig Mitglieder eines katholischen Gesellenvereins getroffen, die Opfer einer Verwechslung geworden und von Soldaten eines Freikorps ermordet worden waren. Das hatte hohe Wellen geschlagen. Aber auch das hatte Hilde nur am Rande mitbekommen und es hatte kaum geschafft, ihr Interesse zu wecken.

Dann war der Sommer in den Herbst übergegangen. Die Regierung war nach Bayern zurückgekehrt. Und die Lage hat sich nach und nach wieder normalisiert.

Am 12. Dezember war schließlich ihr gesunder Sohn auf die Welt gekommen. Und als dann das kleine Wesen an ihre Brust gelegt wurde, und sie in die großen, blauen Augen sah, verspürte sie zum ersten Mal seit langer Zeit eine tiefe, ungetrübte Freude.

Eine handbreite Schneedecke hatte sich über die Stadt ausgebreitet. In der Kapelle im Norden von Bogenhausen hatte sich eine kleine Gesellschaft versammelt. Neben Elsa und Isolde und Johann von Linden war nur Hermann gekommen. Er hat eine wichtige Rolle zu spielen, denn er war der Taufpate.

„Wo hast du denn deine Frau gelassen?“, fragte Isolde.

Er verzog das Gesicht. „Sie hat sich geweigert, eine katholische Kirche zu betreten. Ich wusste gar nicht, dass ich so eine glühende Protestantin geheiratet habe. Seltsamerweise hatte sie bei unserer Hochzeit kein Problem damit, vor einen katholischen Altar zu treten."

Elsas seufzte. „Ich hoffe, wir bekommen irgendwann noch so etwas wie ein normales Verhältnis zueinander. Es wirkt, als ob sie mich meidet. Und das fände ich schade. Warum auch immer ihr geheiratet habt. Sie gehört doch jetzt auch zur Familie, oder?"

Hermann blieb ihr eine Antwort schuldig. Denn in dem Moment klingelte es und der Priester trat ein. Er hatte einen eiförmigen Schädel, auf dem sich die Tonsur besonders deutlicher abzeichnete. Der Mann sprach mit leiser und beinahe gedrückter Stimme. Er ermahnte die Mutter und den Taufpaten, das Kind im christlichen Glauben zu erziehen, und schließlich begann er, das Taufritual zu vollziehen.

„Welchen Namen haben Sie für Ihr Kind ausgewählt?", fragte er. Hilde bemühte sich, zu antworten, aber die Worte wollten nicht heraus. Sie räusperte sich. „Paul. Paul Hermann Ludwig Müller."

Der Priester nahm das kleine Gefäß mit dem Weihwasser, das bereitstand, goss ein wenig davon über die Stirn des Säuglings und sagte: „Ich taufe dich auf den Namen Paul Hermann Ludwig. Im Namen des Vaters, des Sohnes und des Heiligen Geistes."

Die Taufgesellschaft antwortete „Amen" und Paul Hermann Ludwig begann zu weinen.